闪亮的岁月

刻骨铭心的北大荒往事

五洲传播出版社

难忘的北大荒的岁月

北大荒永远在我们心中

吴文明

（天津知青）

谨以此书纪念我们
在黑龙江生产建设兵团四师四十团工业三连的日子

When you are old and gray and full of sleep,
And nodding by the fire, take down this book,
And slowly read, and dream of the soft look,
Your eyes had once, and of their shadows deep.

William Butler Yeats

(Irish poet and dramatist 1865-1939)

当你老了，头白了，睡意昏沉，
炉火旁打盹，请取下这部诗歌，
慢慢读，回想你过去眼神的柔和，
回想它们昔日浓重的阴影。

威廉·巴特勒·叶芝

（爱尔兰诗人、剧作家，1865—1939）

图书在版编目（C I P）数据
闪亮的岁月 / 王国庆主编 . -- 北京 : 五洲传播出版社 , 2015.8
ISBN 978-7-5085-3221-9

Ⅰ . ①闪… Ⅱ . ①王… Ⅲ . ①散文集 – 中国 – 当代②诗集 – 中国 – 当代 Ⅳ . ① I217.1

中国版本图书馆 CIP 数据核字 (2015) 第 196894 号

闪亮的岁月

刻骨铭心的北大荒往事

主　　编：王国庆
副 主 编：罗英琪 李　勇
出 版 人：荆孝敏
责任编辑：吴娅民 张彩芸
装帧设计：北京丰饶文化艺术有限责任公司
出版发行：五洲传播出版社
社　　址：北京市海淀区北三环中路 31 号生产力大楼 B 座 7 层
邮政编码：100088
电　　话：0086-10-82007837（发行部）
印　　刷：北京浙京印刷有限公司
开　　本：880mm×1230mm 1/32
字　　数：200 千字
图　　表：100 幅
印　　张：10.25
印　　数：1—2000
版　　次：2015 年 9 月第 1 版第 1 次印刷
网　　址：www.cicc.org.cn
定　　价：39.80 元

主编的话

在20世纪60年代末、70年代初席卷全国的上山下乡大潮中，在东北边陲小镇——兴凯有那么一股涓涓细流，由123名城市知青和23名当地知青汇聚成了一个群体——黑龙江生产建设兵团四师四十团工业三连知青。这些来自北京、上海、天津等大城市和当地的所谓“知识青年”，其实只是一群初出校门、不谙世事的少男少女，小的只有十四五岁、大的也不到二十岁。他们怀着“扎根边疆、建设边疆、保卫边疆”的一腔激情，在那片被叫做“北大荒”的黑土地上耕耘、奉献和磨砺了三年、五年、十年，甚至更长。在那里他们战严寒、斗酷暑，日复一日地加工粮食、榨油烧酒、用稚嫩的身子骨扛起沉甸甸的大麻袋，夏锄秋收、冬修水利……他们付出了很多很多，但在艰苦环境和生活的锤炼下，他们学会了自立，学会了做事，学会了吃苦，更学会了做人，为以后几十年的人生路奠定了坚实的基础。

将近半个世纪过去了，当年让知青们骄傲和自豪的“兵团”已经不复存在，当年风华正茂、意气奋发的“兵团战士”也已经成了两鬓斑白、皱纹爬上额头的花甲老人。但回望那段激情燃烧的岁月，他们依然热血沸腾，回味曾经走过的那段艰难历程，他们无怨无悔，对那片留下了他们青春脚印的黑土地更是魂牵梦绕。

2014年8月，三十来位原工业三连的知青，有的还带着老伴和孙辈，从北京、上海、天津、牡丹江汇聚到兴凯看望当年的老领导、老职工、老战友时，萌生了把这些年来倾诉不尽的回忆、喋喋不休的感叹、感慨和感悟写成文字、出本书的念头。

经过将近一年的努力，《闪亮的岁月——黑龙江生产建设兵团四师四十团工业三连知青回忆录》终于付梓了。这是曾经在黑龙江生产建设兵团四师四十团工业三连工作过的25位知青和两位“荒二代”用心、用情、有的甚至是含着泪写下的文字。书中六十多篇短文诗篇里没有曲折惊险的故事情节，也没有惊天地泣鬼神的豪言壮语，他们用朴实无华的文字素描了他们当年经历的一件件刻骨铭心的往事、他们付诸了汗水甚至血和泪才得到的感悟。他们并不想以此去评判当年上山下乡大潮的功过是非，只是想说：我们经历过、我们付出过、我们收获过，我们不曾忘记；我们无愧于那个时代、我们无愧于那片土地、我们无愧于在那里度过的岁月，我们不应被忘记。

2015年6月

序

总也忘不了知青在连队的岁月

——王洪钧连长2014年8月2日在欢迎知青回农场座谈会上的讲话

同志们，今天我们工业三连召开一个非常难得的全连大会，欢迎离开连队多年的知青同志回家看看。我们眼含热泪欢迎你们专程回来看望我们！我们非常高兴，我们很受感动，也很受鼓舞！

你们这次回来很不容易，大家都很辛苦，路途遥远，远隔千山万水。你们从三个直辖市——北京、天津、上海，一个特区——香港和一个地级市——牡丹江汇合在一起，四、五十人，能够集合在一起实在是件很不容易的事情！想想怎么会有这样大的凝聚力呢？这就是因为有工业三连这面旗帜，是工业三连这面旗帜把我们又聚集在这里了！当然，我知道，你们这次能成行，北京、上海、天津、牡丹江的好几位同志起了很大的作用，特别是邢兰音两口子在牡丹江的家几乎成了知青往返的中转站，做了大量的工作，很是辛苦，我向你们表示感谢。

如此不容易，为什么你们还要多次回访呢？大家非常明白，是知青们非常热爱北大荒这块黑土地，非常关心农场的建设和发展，非常想念同甘共苦多年的老同志，所以才不辞辛苦，克服困难，一次次回来。

说句实话，我们也非常想念你们。可以说你们离开连队这么多年，我们也想念了你们这么多年。

下面我想代表留在这片黑土地上的老同志，说说我们无数个总也“忘不了”中的几个：

——我们总也忘不了，知青们来连队后给连队输入了新鲜血液，你们把城市的先进文化、先进思想，好作风、好品德带到连队，从而给连队增添了力量，增添了欢乐。全连上下朝气蓬勃、团结一致、干劲倍增，使连队工作锦上添花，生产蒸蒸日上，生活丰富多彩。在全连开会时，会场歌声嘹亮，起带头作用的是你们。为活跃连队文化生活、提高队伍士气，连里组织业余演唱队的骨干也是你们。

——我们总也忘不了，知青们来连队后，尊重老同志，虚心拜老同志为师，向老同志学习，脏活累活抢着干。每年在过年时，你们还成群结队地到老同志家送对联、拜年祝福，使老同志感到格外温暖和快乐。

——我们总也忘不了，当年连队因为人员短缺、劳动力紧张，很多工作忙不过来，只能采取搞突击、打夜战的办法来完成连队担负的艰巨任务。每次搞突击打夜战，知青们都是一马当先，打头阵冲在前。平时无论是在班上，还是在休息，连里有事一招呼，大家闻风而动，从不叫苦喊累、讨价还价。

——我们总也忘不了，连队每年秋天都要收进、储存大量的玉米，总有部分玉米水分过大。春天来了一化冻，水分过大的玉米随时都有发酵霉烂、造成浪费的危险。在这千难万难的时刻，是知青们利用清晨、中午、傍晚的业余时间，进行翻倒晾晒，从而保住了国家每年上百吨玉米不受损失，可大家从没要过一分钱报酬。

——我们总也忘不了，连队那时候收粮数量逐年增多，原有仓库远远容纳不下。1972年夏，连队决定集中人力抢建土粮仓。在炎热的三伏天，大家不顾烈日暴晒、汗流浃背拼命干，有的小伙子甚至甩掉了背心、光着膀子干。有一天中午，我发现几个青年站在跳板上抢建粮仓，我急忙跑过去喊道："你们干一上午了，中午还干，身子受不了，快下来回去休息！"可他们谁也不下来，还是在那儿一个劲儿地干，我的话他们似乎谁也没有听见。我加重了语气，命令道："快下来，回去休息！"这时，陈和平站在跳板上说："连长，你放心吧，我们累不坏！"他们说啥也不下来，我顿时被感动地流出热泪，心想是他们不听我招呼吗？不是！他们是为了工作、为了连队建设，才这样拼命地干。

——我们总也忘不了，在麦收季节，团里的运输力紧张，拉粮的车一来就得争分夺秒的干活。经常，青年们正在食堂吃饭，拉粮的车到了，大家二话不说放下碗筷就跑出去卸粮，等卸完粮回来饭菜都凉了，大家却从无怨言。

总也忘不了的事情，我还能举出许多许多！无论是在连队那些年，还是离开以后，你们做的许多事情都让我们佩服。

最让我佩服的是，当年我们连有这么多知青同志，每位同志都能处处严格要求自己，事事关心别人，大家和睦相处、团结互助、互敬互让，像兄弟姐妹一样生活工作在工业三连这个大家庭之中。这种团结友爱的精神深深镌刻在工业三连每个人身上，你们回城后，大家经常来往，互相走动，每年还定期聚会联欢。这是一个非常好的传统，常言说，多一个朋友多一条路。一位上海知青的女儿身患重病，连队在各地的知青知道后积极捐款相助。我向大家深表敬意！

最让我敬佩的是，你们回城后还一直关心着农场，积极为农场的建设和发展做贡献。有的同志知道了农场的建设和发展遇到暂时困难，专程回来实地调研。回北京后积极向国务院有关部委领导反映情况，请求他们给予帮助，还给省里的领导同志打电话，请求关照解决农场遇到的困难。这两年，中央有关部门切实为农场加快发展提供了支持。知青们回城了，可时时不忘留在黑土地上的老同志，经常给老同志打电话问寒问暖，老同志进城大家热情招待。有的知青同志还帮助老同志的子女找工作，帮助老同志求医看病。在此我向大家深表谢意！

这里，我还要说两句的是：

我永远都不会忘记，我在1974年得肝炎住院期间，知青们纷纷从家里给我邮寄各种药品和营养品，使我的身体很快康复。我想，我能活到今天，与大家的关照有很大关系。在此，我也深表谢意。

我什么时候都不会忘记，我在连队工作期间全连同志对我的大力支持和热情帮助。大家跟着我吃了不少苦，受了不少累，我非常感谢大家，今天借知青们回来的好机会，再次表达我衷心的感谢！

最后，祝大家全家幸福，顺利安康！

愿我们的友谊像松柏一样四季长青！

目录

刻骨铭心当年事

青春印记化成诗

魂牵梦绕故乡情

附录

后记

闪亮的岁月——刻骨铭心的北大荒往事

刻骨铭心当年事

上海知青 1969 年 5 月 15 日离沪奔赴北大荒

天津知青 1969 年 5 月离开天津奔赴北大荒

连队知青宿舍、食堂

1973 年，四排在连队比赛中获“流动红旗”

穿上戎装系列

1971 年上海慰问团来看望知青

老连长来北京

老连长去上海

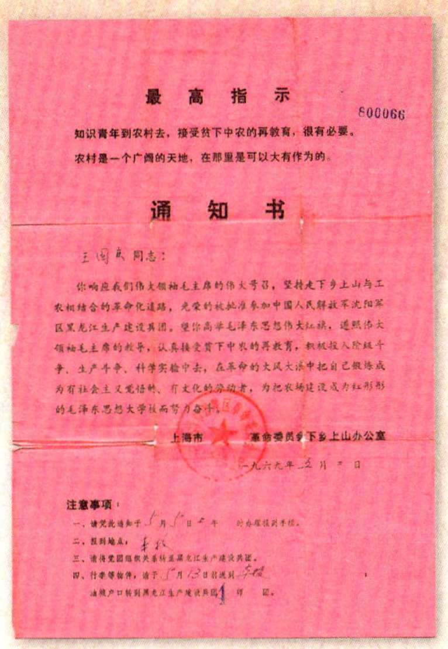

最　高　指　示

800066

知识青年到农村去，接受贫下中农的再教育，很有必要。

农村是一个广阔的天地，在那里是可以大有作为的。

通　知　书

王国庆同志：

你响应我们伟大领袖毛主席的伟大号召，坚持走下乡上山与工农相结合的革命化道路，光荣的被批准参加中国人民解放军沈阳军区黑龙江生产建设兵团。望你高举毛泽东思想伟大红旗，遵照伟大领袖毛主席的教导，认真接受贫下中农的再教育，积极投入阶级斗争、生产斗争、科学实验中去，在革命的大风大浪中把自己锻炼成为有社会主义觉悟的、有文化的劳动者，为把农场建设成为红彤彤的毛泽东思想大学校而努力奋斗。

上海市　革命委员会下乡上山办公室

一九六九年五月　日

注意事项：

一、请凭此通知于5月5日上午　时办理报到手续。

二、报到地点：本校

三、请将党团组织关系转至黑龙江生产建设兵团。

四、行李等物件，请于5月13日前送到本校

油粮户口转到黑龙江生产建设兵团1师　团。

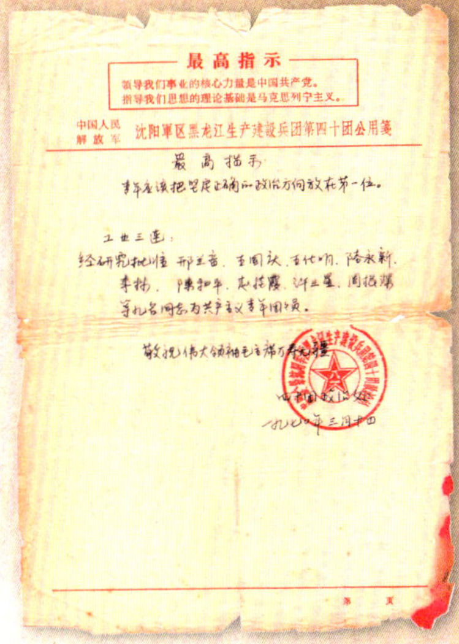

最高指示

领导我们事业的核心力量是中国共产党。

指导我们思想的理论基础是马克思列宁主义。

中国人民解放军　沈阳軍区黑龙江生产建設兵团第四十团公用箋

最高指示

青年应该把坚定正确的政治方向放在第一位。

工廿三连：

经研究批准邢兰音、王国庆、王代明、陈永新、李扬、陈和平、赵桂霞、许玉莲、周桂珠等九名同志为共产主义青年团员。

敬祝伟大领袖毛主席万寿无疆

四十团政治处

一九七〇年三月十四

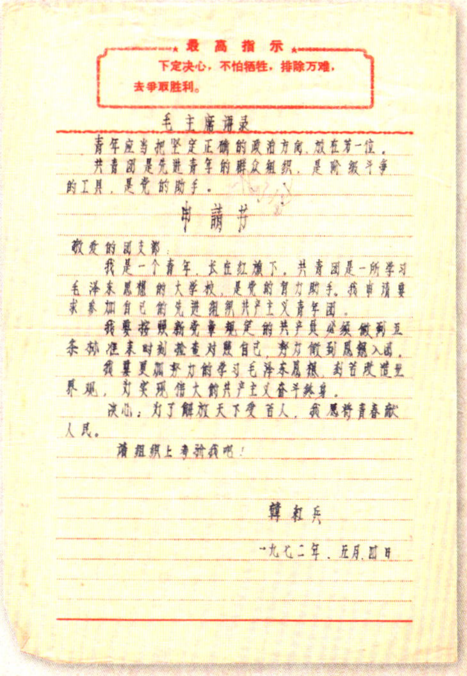

最　高　指　示

下定决心，不怕牺牲，排除万难，去争取胜利。

毛主席语录

青年应当把坚定正确的政治方向，放在第一位。

共青团是先进青年的群众组织，是阶级斗争的工具，是党的助手。

申請书

敬爱的团支部：

我是一个青年，长在红旗下。共青团是一所学习毛泽东思想的大学校，是党的有力助手。我申请要求参加自己的先进组织共产主义青年团。

我要按照新党章规定的共产员必须做到五条标准来时刻检查对照自己，努力做到思想入团。

我要更加努力的学习毛泽东思想，彻底改造世界观，为实现伟大的共产主义奋斗终身。

决心：为了解放天下受苦人，我愿将青春献人民。

请组织上考验我吧！

韩红兵

一九七二年、五月、四日

当年的一些文档

我们这个队伍完全是为着解放人民的，是彻底地为人民的利益工作的。

罗天祺同志，在一九七〇年评为五好战士。望继续鼓励您的亲人，高举毛泽东思想伟大红旗，为人民立新功。

中国人民解放军沈阳军区黑龙江生产建设兵团政治部

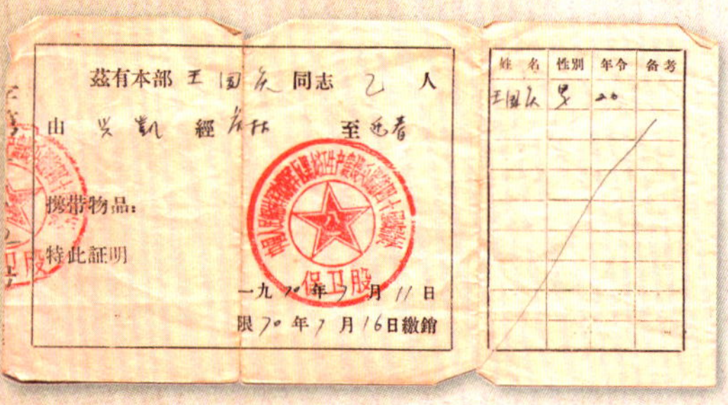

兹有本部 王国庆 同志 乙 人

由 兴凯 经 密林 至 延春

携带物品：

特此証明

保卫股

一九70年7月11日

限70年7月16日繳銷

姓名	性别	年令	备考
王国庆	男	20	

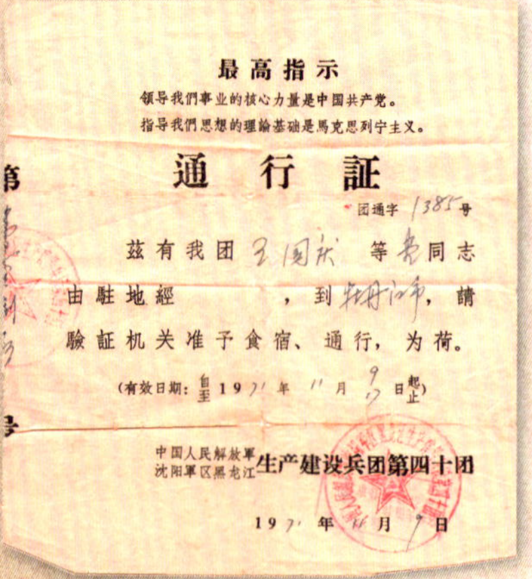

最高指示

领导我們事业的核心力量是中国共产党。

指导我們思想的理論基础是馬克思列宁主义。

通行証

团通字 1385 号

兹有我团 王国庆 等 贰 同志

由驻地經　　，到 牡丹江，請

驗証机关准予食宿、通行，为荷。

（有效日期：自至1971年11月9日起止）

中国人民解放軍沈阳軍区黑龙江生产建设兵团第四十团

1971 年 11 月 9 日

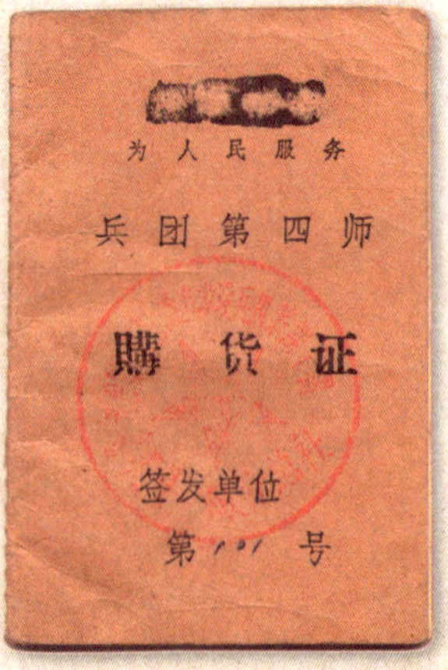

为人民服务

兵团第四师

購货证

签发单位

第 101 号

当年各种证件

知青当年的工作服

难忘工业三连

罗英琪

这几天，战友们为“回忆录”进行最后的百米冲刺，起早贪黑地在巴掌大的手机上爬格子，我非常感慨。这一行行一字字的书写都是战友们青春的再叙，那一篇篇对往事的回忆都充满着兵团战士的豪情。每每看到这些，我总是抑制不住内心的感动，好像有许多话要向战友们诉说。

想来，我在工业三连才生活了短短的不到两年时间，1968 年 7 月到连队，1970 年 3 月到团广播站，两年后又去了四营。可就是我在工业三连的这 18 个月，仿佛涵盖了我北大荒生活的全部。我时常扪心自问：“为什么？”可至今我也不能给自己一个完满的回答。

工业三连的一草一木、风物人情深深地融入了我的血脉。连队那简陋的大门脸儿，旁边的那间小矮房；那风化石铺成的小路，从大门一直延伸到连队油厂、加工厂；那粮囤、晒场、苞米楼，还有那酒曲香味儿缭绕的酒厂，刚刚走出家门、校门的我还是第一次看见这样的院子里有这么大的粮油加工厂。这里的老职工就是我走入社会的第一任师长，他们淳朴、善良，吃苦耐劳、任劳任怨。粮库的老职工，那时我也不知道他们有多大年纪，他们扛麻袋再累，家里生活再苦，干活儿休息时仍然是一边卷着烟炮，一边开着浓郁的乡土玩笑。当时的我们只是跟着乐，有时还听不明白是什么意思呢！我时常看见油厂的老大姐们下班从晒场旁走过，她们都提着饭盒说着笑着，聊得那么开心！我会站在小路旁，看着她们，直到她们走得很远，很远。

连队大院门口那幢叫“连部”的小房，外间是会计和出纳的办公室，里间是连队的“指挥部”，王洪钧连长和其他连领导经常围坐在两张摇摇晃晃、桌面裂了缝儿的办公桌旁商议连队建设发展的大事。就在这个简陋得不能再简陋的办公室里，王连长一班人带出了工业三连这样一个团结向上、敬业奉献、不怕困难、敢打硬仗的连队。记得团里有紧急训练，王连长就要求我们立即列队并且还要像解放军战士一样喊着“一、二、三、四”齐步跑到团部的广场；连里取得了好成绩，王连长要求快速写稿，第一时间送团广播站广播。团队精神、集体荣誉感的种子深深地埋在了我们的心中。

粮库地中衡的那间小屋曾是第一批上海女知青钱燕、黄爱华、陈玲义、罗斯英、吴依群的宿舍，很小的时候就听大人们常说“大上海，大城市”。生平第一次和同龄的上海人在一起，我觉得很新鲜。钱燕她们说起上海话来秀声秀气，可语速快得好像没有逗号、句号；上海知青发的棉袄和当年解放军穿的棉袄颜色差不多，绿绿的，比北京发的棉袄颜色好看多了；陈玲义的绰号为什么叫“老猫”呢？……他们刚刚来到连队，很少有大城市人的娇气，上海男知青王国庆、陆永新、董根露和北京知青董书调、天津知青王仕明、牡丹江知青潘业浩一样，都比着扛麻袋。这些看似寻常的细节，都是我心中挥之不去的记忆。

遗憾的是当我今天懂得怀念、懂得感恩、懂得珍惜的时候，昔日连队不少老职工已经辞世；昔日和我们一同踏上黑土地的战友，有的已经过早离开了我们。曾昭瑜排长、苏竹贤班长……我想念你们！我们一趟车去北大荒的柳长旺、宋大勇、韩淑珍，牡丹江的潘业浩……我想念你们！

永远的北大荒人

王国庆

四十六年前的5月15日下午，一趟知青专列徐徐驶出上海彭浦车站；四十三年前的4月29日下午，兴凯车站上的挥泪惜别，其间短短三年还差二十天的“兵团岁月”让我难以忘怀，为之曾经流过汗、流过泪、流过血的四十团工业三连让我魂牵梦绕。四十三年前离开连队回上海上学时，我一步一回首，心中默念的是：“我会回来的！”尽管后来我未能再以兵团战士的身份重回北大荒，重返工业三连，但四十多年里我一直这样说，今后我会永远这样自豪地说：“我是北大荒人！”

1997年8月，当曾经在工业三连工作生活过三年、五年、十年不等的北京、上海、天津、牡丹江的知青筹划结伴重返连队时，一些朋友不理解，在遥远的北大荒既没有名胜又没有古迹，当年你们在那里还吃了不少苦，受了不少罪，现在干嘛还要既花钱又费时间地跑那儿去？为什么？确实，这个答案只有我们自己知道，没有置身于那个年代、没有经历过那种风风雨雨的生活和磨砺的人，是难以读懂我们这些人特有的北大荒情结、兵团情结的！北大荒是我们迈向社会的第一站。当年我们这些大多还只有十六七岁，不辨菽麦、不谙世事的城市少年，是北大荒夏天的烈日、冬天的严寒，是北大荒一片片一望无际的黑土地，是北大荒一袋袋扛不完的大豆小麦，是北大荒一顿顿吃不完的玉米面窝窝头、糙子粥、小米饭，奠定了我们对生活的信念，夯实了我们人生道路上的根基，教我们懂得了生活的真谛和受用一生的做人做事的基本道理。

在北大荒的短短三年里，我懂得了没有耕耘，就没有收获。5月的上海已经是春暖花开，可是北大荒的兴凯，春天才刚刚露头，早晚还让人感到飕飕寒意。自小在上海这样的大都市里长大的孩子，刚到北大荒时对这里的一切都感到新鲜：天亮得特别早的清晨，一早破门而入到炕边上拱你起床的可爱的小马驹、一排排房顶上炊烟缭绕的职工宿舍、一望无际的田野、连绵起伏的山岭……然而，新鲜感很快被现实生活的单调和艰苦所替代，特别是我们这些生在南方长在城市、地地道道的上海人，面对顿顿单调的饭菜——大楂子饭、玉米面窝窝头、玉米面发糕、咸萝卜丝、羊角葱蘸酱、大葱烧豆腐——就犯怵，有的女知青对着顿顿端上餐桌的大葱、豆腐甚至开始抹眼泪了。后来我们知道了，当时的兴凯冬春没有集市，北大荒漫长的冬天和尚未解冻的初春，人们的菜碗里全靠上一秋各家各户和各单位在自家菜窖里的储存，菜窖里有什么就吃什么。储存的白菜、土豆、胡萝卜、圆白菜吃完了，封冻差不多半年的地里还长不出新鲜的黄瓜、茄子、豆角时，那就只能顿顿咸菜、大葱蘸酱、大葱烧豆腐了。那年初春我们连队一下子增加了来自上海、天津的二十多个干活力气不大、吃饭胃口不小的年轻人，菜窖的压力和随之而来的菜碗里的单调是可想而知的。当年连队在粮库路南、豆腐坊前的菜地里下了不少功夫，修菜窖、储菜也一点不敢含糊。1969 年的冬天和 1970 年的初春，连队食堂餐桌上就丰富多了。所以，知青们懂得了要丰富自己的餐桌，就必须精心拾掇各排负责的菜园子。春天，清晨连里组织的“打突击”，经常是菜地翻地、往地里送粪。翻地时，牲口不够，为了不误“农时”，我们就取而代之背绳犁地，肩上被粗麻绳勒得生疼，但没人抱怨叫苦。送粪时，肩挑手提，争先恐后，鞋上裤腿上沾满了牛粪、猪粪，但没人嫌脏喊臭。因为我们懂得不精心耕耘播种、施肥灌浇，地里长不出好瓜果好蔬菜，我们菜碗里的食物就不可能充足，更不可能丰富。这也让我真切地感悟到了最简单的道理：没有耕耘，就没有收获！

在北大荒的短短三年里，我懂得了只有一步一个脚印，才能走得稳走得远。一到工业三连，我和从上海一起来的陆永新、钱燕、董根路，比我们晚到几天的天津知青李国华、王仕明、王宗杰、邢凤锦等被分在一排，也就是粮库，每天的工作很简单，就是和粮食打交道，打撮、抻袋、上肩、扛麻袋，玉米一袋一百五六十斤、小麦一袋一百七八十斤、红小豆绿豆一袋二百多斤。打撮，抡起胳膊，三撮半装满一麻袋，扛着二百来斤的麻袋上几节跳板，这些对于体格健壮的成年人来说也是重体力活，何况我们这些才十六七岁，身子骨仍单薄稚嫩的城市少男少女。然而，初生牛犊不怕虎，凭着血气方刚和保卫边疆、建设边疆的一腔热情，不论是小伙子还是姑娘，没有一个含糊的，垫肩一披就上阵。胳膊抡酸了，咬牙坚持着。一开始十撮、八撮都打不满一麻袋，可没过多久我们中的几位也能熟练地三撮半打一麻袋了。扛麻袋既是力气活也是技术活。凭着蛮劲，可以扛起来，但走不远。麻袋上肩，腰不直，走不了几步就迈不开步了；肩上的麻袋没竖直，走两步，袋子一歪，里面的粮食就撒一地。二百来斤的麻袋上肩，只有腰挺得直，麻袋立得直，脚下稳得住劲儿，一步一个脚印地往前走，才能在一节一节跳板上走得稳、走得远。扛麻袋让我懂得了：人生道路上同样需要行得端、立得正，只有脚踏实地、一步一个脚印才能走得稳、走得远。

在北大荒的短短三年里，我懂得了路是自己走出来的，要成功就必须奋斗，只有肯干、不惜力，才能被接纳、被认可。当年知识青年上山下乡是浩浩荡荡的潮流，在六八届“一片红”的政策下，我们没有任何选择，甚至对去安徽农村还是东北边疆都没有选择的权力。但在当时轰轰烈烈的大形势下，我们中的大多数并没有意识到这一点，“毛主席挥手我前进”，打起背包，拿着一纸“乘车证”就登上了北去的知青专列。千里之外的黑龙江、军垦农场到底是怎么回事？“黑龙江建设兵团四师四十团”到底在哪里？谁都说不清，谁也没来得及去弄清楚，有的只是“保卫边疆、建设边疆”的兴奋、自豪和激情，向往的是东北边陲“朔风吹，林涛吼，峡谷震荡；望飞雪漫天舞，巍巍丛山披银装”的北国风光和可以大有作为的广阔天地。火车走了三天四夜，将近 1969 年 5 月 18 日的午夜时分，我们在竖着“兴凯站”站牌的小站被通知下了车。至少一周后家里才收到了邮自“黑龙江省密山县铁字 408 信箱 73 分队”的信，拆开信封，家人才在地图上找到了我的落脚之地——那个标着“兴凯”二字的小圈圈。用母亲的话说，总算知道飞出去的小鸟落在哪棵树上了。十六七岁，稚气未退，在父母眼里根本还就是个孩子，但我们已远游数千里，在一个人生地不熟的环境里开始了完全由自己照顾自己的独立生活。在家时大多还是饭来张口，衣来伸手，现在冷暖饥饱都得自己照料。上山下乡不是体验生活，更不是镀金，离开城市时被告知的，也是我们坚信的是要在边疆扎根一辈子。所以在面对陌生的环境、繁重的劳动、艰苦的生活时，绝大多数知青期盼的并不是何时离开边疆、脱离“苦海”，而是想如何尽快适应环境融入生活，经受磨练立住脚跟。像我这样一个来自工人家庭的孩子更是别无选择，因为没有任何“背景”，返城自然也就没有“路子”；知识不多，可还戴了一副度数不算太浅的眼镜，当兵自然根本无望；当时也还没有“工农兵学员”这一说，通过上学离开边疆，连做梦都没梦到过！所以，当时自己无论是在思想上还是在行动上都是死心塌地的“扎根派”。

如何才能扎得下、立得住？在日复一日的扛麻袋中、在没完没了的“打突击”中、在肩并肩的挖窖扬料中、在不经意的言谈交流中，我渐渐感受到了北大荒人的朴实。我们的老连长、老排长、老班长、老职工没有豪言壮语，但他们毫无怨言地默默奉献，他们用无声的语言告诉我们：北大荒人相信实干！你能扛起大麻袋，他们就佩服你；你干活不惜力不叫苦，他们就认可你接纳你。明白了道理，也就有了努力的方向。在粮库，收粮入库扛麻袋，我没偷过懒；出口大豆装车皮，我没要过滑；早晚“打突击”，我没拉过空。在酒厂，苦活累活抢着干，替班挖窖、烧锅炉、粉碎烧酒原料，经常白天连着黑夜干。屈指数来，在北大荒生活总共才 1077 天，自己的努力和付出得到了认可和接纳，在连队，我入了团、入了党，被推荐第一个离开连队作为工农兵学员上了大学。经历的一幕幕、走过的一步步，让我懂得了人生之路是自己走出来的，不想付出、没有努力，就不会有机会，更不会有成功。

黑土地的广袤无际，北大荒的风雪严寒，兵团老首长老职工对事业的忠诚、做事的认真、为人的纯朴，教会我们懂得了许多许多，

王国庆在检测入库酒酒精度

但归根结底，就是让我们学会了踏踏实实做人、认认真真做事。离开北大荒后的四十年中，上学、留学、从事对外广播、当记者常驻国外、担任媒体的管理人员、在中央国家机关担负领导工作，一步步走来，我总在想，如果没有踏上社会之初北大荒三年打下的深深烙印，没有在黑土地上流汗流血的艰苦磨练，没有连队老首长老职工热情无私的言传身教，或许就不会有我的今天，因为熟悉我的同事们、朋友们总说，我的言行举止、处世为人总有那么点北大荒人的痕迹。事实上，我确实没有忘记过：我是北大荒人！

修改于 2015 年春

知青的领路人——王洪钧

王共芬

我的知青岁月已经是四十多年前的往事了。许多往事随着时间的迁移会渐渐淡忘，可是在工业三连度过的五年宝贵时光我永远不会忘却，是那五年的艰苦生活条件、艰辛劳动环境和充满青春活力、战斗激情的连队生活健壮了我的体魄，增长了我的见识，磨练了我的意志。当我们再回想那些激情燃烧的岁月时，我想，在工业三连工作、生活过的知青一定都会为遇上我们的老连长——王洪钧为代表的一批知青领路人而感到欣慰。王连长以北大荒人的淳朴和对事业的忠诚，像对待自己的孩子那样，用真情关爱每一位知青，在政治上、工作上、生活上给我们无微不至的关怀和帮助，让我们至今难以忘怀。

王洪钧老连长如今已是耄耋之年的老人。20 世纪 40 年代在东北参军，随四野大军，一直打到了海南岛。在解放战争的炮火中他光荣地加入了中国共产党。1958 年响应中央军委号召，随十万官兵转业来到八五一一农场，投身于北大荒拓荒的伟大事业。1968 年根据“6.18”批示，中国人民解放军沈阳军区黑龙江生产建设兵团正式成立，王洪钧是四师四十团工业三连的首任连长。1974 年春，王连长因身体原因离开工业三连调团部机关。

从 1968 年兵团组建到 1976 年兵团撤销，工业三连陆陆续续接收了来自北京、牡丹江、上海、天津、哈尔滨等城市的 120 多名知识青年。当这些知青来到连队时，最大的也就十八九岁，最小的还不满 16 周岁。当年，作为工业三连的党政主官（王连长有一段时间还兼任了连队政治指导员），王连长为连队充实了一批批朝气蓬勃、充满生机活力的年轻力量而高兴，同时也为如何把这些年轻人锻炼好、培养好、照顾好而深感压力巨大。后来他常说，他自己年纪轻轻就离家当兵，所以特别能理解我们这些少小离家的年轻人，更能体谅我们父母的惦记、担忧。作为连长不仅要把这支队伍带好，更要把这些孩子们教育好、培养好、照顾好。

一、为知青在连队生活创造良好环境

当年到工业三连的知识青年大多来自北京、上海、天津、牡丹江四个城市。这些年轻人离开了父母、离开了城市，长途跋涉，千里迢迢来到北大荒，一下火车，映入眼帘的是一派荒凉——仅有三条铁轨的火车站、昏暗摇曳的路灯、分散低矮的茅草房、远处除了星星点点的灯火便是一望无际的黑暗……原本对兵团充满激情的憧憬顿时烟消云散。当知青们还在为自己被分配在工业连队而感到庆幸和窃喜时，工业三连当时能提供的生活条件给他们当头泼了一盆凉水——第一批来的北京、牡丹江知青还得寄人篱下，借住在团部的集体宿舍里；上海、天津来的第一批男知青住刚刚改造完、还散发着浓郁的马尿马粪味的马号，女知青住在完全没有取暖设备的地中衡。缺乏充分思想准备的年轻人一下子很难接受这么艰苦的现状，有的女知青流下了想家的泪水。

稳定知青情绪，先得让知青有个温暖的“家”！1969 年一开春，王洪钧连长和连领导一班人决定集中全连的人力、物力、财力，给知青建宿舍、盖食堂，让知青尽快住进连队自己舒适温暖的宿舍、在连队自己的食堂里吃上可口的饭菜。记得是当年五、六月份，工程动工了，全连老职工、知青、男女老少齐上阵，挖地基的挖地基，上山拉石头的拉石头，备木料的备木料。全连上下拧成一股劲，争时间、抢速度，白天黑夜连轴转。因为北大荒的建筑工期特别短，如果不在入冬前赶出来，一封冻就得来年春夏再见了！经过五个多月的奋斗，一栋坐北朝南六开间的砖瓦房宿舍建成了，一栋坐西朝东既是食堂又是连队会议室的砖瓦房建成了。1969 年 11 月 2 日，工业三连的知青从“马号”、地中衡和团部机关大楼一层搬进了我们自己的宿舍。这可是当年四十团最气派的知青宿舍啦！外观是青石白灰溜缝的地基，红砖墙、红瓦顶，大门和窗框油漆的是东北流行的淡天蓝色。一间间三十来平米的房间，四白落地，窗明几净，特别敞亮。每间屋里都有可睡十二人的上下两层木板大通铺，墙边摆放了脸盆架，墙上安了挂毛巾的木条，一切整齐有序。为了方便大家晾晒衣服，在房前屋后还专门立起了支架拉上了铁丝。北大荒的 11 月份已经很冷了，我们搬进新宿舍后，连里安排专人白天黑夜为宿舍烧火墙、火道，始终保持屋里温暖如春。

新盖的食堂大门朝东，就在宿舍的东侧，外观和宿舍没有什么两样，就是窗户更敞亮了。除了北头的伙房外，其余是个大开间，南侧用长条木头钉的一排排座位，是全连的开会场地，北侧摆着圆桌是知青就餐的地方。

知青有地方住了，有地方吃了，下一步要解决的是如何让知青住得安逸、吃得舒适。王连长把部队管理营房的办法移植到了我们的知青宿舍，每个屋子都有知青副排长负责，制定宿舍值日员制度，宿舍管理得井井有条，铺上被褥叠得整整齐齐，地上扫得干干净净。有一次，兄弟团拉练部队经过兴凯被安排到我们连休息，我们把他们让进宿舍，当看到我们宿舍里整整齐齐、一尘不染的床铺时，他们拿着背包退出了宿舍，说实在不忍心往这么干净的铺上坐。为了改善食堂的伙食，王连长不仅组织知青自己动手种菜、修菜窖，还安排认真负责的转业兵“小老孔”孔维熙管理菜地、安排专人养猪。后来，知青菜地收获的瓜果蔬菜不仅丰富了知青食堂的餐桌，还有富余的卖给连里的老职工。在猪肉还是稀罕物的那个年代，我们的食堂每到元旦、春节、“6.18”兵团组建纪念日、中秋、国庆节都要杀头猪，知青们都能美美地吃上几天肉！

知青刚搬进新宿舍时，为了及时发现问题、解决问题，王连长经常住在连部值班室，熄灯前到各个宿舍转转，看看火道烧得旺不旺，摸摸火墙烧得热不热。他还经常和知青一起在食堂用餐，了解大家对伙食的意见和要求。

1970 年以后，工业三连知青宿舍成为四十团最好的知青宿舍，时常有兄弟连队来参观和学习。1972 年底，工业三连被评为“四好连队”。

二、用北大荒精神激励年轻人

王洪钧连长在生活上无微不至关心年轻人，更注重在精神上激励和培育年轻人。至今我还记得当年他在大会小会上给我们讲述老北大荒人开发亘古荒原、十万转业官兵挺进北大荒艰苦创业的壮举，用“艰苦奋斗，勇于开拓，顾全大局，无私奉献”的北大荒精神，引导和激发、激励知青做北大荒精神的传人，继承和发扬北大荒人的光荣传统。

在工业三连食堂兼会议室的长木条凳上，知青们无数次静静地听着王洪钧连长娓娓道来的垦荒岁月：1958年来到北大荒时头顶蓝天、脚踏荒原，房无一间，地无一陇，官兵们顶风雪、冒严寒，开发北大荒。王连长说广大知识青年响应毛主席的号召，来到兵团屯垦戍边，建设边疆，老职工欢迎你们！眼前的困难是暂时的，我们一起努力克服，北大荒一定会变得越来越美好！转业老兵“小老孔”孔维熙、“老曹”曹孝连分别用浓重的四川和湖南乡音，给知青讲述他们孤身投入北大荒开发事业的伟大献身情怀……那时，几乎每天都要开全连大会，组织政治学习，开展忆苦思甜。王连长和连队的老同志们给知青讲道理、讲实例、讲经历，用现在的话讲，就是循循善诱、持之以恒地用正能量影响和引导年轻人。

榜样的力量是无穷的，在王洪钧连长身先士卒的感召和老职工的带领下，无论是麦收期间不分白天黑夜地卸粮、业余时间突击晾晒苞米、出口大豆突击装车皮，还是抢建土粮仓、初春菜地送粪、挑风化石铺路，男女知青们随叫随到，冲锋陷阵，尽管汗流浃背，却毫无怨言，体现了工业三连知青群体奋发向上的精神风貌。

三、创造条件在生产实践中锻炼年轻人

从 1968 年 7 月第一批北京知青到工业三连至 1974 年春因身体原因调到团部机关工作，在王洪钧作为工业三连主要领导的这六年时间里，我感悟到了老连长对年轻人的充分信任和放手让年轻人在实践中锻炼成长的良苦用心。

王连长很注意及时把年轻人推到连、排、班长岗位上锻炼。两位北京知青到连队还不到一年时间就担任了副指导员、副连长。各排都配备了知青副排长、每个班都配备了知青副班长。在老职工排长、班长的带领下，让年轻人在生产实践中经受锻炼。后来在连队被推荐上大学的 6 名知青都是在副指导员、副排长岗位上磨练过的。在很长时间里，连队的司务长、文书、出纳、各排的保管员基本上都是年轻人担当的。粗略统计，在工业三连担任副班长以上职务的知青人数占全连知青总数的一半还要多。

王连长还根据需要，积极创造条件把知青送出去学习。1970 年 8 月上海知青邱关根被安排到工程四连学习钣金工，1971 年又送他到工业一连学习。邱关根被培养成了连队的第一个钣金工。在秦发祥副连长和闫四业班长的带领下，他参加了油厂的多次技术改造，发挥了很大作用。1973 年 7 月，邱关根自行设计制造了一台变速风机，通过风力将小麦从 4 号粮库吹送到加工厂，大大减轻了粮库职工的劳动强度。1975 年 9 月，他又利用旧铁管等材料为连队自制了一个供知青烧开水、取暖两用的大锅炉。

从 1970 年到 1974 年，工业三连党支部发展了 8 名知青入党。

在目前收录到知青简历的 60 人中就有 29 人是在连队入的团。

为了让知青有更大的锻炼空间，王连长克服连队人手紧缺的矛盾，积极支持团里抽调知青参加团里相关工作，譬如，罗英琪曾被借调到团宣传股广播站工作，许三星曾被借调到团保卫股工作。我也曾被抽调到团里的整党工作组到农业十七连工作。

20 世纪 70 年代初，全国高校开始招收“工农兵学员”。推荐连里的工作骨干上大学，对连队工作肯定会有影响。送不送？老连长后来在他的回忆录中有这么一段话：“知青们上大学是为国家培养人才，他们会成为国家的栋梁，会成为在社会上发挥更大作用的人，这是大局，我们应该舍小家顾大家，再说，我们送出这个再培养下一个，送走的越多我们培养的就越多，这就是我们应做的贡献。”工业三连在王连长的力主下先后推荐了 6 名知青上了大学。这 6 名知青上大学走了以后，王洪钧连长依然牵肠挂肚，关心他们的成长。邢兰音去的黑龙江水利工程学校是所农业院校，后来校区搬到五常县拉林镇乡下，1974 年每月仅供给五斤细粮，其余都是高粱米、玉米面。王洪钧连长知道后，担心邢兰音的肠胃不好，适应不了。有一次，他利用去哈尔滨出差的机会给邢兰音背去了半袋炒面和一罐猪油。邢兰音的同学感慨地说：“你们连队真好啊！”邢兰音至今对王洪钧连长深怀感恩之情。

我是 1968 年 7 月 8 日从北京到的八五一一农场粮油站，兵团组建后成了四十团工业三连。1969 年 2 月我进入连队领导班子，担任副指导员，1973 年 6 月作为“工农兵学员”离开连队，赴北京大学国际政治系（现国际关系学院）上学。期间有四年多的时间是王洪钧连长带着我工作。老连长事事处处身先士卒、率先垂范，舍小家为大家，兢兢业业为连队的奉献精神，几十年来一直影响和激励着我。

在王洪钧连长身边工作的时间是短暂的，但我们的好连长身上所体现出来的十万转业官兵对北大荒垦荒事业的忠诚一直教育着我！王连长和老职工对知识青年的无私大爱一直激励着我！王连长身上具有的北大荒人的人格魅力一直感染着我！这些经历使我在人生道路上不怕困难，勇于承担。在工业三连学到的、感悟到的点点滴滴是我一生都会珍惜的宝贵精神财富。

我心中的“王连长”

陆永新

2014年8月2日，农场八五一一宾馆的大饭厅，我们的老连长王洪钧正充满深情地致欢迎辞，周边七八桌围坐着回第二故乡老连队探亲的知青和部分老职工，大家静静地在聆听……我坐在王连长的身边，默默地注视着他，只见他脸庞上掩饰不住见到知青的喜悦，双眼放出异样的光彩，眼角眉梢间洋溢着长者的慈爱，神情还是那么激昂，语调还是那么铿锵，依稀可见四十多年前的风采。

我思绪飞涌，仿佛又回到了工业三连那充满青涩又激情燃烧的岁月，那日日夜夜，那点点滴滴……

改变我的一席话

刚到连队那会儿，我是比较迷茫和消沉的。粮库繁重的体力活和艰苦的生活环境咬咬牙倒也能挺过去，但由于自己性格率直，不受拘束，血气方刚，待人接物中免不了产生一些误解，旁人印象不佳，自己也感到十分委屈，干什么活都提不起精神。心想只要不落后就行，有点得过且过、破罐子破摔的味道。见到王连长等领导敬而远之绕道走。

有一次，排里叫我们一班派几个人到王连长家倒腾柴火，我跟着车去了。他家处在公路到铁路之间的坡地上，是与公社老乡混杂的居住区。当马车蹚着泥水停在王连长家门口时，我惊呆了。这就是王连长的家？！茅草顶，土坯墙，歪歪斜斜，似倒非倒，门框倾斜低矮，进屋得低头哈腰。一进门，但见一根胳膊粗的树干顶着欲坠的房梁，泥土地面也不太平整，坑上光秃秃的，中间一个坑桌，边上有两只木板“肥皂箱”，用画报糊得花花绿绿的，整个屋子显得昏暗潮湿。干完活，坐在回连队的马车上，我心里不住地翻腾着……心想王连长随四野大军从东北一路打到海南岛，授上尉军衔，义无反顾响应号召转业开发北大荒，身为一连之长，且拖家带口有四个孩子，竟住在这样的房子里，不仅没有怨言，还起早摸黑为连队建设呕心沥血，对知青嘘寒问暖关怀备至，这是怎样的一种精神啊！我的心受到强烈的震撼，由衷地感到佩服和尊敬。我想，作为转业官兵，王连长他们面对如此生活境遇，或许也会有委屈，会有牢骚，甚至不满，但他们很清楚，他们追求的目标和价值是什么。而我呢？我陷入了沉思……

记得 1969 年底的一个冬夜，我在老连部漫无目的地翻看《马恩选集》，主要是寻找注释中有关希腊神话和罗马神话的故事。这时，王连长推门进来了，“在学习呢？好啊！”他和蔼可亲地问道。我有点手足无措，支支吾吾的不知怎么回答。“没事，坐下吧。咱唠唠嗑。”他顺手一拉长凳就挨着我坐下了。从我最近的工作和生活，有什么想法，乃至在上海的家庭状况等等，都仔仔细细地询问。那一晚聊了很多很多，令我印象最深刻的是他语重心长地对我说，从上海这么大的城市来到这里确实不容易，但既然来了，就要好好干，通过自己的努力是可以改变别人对你的印象的。年轻人要有上进心，不要有什么包袱，轻装前进甩开膀子干，一定会进步的。回到宿舍，我蒙着被子翻来覆去睡不着觉，琢磨着，王连长说得对啊！咱一不傻二不残的，凭啥落后于别人？与其混混沌沌地混，不如踏踏实实地干。“辞旧岁而抛却烦恼，迎新年而更振心志”，我暗暗下了决心。

之后半年，我第一批入了团，当选为团支部委员、兵团战士委员会副主任，还担任连队通讯报道组组长……

时间尽管过去了45年，但往事历历，犹在眼前；抚今追昔，感慨万千。我想，正是那晚王连长的一席话，改变了我人生发展的轨迹……

病中的陪伴

在粮库干活，装粮、卸粮、运粮都离不开扛麻袋，连队的重活、粗活、杂活也少不了，尽是一些拼身体的体力活。尽管粮库青年素有“一不怕苦，二不怕死”、攻坚克难敢打硬仗的好传统，但时间一长，或多或少免不了会这儿痛那儿疼的。那会儿我在粮库一班，干活时常常腰像触电似的瞬间一阵疼麻，过后就好，不知道什么原因，我也没放在心上。有一次干完活在晒场边休息，刘守仁排长说王连长找我，我赶到连队大门口的值班室，王连长见面就问“腰疼好点了吗？走，咱们上医院检查一下。”我十分诧异，王连长怎么会知道我腰疼？“没事，不用了”我推辞道。“别磨叽了，我已经约好了医生。”我只能乖乖地跟着王连长到团部医院。医生一阵忙活，也没检查出个所以然来，但看到王连长在旁边那份关切焦虑的神情，我心中那份温暖、那份感动，至今不能忘怀。回到排里，得知王连长前些天已领二班的北京知青陈和平看过腰疼，更是感叹不已。

1972年夏天，我在酒厂当保管员。干完自己的活，时常在大甑房帮着挖挖窖子扬扬料什么的。酒厂潮湿闷热，不知怎么的在大腿根处生了个疖子，一碰钻心的疼。当时心想这点小毛病算什么，挺几天就过去了。没想到疖子日渐红肿，越长越大，局部已经溃烂了。我走起路来一瘸一拐的，那个疼啊！王连长知道原委后，逼着我跟他马上去医院。医生检查后说必须开刀，放出脓血。随后麻醉、开刀、引脓、填药纱布，王连长一直陪在旁边。见我脸色不好，关切地让我在医院躺了个把小时，才搀着我回宿舍。

雪中的身影

1972年入冬，正是新酒厂建设的关键时刻。老酒厂已经拆了，新酒厂主体建筑建完后，一些配套设施还没跟上。天寒地冻的，干什么活都难。大约是12月初的一天，排里组织突击挖酒窖。白天干不完，晚上挑灯夜战继续干，就怕停一晚后土冻了再挖就难了。王连长特地叮嘱伙房安排好夜宵，并到现场鼓励，一直陪着我们到凌晨一点多干完活才摸黑回家。这一夜，纷纷扬扬地下了一场鹅毛大雪。

第二天清晨，雪还在下。我走出宿舍门，只见雪地上一行深深的脚印拐向了酒厂。谁这么早就来了？我赶紧顺着脚印往酒厂去。脚印路过锅炉房和灌瓶间，拐向了昨夜的“战场”。一个熟悉的身影，披了件黑棉袄，在厂房边的小路上慢慢地转悠，且行且停，观察思考着什么，雪片悄无声息地落在他的衣肩上。啊，这不是王连长吗！一阵热潮顿时涌上我的心头。要知道这段时间王连长身体不佳正患病呢，而他全然不顾，昨夜这么晚回家，今晨一大早又顶风冒雪赶来了……我的心久久不能平静，有股冲动，想写点什么。当晚我用稚嫩的笔触，写了几行不叫诗的诗：

一夜飞雪，满树梨花怒放；大路小径，顿成玉砌粉装。

是谁？顶风冒雪，印下脚印一行行？

哦，是我们的老连长，清晨察“战地”，风雪无阻挡。

仔细看，聚神想，战斗方案，顷刻胸中装。

干！天气不等人，奋力往前闯，哪怕天大的困难，统统一扫光……

树连队正气

说起工业三连的知青，外连的评价是三个字“风气正”，这在全团也很有名气。当年在连队知青中洋溢着一股昂扬向上之气——刻苦耐劳、热爱集体、艰苦奋斗、不怕困难、团结互助、积极奉献，形成了我们连队的“连魂”。这浩然之气，非一朝一夕而成，是经过了多年磨砺和锤炼的。而积极倡导、悉心引领、精心培育、全力营造这股正风的，正是王连长和他的老战友们。从知青一到连队，他们便言传身教，手把手地教我们技能，无微不至地关心我们的生活，满腔热忱地鼓励我们上进，为我们每一个小小的进步而由衷的赞许，无私地扶助青年干部，心甘情愿地做铺路石……

曾记否，迎着晨曦，带领我们上山运风化石，铺就宿舍前那条红色的路？曾记否，夜晚挑灯，组织全连会战突击进粮汗透衣襟？

曾记否，初春时节乍暖还寒，鼓励青年义务劳动为连队菜地送粪？曾记否，烈日炎炎的盛夏，同粮库青年一起一身泥水一身汗，和泥拧辫垒造土粮仓？每天清晨，哨声一响，青年们出早操了，脚步碎晨霜，口令惊树鸟；傍晚下班了，知青们梳洗换装，刚有点空闲，但送粮车来了，汽车喇叭一响，大家不约而同赶去卸车，无论男女，不管哪排哪班；当发生山火需要我连派员支援灭火时，男青年热血沸腾争先恐后，女青年把头发一卷戴上军帽硬要上车；当闻知医院抢救病人需要输血时，多少青年毫不犹豫伸出了胳膊……许多从外连陆续调入工业三连的知青对此深有感触，记得有个从外连调来的北京知青叫刘伯庸，有一次他十分感慨地对我说道，很奇怪，在别的连队很难开展的工作，放咱们连就这么简单，这么顺溜。我回答说，这是咱们连风气正，氛围好，人人争进步，干什么事就不难了。

许多年过去了，我总会情不自禁地怀念那一段难忘的青春岁月……谁都付出了很多很多，但无怨无悔。我想，当年王连长他们为此付出多少心血啊！

后来，王连长带着老伴来上海，上海知青们设宴接风。席间，自然而然聊起当年往事，我斗胆开玩笑，“王连长，你可欠了我们不少加班费啊。”王连长真诚地说，我真后悔死了，当年没把你们知青照顾好，尽让你们义务劳动。

用心支持我

1973 年夏，又开始推荐上大学了。经过各排各班的民主推荐，连部同意，把北京知青、时任副指导员王其芬，天津知青、时任三排副排长邢兰音和我三人上报了团部。听说我将上的是华东师大中文系汉语专业，心里那个激动啊，因为我四年中学时光就在那个美丽的校园里度过的。一天，王连长把我叫到连部办公室，用商量的口气对我说，小陆啊，青年骨干一下子走这么多，会影响工作的，你能不能留一年？我脑袋嗡的一声一下子就蒙了，不知道该怎么回答，嗫嚅着欲言又止。记得那天我溜达到连队东南面的小山头，嘴里衔了根草怔怔地望着天空呆坐了半天，“既然上不了学，那就好好干吧！”我对自己说。

不久，我担任了副连长。刚开始啥也不懂，底气不足，干工作时常缩手缩脚的。王连长带着我上团部熟悉人员，下班排了解情况，叮嘱我放开手脚大胆干，团里的重要会议，尽量让我参加。秦发祥、欧钦潮、郑加尤三位老副连长也对我热情鼓励，默默相助。

工作逐渐上手后，我时不时地显露出主观、急躁、说话冲的毛病，自己还没感觉。王连长看在眼里，多次找我谈心，在肯定我工作敢于担当负责的同时，语重心长地提醒我，要多下班组，多听听大伙的意见，虚心学习，尊重同志。连长的谆谆教诲使我受益匪浅。

转眼到了 1974 年初夏，王连长病倒了，患的是慢性肝炎，需住院休养治疗。大伙儿心里明白，王连长这是为连队建设起早摸黑操劳过度而病倒的。王连长病倒前，连队业务领导的分工是老秦负责油厂、老欧负责面粉厂、老郑负责酒厂，各把一摊，我协助王连长抓面上工作。王连长一住院，我可抓瞎了。尽管有冯学孟指导员在，但面上的业务事关全团粮食收储、口粮和油料加工、饲料供应，还有白酒的市场供应，责任重大，来不得半点差错。好在团部医院离连队很近，我隔三差五就往医院跑，连探望带请示。每次听完我汇报后，他总会帮我仔细分析，重点提示，还不忘鼓励一番。从内心讲，我真不忍心老去打扰他，但也没办法，谁叫咱没那份能耐呢？说实在的，那段时间，他就是我工作中的主心骨。

与此同时，1974 年大学招生开始了。我和往年一样，又被推荐上报团部。也是个上海的名额——上海第二医学院儿科专业。但这次是团部不让走了。赵松林政委亲自找我谈话说，你们王连长身体不好，现在连队工作需要，你不能走。王连长闻讯，拖着病体到团部找团首长为我说情，当然也无济于事。虽然没能改变团里的决定，但我内心十分感激王连长。命运就是这么安排的，我只有坦然面对。

大约在 10 月份，团部下达命令，任命我为工业三连连长。王连长调团部工作。我去探望他时，他动情地对我说，我们信任你，大家也支持你，好好干吧！我清楚，“好好干”这简单的三个字，蕴含着王连长他们多少期望！第二年，工业三连被评为“工业学大庆”先进单位，首次从团财政补贴单位转为盈利单位。这一切，凝聚着多少老同志的心血和知青们的汗水啊！我至今忘不了，那些年老职工们对我真诚无私的扶助和知青们的鼎力支持。

一阵掌声，把我从回忆中拉了回来。王连长讲完了，有点疲惫。我知道，他前几天还住院呢，为了我们的到来，忙前忙后的顾不上休息。我仍然注视着他……王连长老了，真的老了。我在心中默默地祝愿，王连长啊，您千万要保重，过两年我们还要回来探望，我们对北大荒挥之不去割舍不断的眷恋，正是因为有您和其他老职工生活在这儿……

良师——秦发祥

翟培道

离开北大荒、离开工业三连已经三十多年了，可是我怎么也忘不了我的启蒙良师——秦发祥。老秦平易近人，在连队时他是副连长，但没有一点连首长的架子。因为他长着浓浓的络腮胡子，所以我们都没大没小、亲切地叫他“秦大胡子”。

1968 年 7 月，我和董书调、王其芬、罗英琪等十名北京知青在上山下乡的大潮中来到了八五一一农场粮油站，也就是组建兵团后的四十团工业三连。到粮油站后，我被分配到了油厂。虽然叫“油厂”，其实就是个榨油车间。老秦是油厂的主任，我成了老秦手下的一名职工。1979 年 7 月，在知青返城的大潮中，我离开工业三连回了北京。在期间的整整十一年中，我大部分时间和老秦在一起，朝夕相处、日复一日、年复一年，是他的言传身教，让我学会了做事做人。他手把手教我做事的本领，我从他的言行举止中感悟到的、学到的做人道理，受益终身。

勤奋好学、敢想实干令人钦佩

老秦是个老兵，1958 年随十万官兵转业到了北大荒。他文化程度不高，但人是绝顶的聪明，再加上勤奋、好学，所以满脑袋都是主意、点子。兵团组建后，粮油站改称工业三连，老秦是主管全连生产和维修的副连长，这就让英雄有了更大的用武之地。当年，连队的粮库、油厂、酒厂的劳动强度极大，生产效率极低。粮库基本上靠人肩扛，油厂、酒厂设备工艺极其落后，费力费原料不少，可是出油率、出酒率实在有点说不出口。我在连队的十多年里，跟着老秦搞革新搞改造，在他身上看到的勤奋好学、敢想实干精神实在令人钦佩。

我们连的一排是全团的粮库，全团上万人的口粮和食用油原料都储备在粮库。每年粮库都要收进大量的小麦、玉米、水稻、大豆和其他杂粮。粮食运来了要卸车、入库，再从库里运到面粉加工厂、油厂，全部靠人用肩扛。扛着二百来斤重的麻袋走平地还好些，爬三节跳板上四、五米高的粮囤可不是闹着玩的，不仅劳动强度大，而且还十分危险。老秦一琢磨，就带着大家因陋就简，搞出了一台输送机，其实现在想来很简单，就是一个电动机带动一根大皮带，把粮食从低处传送到高处，可是在四十多年前还很闭塞、很落后的北大荒，这已经是相当了不起的革新了。有了这台输送机，粮库的同志就不用扛着沉重的麻袋爬高上跳板了。

在酒厂，挖窖是份力气活。酒窖是在地下挖出的一个长两米多、宽一米八左右、深两米五左右的大坑，四面和底部铺上厚木板，酒料蒸熟，扬晾到一定温度，拌上酒曲酵母就放入这里，封上窖泥进行发酵。酒料入窖不费力，可把发酵完的、湿乎乎的酒料从窖里挖出来，特别是挖到底部时，人站在窖底，把一锹二三十斤重的湿酒料甩出窖外可是力气活。再说，酒窖里弥漫着发酵了的酒料味，不是“酒鬼”，在里面站一会儿就会迷迷糊糊。又是老秦，他到其他酒厂看了看，回来就带着连里维修班的几位同志，照葫芦画瓢，自己动手制造了一个机械大抓斗。一个闸盒、一个离合器，大抓斗前后左右、上下开合运作自如，这可大大减轻了挖窖的劳动强度，还大大加快了速度，提高了工作效率。

在油厂，老秦的杰作就更多了，两次技术改造渗透了他的心血，也处处闪烁着他的聪明才智。特别是1975年的那次改造，老秦带着我们到宁安油厂去“取经”，其实是想“偷”人家的技术。人家也很机灵，明确告诉我们不许照相、不许画图，甚至不许靠近设备。老秦硬是带着我们用眼看，把宁安油厂的那套榨油设备用心记了下来。回到连队后，老秦又带着我们因陋就简，土法上马，仅用了几个月的时间几乎建了个新油厂。这里面故事很多，我举两个例子就能充分说明老秦的聪明、实干。

一是土法造出电焊机。油厂改造很多环节都需要焊接，可连队没有电焊机，添置设备需花钱，那时连里没有这笔经费。怎么办？老秦眉头一皱，计上心来，弄来两口大水缸，分别注入浓度不一样的盐水，一个缸里插入一根铜条，另一个缸里插入一根铝条，通上电就成了一台土电焊机。这台土电焊机在油厂的那次改造中还真出了不少力，我们几个年轻人就是在这台土焊机上试手，学会的电焊活。

二是浇注加压储备泵。加压储备泵是榨油的关键设备，由其给榨油机加压挤榨出饼坯中的油分。这个直径两米多、高两米多的大家伙是用水泥浇注成的。通常是先用木头做出个模板，然后用水泥浇注成型。做这么一个大模具需要很多木料，这也就意味着要花很多钱。没钱！怎么办呢？又是老秦的点子，在地上往下照图纸按1：1的比例挖出个模子来，在里面铺上油毡，放入钢筋，浇注水泥，等成型后再把它吊起来。就这么一个点子，没花太多钱就把一件大事办成了。

身先士卒、带头苦干令人信服

老秦平时话语不多，工作起来极其认真，事事处处身先士卒，带头苦干令人信服。特别是在1975年那次油厂的技术改造中，几个月时间里，他作为总指挥，要统揽全局，有许多问题难题需要协调解决。作为技术“大拿”，我们这些年轻人遇到技术难题，他还得耐心辅导手把手教。作为副连长，他带头冲锋陷阵，苦活重活累活抢在前。当年我们修理班的几个年轻人都是二十来岁的小伙子，属于“一人吃饱全家不饿”那一族，所以油厂改造那段时间我们几乎是吃住在车间。老秦可已是四十多岁拖家带口，但他和我们这些光棍小伙一样，几个月没白天没黑夜地摸爬滚打在工地一线，半夜实在累了困了就找个安静角落和衣打个盹，醒了擦把脸接着干。

爱护青年、细心呵护令人难忘

从表面上看老秦像个大老粗，但他对我们这些知青在思想上、工作上、生活上的爱护、关心可细致了。刚到油厂时，我这个初出校门的中学生啥也不懂啥也不会，是老秦手把手耐心地教我怎么点着炕豆子大炕下的火，教会我如何掌握豆子的水分，教会我操作油厂的各种不同工序。特别是在修理班的那几年，是老秦的传帮带，让我学到了不少技术真本领。老秦对我们要求很严，一丝不苟。有一次，我画的一张加工工件图纸，标注的尺寸有点小问题，但加工出来的零件还能凑合用。可老秦知道后，还是命令我重新制图、重新加工。他的原则是：半点儿也不能马虎，半点儿也不能凑合。

老秦在生活上对我们年轻人的关心更是细致入微。烧电焊时，我们的眼睛被电弧灼伤了，老秦就亲自到有喂奶孩子的家里去讨要来母乳给我们点上，因为他听说母乳治疗电弧灼伤的眼睛特别有效。当我们年轻人感冒发烧还不以为然时，他会拽着我们去医院看病取药，然后去食堂安排好病号饭。有时他还会亲自端着病号饭——一碗加了鸡蛋的面条，送到我们的床前。

回忆起来，心潮久久不能平静。想说的事、想讲的话太多了，汇成一句话：我要谢谢我们的秦大胡子、我们的秦连长！

2015 年 2 月 1 日，我们去老秦他女儿在北京的家，看望了老人家。他虽已是八十五岁高龄的老人，行动稍有不便，但精神矍铄、思维敏捷。提起当年油厂改造那些事，他记得还是那么清晰，说起来依然头头是道。我由衷地祝愿老人家晚年幸福，健康长寿！

老排长，我想您啊！

王国庆

曾昭瑜是四排，也就是酒厂的老排长。我曾作为酒库保管员、知青副排长和老排长一起工作了两年多时间。1972 年 4 月我被推荐上大学离开连队之后，与老排长一别就没再见过面。1981 年 5 月，老排长曾昭瑜病故永远离开了我们。几十年过去了，他的音容笑貌还时常映现在我的眼前，我的书柜里还珍藏着我离开连队后他给我写过的许多信中的十四封信。离开东北几十年后，战友们聚会时大家还时不时地会提起老曾，都说："曾排长是个好人！"

老排长曾昭瑜是广东人，个子不高，印象中他总是戴着一顶洗得已经发白了的旧军帽。他可是个名副其实的老兵，在老家广东参军，走南闯北，最后随十万官兵转业到了北大荒，来到祖国的东北边陲小镇——兴凯，投身于伟大的垦荒事业。老曾平时话语不多，可脸上总挂着笑容，为人处世就像他的个头一样，不张扬，

中为曾昭瑜排长

不显山露水，对人随和谦让，做事低调认真。尽管我们到连队时他已经是一排之长，但我没调四排时还真对他不了解。1970 年初，连里把我从一排调到四排，也就是酒厂当酒库保管员。到酒厂和老曾接触多了，开始时还总觉得老曾太老实、太软弱，甚至有点窝囊，可时间长了，我才真正懂老曾了——他是一个身先士卒、埋头苦干的好排长，是一个顾大局、守纪律的好干部，是一个严以律己、不计名利的好党员，是一个关心、爱护年轻人的好兄长。

记得我刚到酒厂时，是老排长手把手教会我当一个称职的保管员，怎么收酒入库、怎么付酒记账[①]、怎么看酒花、怎么测量酒度、怎么兑酒、怎么从酒罐里抽酒……

记得北大荒寒冷的隆冬夜，经常是老排长带着我和一两位年轻人坐在大卡车上，顶着呼啸的刺骨寒风一趟趟去工业五连拉煤，手冻僵了、脚冻麻了，可当时已差不多四十来岁的老排长和我们这些十七八岁的年轻小伙子一样装车、卸车，出一身身热汗……

记得酒厂锅炉房经常因烧锅炉的同志轮休、病假、探亲而缺人手，是老排长经常抢着替班，作为一排之长白天要处理很多事情，所以他就把替班安排在夜里。白天忙了、累了一天，夜里再顶一个班，第二天白天他还是在酒厂……

记得 1971 年初我当了四排的知青副排长后，升了“官”了，

① 指客户拿着在连部会计开的提货单来提货（散装酒），付货后记账。

脾气也见长了，时不时地也要和排里的同志发发脾气了，有时说话也不那么客气了，特别是遇到来拉酒糟的老乡想往麻袋里或马车上多装两锹酒糟时，也会对人大声训斥了，是老排长一次次提醒我要谦虚谨慎、戒骄戒躁，要学会尊重、理解、善待别人……

记得1972年我被推荐作为工农兵学员到上海外国语学院上学后，是老排长在繁忙的工作中抽时间一封封给我写信，分享酒厂工作的成就、发展变化的成果，鼓励我不辜负首长和战友们的重托，完成好“上、管、改”的重任，提醒我要始终保持艰苦朴素、艰苦奋斗的北大荒本色……

记得我大学毕业到北京工作后，是老排长给我用挂号信寄来了可买做一身衣服布料的军用布票，叮嘱我买布做套衣服，在北京不能像在北大荒时那样老穿带补丁的衣服了，“在中央机关工作，要保持艰苦朴素的精神，但不能丢中国人的脸。”……

记得20世纪70年代末，当我告诉老排长我打算结婚成家时，老排长高兴得像是自己要办喜事一样。在当年城市里什么都稀缺、什么都凭票的情况下，老排长让返城的北京知青帮捎了些木料，嘱咐我打件家具，又往上海托运了北大荒特有的那种南瓜子、葵花籽、黑木耳。当我表示过意不去时，老排长在信里说，“邮点东西花钱不多何必过分在意，咱是把你当成亲弟弟。”……

记得20世纪70年代末，老排长患胃癌，在医院做了两次胃切除手术。第一次手术后，他并不以为然，一出院便投入工作，给我的来信中只是轻描淡写地说了句，“没事了！”“因基建任务重，人手分不开，我将投入到一年一度的酒厂检修工作。我身体恢复得很快、很好，完全有信心完成支部交给我的任务。”后来连里为了照顾他的身体，卸了他肩上的排长重担，他在给我的信中谈到此事时，我看得出他是由衷地感激组织对他的关心照顾。第二次手术后，他躺在病床上给我写的一封信中说，准备根据自己在酒厂工作多年的经验写一本白酒生产工艺的书，还列出了写书提纲……

那是 1981 年 5 月 3 日，老排长在病榻上“卧书”了他给我的最后一封信，嘱咐我代他向在他生病期间给予关心的知青同志致谢，“烦请你在北京见到在连队工作过的知青同志代为问好，并向小翟、王建国、小董、三星等同志表示感谢！李勇、王其芬都于 4 月 8 日来信慰问，已亲笔复信答谢。多年来，少通信，但隔不断多年友情心连心。”

1981 年 5 月 24 日，老排长曾昭瑜与世长辞，英年早逝，那年他还不到五十岁。

我和曾排长在一起工作只有短短的两年时间，我们分开已经四十多年了，可是我总也忘不了他对我的手足之情、对我的关爱、对我的帮助。每每拿出我珍藏的他的十四封来信翻阅时，我的眼眶里总会盈满泪水，我的心里总会呼唤：“老排长，我想您啊！”

“小老孔”

罗英琪

我印象中的小老孔是一个小老头，一个可爱的小老头！可现在回想起来，当年我们在连队时他还根本没到老年人的年龄，到底他有多大年纪？当时的我们也不懂得问。

小老孔的个子确实不高，也可能是他个子小的原因，我们知青都亲切地喊他“小老孔”！他总穿着一件咖啡色的紧身夹克，还是条绒的，戴着一顶黄色的像军人一样的帽子。他的四川口音很浓很浓，说起话来别人很难一下就懂。从他身边走过，他总是微笑着看着我们，“小罗同志，你好！”他的这声问候，现在我还记忆犹新。他还时常会从兜儿里掏出几块糖来给知青们吃呢！

那时我就琢磨过：小老孔的名字和一般的男人还真不一样。人家的名字里常有什么山呀水呀的，可“小老孔”的大名是孔维熙，这三个字中有了一个“熙”字，就与众不同了。工作之余，我们常见到他手里拿着两块已经磨得溜光的猪的大扇骨，每块扇骨的尖尖处还拴着一条红飘带，“啪啪啪！啪啪啪！”两块扇骨在小老孔的手里敲打起来的声音还挺清脆。当时，我们看着这玩意儿又新鲜又好奇，就围着小老孔一个劲儿地问：“这是干什么用的？给我们玩儿一个看看！”等到连里开全连大会的时候，小老孔真的给我们玩儿了一把——是王连长亲自请小老孔给我们演的一个精彩的节目。那时连里开大会有一个不成文的规矩：会前十分钟读一段报纸，了解国家大事；念一篇表扬稿，宣传连队的好人好事。那天，小老孔的绝活就是在念报纸和表扬稿前表演的。两块大扇骨在他的手中有节奏地响着，他自己编的词儿就顺着那扇骨敲出来的节奏，脱口而出，有板有眼，像四川的山歌！像江边的号子！有滋有味儿，很精彩！那上下翻飞的红飘带映着他涨的红红的脸庞，全连同志给小老孔的精彩表演报以热烈的掌声。打那以后，我们在连队里只要看见他，都会高兴地说："小老孔！再给我们来一段！"

小老孔在连队具体做什么工作，我现在记不清了。可我清清楚楚地记得连队的冬天，小老孔经常给我们掏厕所。厕所，当地老百姓的习惯叫"茅楼"，几块木板子离地一米高搭起来的茅楼，四面透风。在北大荒滴水成冰的冬季里，大小便后茅楼的下面很快就冻起一层层肮脏的冰，在冰上又结起一根根粪便的冰柱。不及时清除的话，去茅楼"方便"，就很不方便了。是小老孔经常抡着几乎快和他一样高的大镐头和钢钎，在茅楼下面一下一下地凿呀掏呀，把结成一根根冰柱的粪便凿碎，然后再用大铁锹一锹一锹的往外清理。他戴的大皮帽子上结着白霜，他的身上溅满了粪便的冰碴子，脚上踩着粪便冻成的冰块儿，活儿干完了他就不声不响地离开了。我们上厕所方便了，也就自然想到是小老孔把这里的"不方便"清理干净了。

在我的印象里还时常记着小老孔系着一条快拖地的围裙，带着一副套袖，挑着装得满满的两桶泔水去喂猪。那根小扁担的长度仿佛是特地为小老孔定制的，沉甸甸的担子压在他的肩头，他走得那么稳健、那么带劲，他要把过年过节时供知青食堂宰杀的猪喂得肥肥的，他心里装的是我们这些从城市里来的知识青年。

我在工业三连时间不长就调到团广播站工作了，但在连队短短两年里我所见到的小老孔的所作所为，已经深深地印在我的脑子里。四十多年过去了，我们至今还常亲切地念叨着“小老孔”。“小老孔”的个头虽然矮，可他在我们心中的位置一点儿也不小，他默默地做了那么多有益于连队、有益于职工的脏活儿、累活儿。他平凡、敬业，和连队一百多名职工一样，建设北大荒、贡献黑土地！他——孔维熙，就像他的名字一样永远是我们心中的光明！

在四十团里经历的几个“第一”

许三星

离开四十团已经整整四十年了，但当年的一幕幕仍记忆犹新，尤其是经历的那些“第一”。

到四十团后吃的第一餐——“蛋炒饭”

1969年5月15日下午，在上海北郊的彭浦货车站上，停着一列全是卧铺车厢的列车，车上挤满了二十郎当岁的青年人，可能由于保密工作做得较好，车下送行的人不像其他知青列车的送行人群显得那么人山人海。随着汽笛一声长鸣，列车缓缓启动时，车上车下顿时发出一片哭声，随着列车速度的加快，车上的人有的在哭、有的在笑、有的在闹、有的在骂，还有的在沉默、在思考、在回忆、在梦想……要了解人生百态，那是个绝佳之处。我当时也绝对想不到，随着列车的启动，就此告别了上海，成了至今还是的一个“异乡客”。

列车开开停停地行驶在祖国的大地上，开始车厢里还是人声鼎沸，随着白天黑夜的几次交替，慢慢地只剩下了一片寂寞和沉闷。第四个夜晚天黑不久，列车又靠站了。经过长途颠簸已经晕晕乎乎、疲惫不堪的人们以为已经到达目的地了，这时听见下面有人在高喊“四十三团的请下车”。借助昏暗的光线，才看见原来到了密山站，这还不是我们的目的地。经过了半个小时的躁动，该下车的全下去了，列车又向黑暗中驶去，我们静静地坐在座位上，有的开始整理自己的随身行李，似乎又过了很长时间，列车在一个几乎没有灯光的四等小站停住了，这时又听见有人高喊“四十团的知青下车”。我们赶紧穿好衣服、拿上行李争先恐后地往车下跳，站定一看，只觉得昏天黑地，几个路灯映照出一条弯弯曲曲、两旁堆满圆木的小道，通向前面有几个大灯照着的一片开阔地。队伍在那片开阔地处停了下来（后来才知道那就是四十团团部前面的广场），周围停着一些解放卡车、拖拉机、牛车、马车，还有一些老职工在那儿迎接我们。

已快 5 月下旬，上海早已春暖花开，但北大荒的早晚寒气依然逼人。深更半夜站在这露天广场上，尽管穿上了离开上海时给我们发的兵团绿厚棉衣，但仍觉得寒意阵阵，真有点饥寒交迫的味道。等人声稍有点安静下来后，才听见广播的声音：“广大的知识青年们，你们好！现在在团部后边的机关食堂中为大家准备了饭菜，请大家到那儿去用餐。”这可真算是雪中送炭呀！人们一下子涌进了本来就不大的机关食堂，一时间就见到处人头攒动。食堂为大家准备了白面馒头和咸菜，这在当时的四十团已经是一顿很像样的欢迎餐了，但对我们这些在上海吃惯了大米饭的南方人来说，还是觉得难以下咽。正在这时，一阵躁动，很多人挤向了另一边，还听见好多人在喊着“蛋炒饭”“蛋炒饭”。我寻声望去，看到了一个大盆中盛着满满一盆金黄色的东西，确实很像“蛋炒饭”，便拿着碗盛了满满一碗，等挤出人群一看，哪是什么蛋炒饭呀，只是一碗煮烂的玉米粒（后来我们知道了，这就叫“大馇子饭”，拿现在的观念来说这可是营养价值很高的“绿色食品”！可在当时我们这些吃大米饭长大的南方人哪能吃得下这满满一大碗玉米糙子饭呢，好在同去的几个同班同学互相分分，才算是没有浪费了这碗“蛋炒饭”）。

吃过这一餐后，当时同去四十团的几个同班同学还特地去找了从上海带我们来兵团的工作人员，向他表示，我们愿意去团里最艰苦的地方，但有一个条件，就是要把我们分在一起。可是事后一宣布，我们几个还是被“四分五裂”了，一个去了工业一连打铁、一个去了农业七连杀牛宰羊、一个去了农业十连“修地球”(务农)、一个去了农业十七连养鹿，而我被分到了工业三连——粮油站。

到连队后住的第一个宿舍——“五间房”

随着天色放亮，我们这批上海知青也都有了去处，一些人和行李都被装上大卡车拉走了，一些人坐上拖拉机离开了，而我们十个被分配到工业三连的人只是跟着一辆满载行李的牛车离开了团部礼堂往东走去。当时的心情是十分复杂的，一方面是因为熟悉的人都分到不同的地方了，觉得有点伤感，另一方面又觉得被分到了工业连队，总比农业连队要好些。要知道我们这一代人当年若能留在上海分进工厂那真是抽着上上签了，那时侯有些人为了能分配到一个上海的工矿指标，可真是使出了浑身的解数，曾有多少人发出这样的感慨：“只要能留在上海，分到工矿企业，那就是天天扫大街、倒马桶也是心甘情愿的。”现在我被分到了工业三连，虽说还不知道工业三连到底是干什么的、到底在哪个位置，但心里觉得只要和工业沾边总是好事，就在这胡思乱想之中不知不觉已随着队伍走了二三百米路，到了工业三连的大门口。牛车把我们带到了连队大院尽东头的“五间房”前，老连长（其实当年刚四十出头）告诉我们这就是我们的男宿舍。所谓“五间房”，就是一栋坐西朝东、五间开间、木头框架的土坯房。中间进门就见支着一口烧水的大铁锅，南北两头是打通的两大间。北头那间已经住上了连里的光棍老职工和比我们早来的北京、牡丹江男知青。南头一间显然是刚收拾出来的，风化石铺地，进门两边是用木头钉起来的大通铺，上面盖了几张大炕席，我们打开行李，铺上席子、褥子、被子，这就是我们的宿舍了！

收拾利落，到门外一看，旁边就是马号，里面还拴着几匹正在啃草料的马。往南离马号不远，看到了“厕所”，号称厕所，其实就是在地上挖个大坑，架上几块木板，用炕席四周一围留个口子，这就是厕所了。晚上打着手电，往那里一蹲，抬头数星星，这也算是一景了。

到连队的第一天，没让我们干什么活，一日三餐平安无事，只是开了个会介绍情况分配工作。我被分在了二排——面粉加工厂（这时我们才知道工业三连除了连部、后勤，还有四个排：一排是粮库、二排是面粉加工厂、三排是油厂、四排是酒厂），面粉加工厂主要是加工面粉、大糌子、小糌子等供给全团人吃的粮食。

当天夜里宿舍里就发生了一桩奇事。宿舍里除了上海知青外还有其他地方的知青要来，所以还有不少铺空着。这天夜里睡到半夜，有个知青起夜，谁知一起身就看到旁边的空铺上躺着一个大家伙，还听见鼻子呼呼吹气。猛然见到此景，谁能不惊？只听他惊叫一声，把我们全吓醒了，开灯一看，原来在他边上躺着一匹小马驹。大家起来手忙脚乱一阵轰赶，终于把小马驹赶出了宿舍。这时睡在对面屋子里的北京知青、牡丹江知青也被我们吵醒了，过来问我们怎么回事？当听说是小马驹跑到我们铺上来睡觉时，他们哈哈大笑说："是你们抢占了它的地盘，这间屋子前几天还是马号，小马驹就是睡在这儿的，你们来前不几天才改的宿舍。"听后我们才恍然大悟，这确实不能怪小马驹，明明是我们占了人家的地盘，又怎么能不让人家回家睡觉呢？

知青养的第一个"宠物"——黑子

记得是1971年的春天，那时我在团部保卫处工作。有次去十连办个案子，从团部去十连要路过九连，到九连时正赶上吃午饭，我就在食堂拿了点馒头，准备边吃边走去十连。刚出食堂，门口一只浑身黑毛的小狗两眼直愣愣地盯上了我手里的馒头，我掰了一块馒头扔给它，叫着"黑子、黑子"，这小狗开始还有点躲闪，后来就离我越来越近，最后就一直跟着我赶也赶不走了。我一边喂它一边往十连方向走去，结果它就一直跟到了十连。我在十连住了几天，它就天天跟着我，等我办完事回团部时，它也一路尾随。经过九连时我特地去了趟食堂，想把它送回去，不知为什么它就是不愿意留在那里，结果还是跟着我。回到兴凯，我先去了工业三连，它也和我一起到了工业三连。四排的北京知青高云柱和牡丹江知青王华艳看到小黑狗喜欢得不得了，我就把它交给了上海知青王国庆，当时他在四排当副排长。这条狗可能和四排的知青有缘，自从跟了他们小家伙就不再找我了。四排的知青们把它当成了宠物，给它正式命名为“黑子”，大家争着喂它逗它，它也俨然成了四排的一员，天天和四排的知青们一起上班下班，即使上夜班它也不离左右，别人在干活，它就卧在一边睡觉，大伙干完活它也就跟着一起回宿舍。黑子出落得越来越讨人喜欢，浑身黑毛油亮，胸口一撮白毛。

可是好景不长，大约是那年初冬，有知青对宿舍里养狗提出抗议，连里领导明确表示：宿舍不允许养狗！为此四排的知青一次次用铁丝把它拴在酒厂，它一次次拧断了铁丝跑回宿舍。一天夜里，四排知青们忍痛把黑子赶出了宿舍，从此就再也没见过它的身影。

时隔近半个世纪了，这些事回想起来还好像是刚刚发生的一样，要说四十团还有很多很多的第一，譬如说：我们自己盖的第一栋砖房的集体宿舍、第一次去参加抢收抢种、我在保卫股破的第一件案件、我们在黑龙江种下的第一棵知青树等等。黑龙江的一草一木、一山一水、一事一物、一情一景都可能是我们的第一，战友们、朋友们，你有哪些第一呢？

作于2013年春

北大荒的冬天到处是冰

姜美芳

说起北大荒的冬天，就是一个“冷”字。每年差不多一进入10月份，就会飘飘悠悠地下起雪来，遇上西北风，“大烟炮”刮得昏天黑地让人睁不开眼睛。还有就是“滴水成冰”，在零下二三十度的严寒下，屋外的世界俨然是个天然的大冰窖。在这里，我不回忆雪，我不回忆风，我只想说说北大荒的冬天到处可见的冰！

上班途中的冰路

北大荒的初冬有时在下雪的同时，也会下点雨。这可就糟了，因为雨雪后经常是气温骤降，路面上会结上一层厚厚的、滑溜溜的冰甲。走在结冰的路上，一不小心刺溜一下，就会让你摔个四脚朝天。我们当年来到北大荒的知青，或多或少都有过在冰上摔跌的经历。

北京知青罗英琪记得1968年她刚到北大荒的第一年，10月初兴凯就下了场雨夹雪。雨雪后气温急剧下降，兴凯顿时成了冰的世界，到处是滑溜溜的冰，滑得让人们都不敢走路。柳春华记得1969年11月她刚从农业一连调到工业三连时，在去酒厂上班的路上，路面结得厚厚的冰让她摔的直抹眼泪。我也记得，那次在去酒厂的上班路上不知摔了多少跤，下班也是一步一滑摔到家，临到宿舍门口还摔了一大跤。原因就是自己脚上穿的那双从上海带来的黑灯芯绒面、白塑料底系带棉鞋。塑料底一遇冷就变硬，走在结了冰的路面上就滑上加滑。于是，我一进宿舍就气得把那双棉鞋脱了下来，一甩手扔到了门口的墙角里。同宿舍的战友见了忙问:

“这么好看的棉鞋扔了干嘛？”我气呼呼地说：“好看有什么用，穿了尽摔跤！”于是，那双从上海千里迢迢带来的漂亮棉鞋，我在东北再也没穿过。入乡随俗，后来我在北大荒的冬天里，就穿上了那种北大荒特有的又笨又土的棉胶鞋，可穿上这种棉胶鞋无论是踩在雪里，还是走在冰上，你感觉实实在在。穿了棉胶鞋后，我还真的没再摔过跤！

初春的北大荒，存了一冬的冰雪开始慢慢融化了，可路上还时不时有些残留的冰面。在去酒厂上班的路上，双鸭山知青闻淑兰、牡丹江知青王华艳经常会特意走到冰面上，用一只脚的脚尖一掂，身体便轻盈地向前滑行好几米，那灵活的身姿真的很优美。看到北方城市知青在冰路上的自如表演，我们南方来的知青心里不由得生出几分羡慕！

真的，上班途中的冰路让人又害怕又喜欢！

宿舍门前屋后的冰场

连队知青宿舍门前路南，有一片空地，后来我们自己动手在那里修了个篮球场。宿舍屋后，也有一片空地，在那里竖了些木杆，拉上铁丝，就成了知青晾晒衣被的晾衣场。一到冬天，打不了球、也晾晒不了衣服了，篮球场和晾衣场就成了两个大冰场。

这两个大冰场是如何形成的？局外人一定不知个中缘由，可我们工业三连的知青一定个个都明白，其实冰场的造就者就是我们知青自己！每天早上、晚上，刷完牙、洗完脸，知青们端着脸盆从各自宿舍出来了。女知青出前门，一扬手，盆里的水就泼在了前面的篮球场上。男知青出东门往后一拐，一扬手，盆里的水就泼在晾衣场上。洗完衣服的水也一样，女的倒前面，男的倒后面。大暖和没事，水一泼到地上，不是渗了、流走了，就是很快挥发掉了。可到了滴水成冰的冬季，倒下去的水立刻就冻成冰，而且一冬天都不化了。用不了几天，宿舍房前屋后就浇出个小冰场了，一天一天，日积月累，由小而大，冰面不断往外围扩延，慢慢就形成了工业三连知青宿舍房前屋后的两个非常壮观的大冰场！那时候有谁会想过在这硕大的冰面上建两个溜冰场玩玩？

到了来年的春天，冰场慢慢融化，渐渐消失得无影无踪了……

厕所里的冰柱

当年我们工业三连知青宿舍的厕所，是建在连队院里知青菜地最南边的铁丝网围墙边上。很简陋，地上挖一个大坑，坑上用木板架起一个个蹲位，然后在上方盖一间小房，中间砌堵墙，一分为二，两边开门，男左女右，就成了公用的男女厕所。

冬天，厕所里特别冷。但是上厕所时几乎闻不到一点臭味，一是因为“通风”效果好，外面有点小风也呼呼的往里钻；二嘛，当然还有一个非常重要的原因就是坑里的粪便全都结成了冰。由于上厕所的人多，每次差不多又在同一位置上方便，这就渐渐形成北大荒冬天厕所里的一“怪”——坑里的粪便“冰柱”长起来，而且每天往上长，越长越高，不及时清除都让人无法蹲下方便。当年，连里安排各排轮流派人用钢钎把“冰柱”凿掉。那年月人人都争着学雷锋做好事，所以周末经常有战友悄悄地扛上钢钎到厕所去凿“冰柱”。那活也不好干，累得满头大汗不说，钢钎的用力和角度掌握不好，有时溅起的冰粪渣弄得你一脸一脖子。清除厕所里的“冰柱”，也是连队领导身先士卒常做的一项工作。曾经当过连长和指导员的上海知青陆永新就经常扛着钢钎到厕所去凿“冰柱”，以解大家的方便之急！

常言道北大荒有“三怪”：“窗户纸糊在外，大姑娘叼个大烟袋，养了孩子吊起来。”那么，知青来到北大荒，还可加上“一怪”，那就是“厕所里的粪便变成‘冰柱’长起来！”

酒厂井边的冰坡

在我们工业三连老酒厂，院子里有一口井，井很深，水很清，那是一口在北方常见、用辘轳打水的井。据说，我们酒厂生产的“北大荒酒”就是因为用了这口井里的水才好喝。

在“北大荒酒”的生产过程中，每天要从井里打不少水。十二班做酵母糖化液必须用井水，原酒出库、装瓶前必须用井水勾兑。“北大荒酒”的出厂标准是含酒精度60度，接酒时一般接到65度左右，所以原酒在出厂或装瓶前必须用井水把酒精度勾兑到60度。

冬天从井里打水可是不容易！井口四周由于每次打上来的水都会泼洒一点，这次你洒一点，下次他洒一点，井边的冰就越结越多，井口越来越小，慢慢地在井口就形成一个既朝井里又向往外倾斜的冰坡。挑着水桶，往井口走去，一步一滑，打水摇辘轳时站在溜滑的冰坡上使劲，那可不是闹着玩的，还真是危险！

每次打水，我们都小心翼翼，既要注意脚下安全，还要顾及手上协调，一只手摇辘轳把，另一只手去抓摇上来的水桶。说实在的，我们知青一开始还真不会打井水，慢慢才学会的。刚开始我们单独去井边打水，老职工总会提醒我们注意安全，有时还跟上帮我们一把，我们自己也特别当心。可是时间一长，就大意了。

记得那是 1971 年 2 月的一天，我在酵母室当班去井边打水。在井边滑溜溜的冰坡上，我走得格外小心，可到了辘轳架子边上没注意辘轳在架子上已有些偏离。辘轳偏离只要先朝反方向转一下就能调正，可是我还是按往常那样把钩子往水桶上一挂，顺手一放，辘轳就按着正方向飞快地转动起来。突然，辘轳脱开架子飞了起来，哐当一声，我就被飞起的辘轳击倒在了井边，我一下子懵了……在车间里工作的同志听到动静都跑了出来，发现架上的辘轳不见了踪影，原来，辘轳带着水桶全都掉井里去了，万幸的是我没被打进井里，倒在了井口边！大家连忙把我扶起来，这时血从我的右脸颊淌了下来，原来是我的右边太阳穴下方被辘轳把打了一个口子，赶紧去团部卫生队处理伤口，结果还缝了两针。

几十年过去了，我的右脸上还留着一个不明显的小疤痕。酒厂井边的冰坡真的令人生畏！

北大荒的冬天到处是冰！北大荒的冰路，人们滑倒了又重新爬起来；北大荒的冰场，到了春天便会悄悄地消融；北大荒厕所里的“冰柱”，有我们手中的钢钎；北大荒的冰坡，唯有无所畏惧的人才能在上面行走，而且能走稳！

知青菜地

姜美芳

走进我们工业三连大门路南，一直到南边的铁丝网围墙，有一大片菜地。在我们知青宿舍的北面、连队食堂的西面，往北一直延续到原来豆腐坊前，也有一大片菜地。这两大片菜地与我们连一百多位在连队食堂吃一日三餐的知青息息相关，我们姑且就将其称之为“知青菜地”吧！

说起知青菜地，当年连队的知青们一定记忆犹新！平时，经常看见连里聘用的家属工“老孟头”在菜地里拾掇，“小老孔”——老职工孔维熙往菜地里挑粪、浇水，但是仅仅靠他们二人来管理这两大片菜地肯定是管不过来的，于是菜地里就经常出现知青们干活的身影了。

“一年之计在于春。”春天到了，沉睡了一冬的大地开始苏醒了，我们的知青菜地也该翻地播种了！于是，清晨天一亮，知青宿舍外就会响起值班副排长清脆的起床哨声，把知青们轰起来去菜地“打突击”。周末连里安排放假，知青们也会自动放弃休息，组织起来到各排包干的地块去送粪、翻地。记得那是1971年初春的一个星期天，连里安排休息（当年法定一周只休一天，可连里还经常在星期天安排“突击”或政治学习或开会，所以能休上一天不容易，对这一天大家都很珍惜），可是我们酒厂的知青早早地就往我们包干的地块聚集了，有的扛着镐，有的提着锹。知青副排长王国庆给大家分了工，有的到马号、猪圈去刨粪，有的装车、拉车往地里送粪。大家热火朝天地干起来了。那天连里拉车的牛休息了，排里的男知青就自己驾辕、自己拉套，拉着装满牛粪马粪猪粪的大车一车车往地里送。背勒疼了、棉衣汗湿，大家都顾不上歇一歇，一上午他们就往地里送了满满十一车粪肥。

女知青们大多被安排去刨粪。刨粪的活并不轻松。北大荒的初春时节，堆在牲口棚、猪圈外面的马粪牛粪猪粪仍然冻得邦邦硬，一镐下去震得虎口直疼不说，溅起的星星点点的小粪粒，弄得大家头上、身上到处都是。女知青干这活就更惨了，一干活一出汗，溅在长发上的冻粪粒就把头发粘在一起了，怎么也弄不干净，回到宿舍只能打水洗头。可是一遍一遍洗，洗完了，总还感觉脑袋上仍是那股猪屎马粪味。大家你看看我，我看看你，你闻闻我，我闻闻你，不时引发出一阵阵哈哈大笑！

“庄稼一支花，全靠粪当家。”我们的付出当然是有回报的，那时各排青年包干的菜地里蔬菜长得特别好！到了夏天，只见地里一畦畦棵棵壮实的大白菜、包菜，一簇簇郁郁葱葱的大葱；一棵棵粗壮得像小树一样的茄子上挂满弯弯的果实，秧架上垂挂着一根根顶花带刺的嫩黄瓜和碧绿的豆角，辣椒像灯笼，南瓜像磨盘，当然藏在地下的还有一个个大萝卜和土豆。上海知青探亲时从家乡带来的青菜和香菜种子，在北大荒的土地上长得也特别好。不过在黑土地上长出来的青菜和香菜跟在上海见到的有点儿不一样，菜的叶子颜色特别深，兴许是“一方水土养一方菜”，也因为是北大荒的土地特别肥沃的缘故吧！知青菜地里的蔬菜可说是五花八门，品种繁多，争艳夺目，真是喜人！微风轻轻吹过，飘来蔬菜的阵阵清香！路过菜地，大家都会忍不住回头望望！

清晨，知青们会踩着露珠去菜地帮伙房摘些菜回来。晌午时分，菜地里种白菜缺人手，倒班正休息的知青会主动去蹲在地里干上两小时活儿。骄阳似火，晒得人都快“蔫”了，可谁也不会退却。傍晚，只要炊事班的同志说一声：“今天大伙帮帮忙，把豆角都摘了。”保证大家一起涌到地里，七手八脚，一会儿工夫，把豆秧架上的豆角摘个精光。更多的时候，能看到炊事班的同志出没在菜地，今天去砍一筐白菜，明天去挖一篮土豆，后天去摘一箩茄子，不时变着样儿给大家改善伙食。炊事班长钱燕很会当家，把地里的老黄瓜、老茄子收下来，用盐一腌，成了大伙儿早餐时的美味咸菜。有时，也会有知青到菜地“偷”根黄瓜、拔个萝卜解解馋！听说当年粮库的知青半夜卸粮时，就经常派人钻到黄瓜地里去“偷”黄瓜。借着月光，把摘下的黄瓜用垫肩布一包，拿回休息室，等卸完车休息时大家一起分享。

“一分耕耘，一分收获！”蔬菜丰收了，连里曾在粮库库房办过一个展览，展示知青们自力更生、自给自足的丰硕成果！

知青菜地，伴随我们度过难忘的兵团岁月，我们为你感到骄傲，感到自豪！

难以忘却的那些人，那些情

李延

20世纪60年代末，人民日报发表了毛主席的“最新指示”：“知识青年到农村去，接受贫下中农再教育，很有必要。”一声号令，全国各地上千万初出校门的少男少女汇入了上山下乡的滚滚洪流。我们一百多位来自北京、天津、上海、牡丹江、哈尔滨等城市的知青有幸汇聚到八五一一农场粮油站，也就是组建兵团后的黑龙江生产建设兵团四师四十团工业三连，这也使我们今生有缘在一起工作、生活、奋斗了那么多年。工业三连培养锻炼了我们。曾经的年轻人已步入老年，几十年的往事，初到工业三连的新奇、欣喜、兴奋，随着岁月的苦、累、喜、乐，一路的成长、付出、奉献……都成为战友聚会畅谈、微信和QQ交流的美好话题，让我们仿佛回到了当年。

在工业三连共同生活工作奋斗的岁月，给我们留下了许许多多难以忘却的人、事和情。献血，在当今已成为不少单位需要下些功夫去动员、去组织，甚至还要辅以一些实惠的措施才能推动的工作，可当年在我们工业三连，献血是无声的命令，无论是身边熟悉的战友需要输血，还是兄弟连队素不相识的战友求援，工业三连的知青战友都会争先恐后地赶到医院，挽起袖子、伸出胳膊，“抽我的！”他们把挽救他人生命视为已任，无须动员，更无须做工作。

1978年10月和1981年3月我因两次宫外孕大出血，术后急需A型血。是我的A型血战友们为我献出了他们宝贵的鲜血，挽救了我的生命，并让我很快得以康复。20世纪70年代末、80年代初正是知青返城高潮之时，但我的战友们没有因他们即将返城而丢下战友、放弃对生命的挽救，他们依然义无反顾地伸出胳膊，默默奉献了他们的鲜血之后，才悄悄离开了工业三连返回自己的故乡。岁月流逝，几十年过去了，但我的身体里依然流淌着战友们无私奉献的鲜血。我会永远铭记他们的名字：北京知青高云柱、翟培道，上海知青童开福、邱关根。

工业三连的知青写回忆录、编撰工业三连知青“大事记”，我想书中决不能缺了工业三连知青无私献血这一笔。工业三连的知青献过多少次血、救过多少人，具体数字现在谁也说不完整了，但仅从“大事记”收录的几次中，我们连就有上海知青黄爱华、陆永新、韩树仁、谈鸿及、童开福、邱关根，天津知青祁元国，北京知青卜照宏、李景强、高云柱、翟培道、邢建国献出过他们宝贵的鲜血。在这里，我本人、我也愿代表和我一样接受过工业三连知青战友无私奉献的所有人，向你们——我亲爱的战友兄弟姐妹，真诚地说声谢谢，好人一生平安！

工业三连知青群体是一个团结、友爱、向上的伟大群体。

朝花夕拾

王莉

兵团——是我们迈出校门，走向社会的第一所课堂。

看了战友们在微信、QQ里发的篇篇回忆录，仿佛又把我带进了那魂牵梦萦的北大荒。记忆的闸门被缓缓推开。1969年5月我和天津的校友随着火车汽笛的一声长鸣离开了家，经过两天一夜的长途跋涉，来到了兴凯。那天，正下着小雨，老职工们敲锣打鼓的把我们接进了五号房，随后在一片分别的哭声中同学们被分到了各个连队。我和邢兰音、祁元敏、邢凤锦、张国明、刘金华、祁元国、王仕明、李国华、王宗杰一同分到了工业三连。

连队早已准备好了迎接我们的第一顿饭——马肉包子。虽然包子不如家里的好吃，但当时我却感到了一丝温暖。

我的第一个岗位是老酒厂的十三班，负责白酒灌装。班长曲佩琴是一个对工作非常负责任的好姐姐。班里的老职工庄姐——庄学华、当地知青梁龙华等热情地教我贴商标、压盖、装筐，使我这个初来乍到的小学生不久就可以顶岗操作了。可惜和我同龄的梁龙华因病早逝，对其他姐妹我真诚地说声"谢谢你们了！"

几个月后我调到了炊事班，司务长是肖忠科，老师傅有何明才。在炊事班工作对于我这个从未做过饭的人来说，的确是个不小的挑战，更别说烧大灶了。记得有一次切菜，菜刀又大又快，一不小心把左手小拇指连肉带指甲切下了一块，血肉模糊，鲜血一下子滋了出来，那时我真切地感受到了什么叫十指连心！肖忠科、何明才赶忙把我送到团部卫生队去进行包扎。此后，何明才手把手地教我如何拿刀、如何切菜，需要注意什么。从那以后我切菜技术大大提高，几十年做饭再也没有发生切手事故，真的非常感谢。

还有一次上早班，夜里下雪，地上盖了一层厚厚的白雪，我从屋外搬了些柴火塞进灶里，点上火，却发现怎么也点不着，只是冒烟，黑烟漫了一屋子。当时急得我眼泪都出来了，早饭不能按时开饭会影响全连的工作！正在我不知所措的时候，习惯每天清晨在连队院里巡视一圈的老连长王洪钧来了，我好像看到了救星一样。老连长进门看到一屋子烟，知道是我炉灶点不着了。他一边把灶里塞得满满的柴火往外掏，一边慢慢地给我讲，点炉灶的时候一定要记着，柴放太多火就点不着了，俗话讲："做人要实，点火要虚。"老连长的一席话使我顿时明白了，火被柴压的都没有喘气的地方了，怎么能着呢？在老连长的帮助下，大灶点着了，早餐准时开饭了，看着热气腾腾的稀粥和大白馒头，看着战友们吃的那么舒服、那么暖和，当时我心里真的非常知足和高兴。"做人要实，点火要虚"，老连长的这句话我一直铭记在心。

是啊！在兵团近十年，不仅教会了我们生活的技能、磨练了我们的筋骨，更使我们懂得了做人做事的道理。后来我调到了连部，工作之余我深入到各个车间、班组，更体会到了生产一线同志们的艰辛和平凡中的高尚情操，并体会到了劳动果实的来之不易。在老职工的身上，我学到了他们艰苦朴素的生活作风以及百折不挠、所向披靡的工作态度，这是一笔巨大的精神财富，使我受益终身。

转眼返城已有三十余载，我仍然在心里默默地呼唤：富饶而淳朴的北大荒啊，我会永远怀念你！

跨过45年的恩与情

赵燕华

时光荏苒，岁月如梭。那些在北大荒战天斗地的岁月，已经整整过去了45个年头了。可是那些年在最困难时帮助过我的人，却让我终生难忘！

1969年初冬，我们农业一连的两个班24名知青，从一个可以看着太阳从地平线上升起的那个神奇的地方——南甸子调到了团部所在地——兴凯的工业三连。我们被集体安排到四排，也就是酒厂，都分在了十三班灌瓶班。当时我们的班长是曲佩琴，班里有比我们早来的北京知青李淑琴、上海知青陈玲义，还有老职工庄姐——庄学华等。

灌瓶班是流水作业，先到井边去打水，然后进行刷瓶、灌装、压盖、刷商标、检验、装筐等程序。

一天清晨，我们抬了好几个装牛奶用的大铁桶，到酒厂院子里的那口井去打水。铁桶很沉，空桶也得两人才能抬动。寒冬腊月，滴水成冰，井口和井壁被打水时不断溅出的水冻上了厚厚的冰，井旁周围的地面也冻成了一个冰面的斜坡，令人望而生畏。我和李淑琴一组，该我们去打水了，我俩战战兢兢地站在井边，去摇那个辘轳。咣当一声，水桶放下去了，我们俩使劲摇啊摇，辘轳发出咯吱咯吱的声音，我们的心也咚咚地跳，心惊胆战啊！两手紧紧抓住辘轳把生怕滑到井里去。这时听见班长曲佩琴在后面轻声说："你们不要怕，我在你们身后呢！"啊，多么亲切的一句话啊，她包含了多少关心，多少亲情！背后有"撑腰"的，我们底气足了，也从容了许多。

那时我们酒厂生产的“北大荒”瓶装酒用的是铁皮盖。十三班灌瓶班只有一台破旧的人力压盖机，操作时需要两人合作才能完成，一人负责把灌了酒的酒瓶放在压盖机下，并将铁皮瓶盖放到瓶口上，另一人用脚使劲往下踩压盖机的踏板，产生冲力压紧瓶盖。那天从井口打水回来，我和班里的一位战友配合操作压盖机，我负责放酒瓶和瓶盖。也许是太冷，我那双被冻僵的手放上瓶盖后还没来得及抽出来，那位负责踩踏板的战友一脚就下去了。我的一只手被狠狠地压了一下，鲜血直流，我当时就晕了过去。醒来后发现，是陈玲义背着我正往医院跑去！当时气温零下30多度，天下着鹅毛大雪，刮着带哨响儿的西北风，走得急，陈玲义都没来得及穿大衣、戴手套。顶着风雪，陈玲义背着我高一脚，低一脚，艰难地向前走着……她一边走一边还安抚我，快到了！快到了！几十年过去了，那一幕就像发生在昨天，让我终生难忘！到团部卫生队后，我手上的伤口缝了好几针，至今当初的受伤处仍无知觉，但每当我看到疤痕，就会想起这段往事，想起你——我的战友陈玲义！

由于手受伤不方便，排里班里的战友们无论在生活中，还是在工作中都给予了我很多关心和照顾。现在，我的脑海中还时常会浮现出四十多年前曾昭瑜排长、杨殿禄副排长和曲佩琴班长和蔼可亲的样子，浮现出陈玲义微笑的样子！

45年已经过去了，但是你们的恩情我不会忘记！谢谢你们！

粮库青年

董书调

工业三连一排对于工业三连的男知青来说是名副其实的“第一排”，因为几乎所有分到或调到连队的男知青都会在一排先工作一段时间，然后再分配到其他排去。一排成了他们人生道路上的一个重要驿站。一排，我们也经常叫“粮库”，它其实是全团的粮库，全团的口粮、食用油、饲料的原粮都储存在这里，同时还兼管全团大豆出口的装卸工作。一年上千吨小麦、玉米、大豆，还有各种杂粮的收储、晾晒、运送、装卸基本上靠肩扛。粮库的活都是体力活，所以当年给我们粮库人员每月的粮食定量高达 57 斤。1968 年 9 月，牡丹江知青到连队以后，粮库知青只有我、潘业浩、赵荣启和高文四人。1969 年 5 月，上海和天津知青到连队以后，粮库青年的队伍壮大了，有十多人了。随后的两三年粮库收储粮食数量逐年增加，1972 年，工业三连向团里提出了选调身体强壮的男知青补充粮库劳力不足的请求，那一年先后从兵团炮团调来了李铁山、商宝玉、马殿学、刘金宝；从裴德农大三连调来了霍玉臣的一个班 10 个人；同时还点将，把四十团闻名的大力士——天津知青吴文明调到了粮库。吴文明，大家都叫他“吴大块”！都说他力大无比，一只胳膊就能挟一个麻袋，一顿饭他能吃八个馒头喝六碗粥。1973 年，粮库青年已有 30 多人，组成了三个班。在排长刘守仁和老职工的影响下，凡在粮库工作过的年轻人，可以说个个热情、坚毅、吃苦耐劳、勇于奉献。粮库成为工业三连的一个特别能战斗、特别能吃苦、特别能打硬仗的群体。年复一年，粮库青年来来走走，换了一拨儿又一拨儿，但这个平凡群体的良好精神面貌和工作风气一直没有改变过。

特别能战斗

当年，黑龙江生产建设兵团的农作物从耕种、田间管理到收割，基本实现了机械化。但其他领域有的还处于原始状态。我们连所属的四个排，一排是粮库，二排是面粉加工厂，三排是油厂，四排是酒厂。除了面粉加工厂，其余的充其量只能算作工艺十分原始的小作坊。记得当时，粮库有过一台老式的粮食输送机，是闫四业仿照地方粮库的输送机制造的。我刚到粮库一个月，刘守仁就安排我做闫四业的助手到工业一连帮着弄这台机器，一不小心还把我的手刮了个大口子，流了不少血。这台中间用履带拨盘带动粮食输送的密闭圆筒式输送机，效率很低，还经常出故障，用了一段时间以后，大家觉得太麻烦就很少使用。

有这群血气方刚的年轻人，粮库艰巨繁重的任务都不在话下。装满粮食的麻袋，每个都有160斤以上，装上红小豆、绿豆就重达200斤。那时我们多数人的年龄都在十七八岁，最大也不过二十岁。牡丹江知青潘业浩、天津知青祁元国到粮库时只有十六岁。上海的詹福根和宁波的陆明耀身体都很瘦弱，体重也就一百斤，可他们和大家一样干，从来没有要求任何特殊照顾。在那个火红的年代，在“革命加拼命”的精神鼓舞下，青年人的积极和热情无与伦比。几十吨的粮食，一鼓作气一会儿就装卸完毕；一个装有近百吨粮食的粮囤子连拆带扛只用一天时间就搬进了加工厂的库房。在集中收粮的日子里，汽车排着长队在粮库等候卸车，大家扛着麻袋你追我赶一溜小跑，嗓子累得冒烟、衣服被汗水湿透，经常一干就是半天，连喘息的功夫都没有。在兴凯火车站装卸出口大豆的车皮，我们经常挑灯夜战。两个班十几个人，经常一气装两个车皮，也就是说 1250 麻袋、100 吨大豆从站台上扛上车皮，两个多小时就能就把任务完成了。那时的我们，是凭着一种怎样的精神状态在拼命、在完成那么繁重的任务啊！出口大豆一般都在冬季。在寒冬腊月的刺骨寒风中，我们只穿着毛衣、绒衣扛麻袋、上跳板，汗水还常常湿透我们的衣衫，大家浑身冒着热气你追我赶，干得热火朝天。有时扛着麻袋一不小心踩着撒落在跳板上的豆子，那就危险了。有一次，上海知青陆永新就在跳板上滑倒把脸都摔伤了。这种情况发生过多次，但无论是谁摔倒了，没有一个叫苦喊疼的，休息两天就又上班扛上麻袋了。

特别能吃苦

1968 年我刚到粮库时，我们几个就住在连队院里地中衡中间的那间屋子里。秋收大豆时，总有农业连队送粮的车在我们下班后才来。车一到，司机就推门进屋招呼我们卸车。后来从知青中还培养了保管员、化验员，我当了粮食保管员，天津知青李国华当了粮食化验员，下班后收粮就更方便了。送粮的车一到便直接上地磅，保管员过磅检斤、化验员取样验质，然后在收粮本上登记粮食的品种、重量、等级、水分以及送粮的连队、汽车牌号，接收粮食的手续就健全了。那时，在我们粮库形成一种好风气，只要送粮车一到，不用招呼，知青们都主动赶去卸车。大家都没有下班的概念，把业余时间卸粮当成责无旁贷。尽管那时物质条件有限，但我们连队在团部、在兴凯，和山沟里的农业连队比我们也算在“城”里了，所以每天下班后我们也会把自己捯饬（北方方言，整理仪容）一下，换上干净的衣服、笔挺的裤子，有皮鞋的还会穿上擦的锃亮的皮鞋。可是只要听到送粮汽车的喇叭一响，大家就像听到命令一样，赶紧换上工作服去卸粮。卸完了粮，喜欢干净的我们会重新再收拾一遍。那时，没有上班下班一说，用现在的话说，那就是“五加二，白加黑”！

特别能打硬仗

1972 年冬天，新酒厂的厂房落成了，可是还有四个酒窖待挖。酒窖就是蒸熟的酒料放入其中发酵的池子，深 2.5 米，长 2 米，宽大约 1.8 米。按设计四个酒窖在大甑房的西北角，由西向东一字排开。连里下达了命令，四个酒窖的挖掘任务必须一天完成！三个酒窖的挖掘任务又落在了粮库头上，另一个由酒厂同志完成。任务重、时间紧，挖掘的工作面又集中、施展不开，难度很大。头一天，各班都做了动员，决心打好这场硬仗，啃下这块硬骨头，争取提前完成任务。每个人还都准备了得心应手的工具，把铁锹的锹头打磨得锃明瓦亮，把锹把打磨的顺手溜滑。

一大早，粮库三个班的班长——北京知青李铁山、陈和平，牡丹江知青霍玉臣就带着同志们到了新酒厂。进入工地，三个班就开始竞赛了。一拨四五个人在工作面上挖土，干累了再换一拨，人再多了铁锹也耍不开。二班干活没有人说话，个个都在闷头使劲儿，谁都不敢落后，因为他们的班长陈和平干活儿狠，只要有人稍一发愣，他就严厉起来，所以大家都玩命地干。二班的挖掘进度总是比其他班快。一班在李铁山的带领下也不甘落后，进度比二班差不了多少。这个班的“杀手锏”——吴文明，身体强壮，是粮库第一壮汉，多么重的活都不在他的话下。他的脾气非常好，为人诚实善良、乐于助人，一天到晚总是笑呵呵的。这次挖窖子，吴文明是一班理所当然的主力队员，一直在第一线挖土。

越往下挖，难度越大。东北的黑土又粘又硬，脚蹬着铁锹使好大劲儿也下不去多少，可当你挖起一锹土要往上扔时，土又粘在锹上甩不出去。窖子周边地方狭小，挖到一米来深的时候，挖出来的土已经没有地方堆了，还得安排人把挖出的土用小车往甑房外运。临近中午，一班、二班基本都挖到两米深了，三班进度慢一些。这时大家担心的事情发生了，二班挖的那个窖下面出现渗水。渗水就有可能引起塌方，如果塌方，则前功尽弃，肯定会大大影响整体进度。这时陈和平让人找来几块木板，贴在窖两侧的土面上，再用圆木一顶，当时确实是避免了塌方的发生。

吃午饭的时间到了，陈和平把撑着的木板重新加固了一下才离开去食堂吃饭。可还没等他吃完饭，最不愿意看到的一幕还是发生了。二班挖的窖子塌了一大块，其他三个窖子也出现险情。陈和平撂下饭碗就往酒厂跑，詹福根、祁元国、沈景洪、谈鸿及一看班长走了也悄悄地跟着回到酒厂。不等班长发话，大家拿着铁锹跳到窖子里又干起来。经过一个多小时的紧张抢险，他们把塌方的土全部清理出来，紧接着又把容易塌方的土层面进行加固，把压在窖边上的土全部清理了出去，一鼓作气解决了后患。傍晚时分，二班首先告捷，一班随后收工，只用了短短一天时间，按要求保质保量完成了连里交给的任务。三班和酒厂负责的两个窖子在第二天也完工了。

这次挖掘酒窖的紧急任务，对粮库青年来说是一次练兵、一次考验，充分体现了各班青年团结协作、吃苦耐劳、能“啃硬骨头”、敢打硬仗的作风。

说实在的，不仅粮库青年是好样的，其他排的青年同样不示弱。那几年，连队所有的应急任务基本上都是由住在集体宿舍的知青完成。粮库的晒场上，从春天开始一直摊晒着粮食。春天晒的是冬天接收的冻玉米。下班时看着天好，晒场没有晒透的粮食就不收了。可是春夏之际的北大荒，雨说来就来，看到突然变天，全连的知青不用招呼都会冲向晒场，堆粮食的堆粮食，拽苫布的拽苫布，经常是粮食盖好了，可知青们一个个都被浇成了落汤鸡。那个年代，每一个知青的心中都有一团火，无私无畏，激情燃烧，所向披靡。扛麻袋是重体力活，扛着麻袋一步一步走着还不行，非得比着一路小跑。早晨全连搞突击，大家争先恐后，女知青也照样扛起二百来斤的麻袋就走。一个早晨就能把一个粮囤里上百吨的粮食搬进加工厂，那真是革命干劲冲破天。那时的知识青年就是这么干活的！

粮库生活片段

陆永新

人老了，容易怀旧，时常会情不自禁地沉浸在对往事的回忆中。而印象最深最清晰的竟然是到北大荒头一年在粮库的日子，那些人，那些事，一桩桩，一件件，历历在目，挥之不去……

住在“五间房”

五间房原来是马号，临时改建成了知青宿舍。茅草顶，土坯墙，坐西朝东五开间，中间开门，二旁均为通间。北向通间盘了两铺炕，先我们到连队的男青年和几位单身老职工全住这儿。南向通间是我们上海知青到连队前不久刚清理出来的，马粪牛屎味隐约可闻。房前用细风化石铺就，倒也十分干净，两根遗留的拴马桩上用铁丝一拉，成了晒衣架。屋后是菜地，靠墙有几棵小树。牡丹江知青高文有诗云：“房前无花草，屋后却有树。”

五间房虽说简陋，却是我人生道路上第一个驿站。生活其间，有欢乐，也有痛苦；有过迷茫消沉，更有自励自强。那时候，粮库的北京、天津、上海、牡丹江知青及本地男青年共居一室。每天临睡前是一天中最欢乐的时光。相对两排炕从被窝里伸出十几个脑袋，你一言，我一语，从天下大事、各地新闻，到奇闻逸事、道听途说，相互交流无所不谈。当然也免不了拌嘴、逗乐、揶揄，甚至带“荤”的段子，直到困得眼皮直打架才作罢。刚到粮库的个把月里，扛麻袋只会使蛮力，不会用巧劲，一天下来腰酸背疼的，我和一起到连队的上海知青王国庆相互帮忙，在腰背部贴一溜伤筋止痛膏，真是腰酸心也酸啊。有时候，想家的情绪会传染，大家斜靠在被子上，一个劲地抽闷烟，眼睛直勾勾地盯着房梁，各人想各人的心事，谁也不说话，屋里死一般的寂静。更多的时候是充满欢声笑语，大家互相关心，互相帮助，互相鼓励，洋溢着青春的气息和昂扬向上的氛围。

治好了晕车症

学生时代的我，有晕车的毛病，一闻到汽油味就想吐。刚到粮库那会儿，正赶上连里盖知青宿舍和食堂。进沟里拉垒地基的大青石，自然少不了我们粮库青年。且不说百十斤的大青石需要用腹部的挺劲才能装上车，尖锐的石缘时常割破手套和垫肩，单就坐在摇晃不定的石块上随车在山路上颠簸盘旋，就够我受的。我紧闭着眼睛，强忍着呕吐，脑袋晕晕乎乎，冷汗一次次洇湿衣服。说来也奇怪，在硬撑着跟车几个来回后，眩晕症状慢慢减轻了，几天后，居然不晕车了！哇，这连我自己都不相信。从此我就坚信人体的适应能力，坚信通过锻炼可以克服身体的某些缺陷和不足。

当了回“特务”

1969 年夏天，珍宝岛事件发生还没半年，时常听人说兴凯地区晚上有苏修特务放信号弹，反正我是没见过。连队组建基干民兵，粮库青年均入编。

一天晚上刚刚入睡，就被一阵集合号惊醒了。我睡眼惺忪，匆匆忙忙穿好衣服，手忙脚乱地打起背包就往外跑。王洪钧连长集合好队伍，以急行军的姿态，领着我们穿过团部大楼广场，顺坡下到公路，往东一拐向着东大岭直奔而去。当晚有月光，四周不算太黑。过了草甸子，接近一个小山头时，连长命令我和牡丹江知青王华艳充当苏修潜伏特务，先行上山躲藏，然后他再组织部队演习搜索。我俩接令后撒开脚丫子往山上跑，一口气窜到山顶。稍稍喘了口气，就听到搜山的动静越来越近，隐约可见人影晃动，看来队伍已经围拢过来了。我和华艳商量了一下，咱不能坐以待擒，赶紧突围吧。我俩瞅准一个空子，顺势往山下冲去。山还是有点坡度，差点收不住脚，一直跑到半山腰一座荒坟，心想一般人不敢往这儿来，最安全。我俩躺在坟边的杂草丛里，听着山头上嘈杂的搜索声，心里那一份得意！搜了个把小时，结果可想而知，队伍无功而返，我俩也得意洋洋地归队了。

比谁扛得多

有一阵子，加工厂仓库里的面粉堆不下了，需要倒到粮库。面粉 50 斤一袋，一次扛 3 袋，粮库小伙们大步流星，来回穿梭，个把小时就把活干完了。休息时，记不清是谁挑的头，说今天不妨比试比试，看谁扛得最多。十七八岁的小伙正血气方刚，谁也不甘示弱，我当时身材瘦长，体力不算太棒，但也不能认怂啊。我屏住气，卯足劲儿，直挺着腰，扛了 6 袋觉得自己还吃得住劲，好胜心令我要求再加了一袋，当时就双腿打颤撑不住了。纪录只能是6袋面300斤。大多数人的纪录我是记不清了，印象较深的好像是董书调8袋400斤，王国庆7袋350斤。我一生负重的最高纪录也就是这一次，6袋面300斤！

“小秋收”迷路

秋天一到，山里的各种果实熟了，进山采集，当地人称为“小秋收”。

一次，可能是接到团部命令，我们连能停产的都停产，集中力量上山采集橡子。据说橡子的淀粉是织布厂后期整理浆布的优质原料。记得是车子开到农业十三连的一个山脚下，王连长作了简单的战前动员，每人发了一个麻袋一根麻绳，以班为单位一字排开，顺山势往上找橡树拾橡子。刚开始还是几个人在一起，慢慢、慢慢就散开了。每棵大橡树下都散落着不少成熟的橡子，我双手并用飞快地捡拾着，兴奋地从一棵树下追寻到另一棵树下……突然，我看到几根枯树枝下有一个浅浅的土坑，边缘上似乎有兽类蹭过的痕迹，是野猪？是黑熊？我惊出一身冷汗。环顾四周，这才发现周边空无一人，只有风吹树叶的沙沙声。赶紧走吧！我慌忙背上大半麻袋的橡子，深一脚浅一脚地往山下出溜。林子很大，走了好一会，抬头不见天日，四周不见人影，心里更加慌乱了，只觉得沉甸甸的麻袋勒得肩膀疼，嗓子干得直冒火。正在我不知所措时，隐隐约约听到远处有卡车的行驶声。哦！原来公路就在不远处，我精神一振，什么疼啊渴啊都顾不上了，急急忙忙循着声音往外走……哇，终于“重见天日”看到公路了，悬着的心落地了，身体却感到有些瘫软。

夜半狗肉香[②]

刚到粮库的第一个冬天，连队的伙食还是比较差的，白菜、萝卜、土豆加海带，很少有荤腥，而我们正处在长身体阶段，干的又是重体力活，想肉都想疯了。

有一天晚上，我睡得正香，突然被几声吆喝叫醒了。迷迷糊糊中听到刘守仁排长在大声嚷嚷“快醒醒，吃狗肉了！”听说有肉吃，我睡意顿消。环顾左右，只见大伙都从被窝里伸出脑袋，有的忍不住地嗅嗅鼻子，哇！好香啊！整个五间房弥漫着一股馋人的香气。刘排长端来两大洗脸盆的白煮狗肉，还有一小碗酱油，一小碟盐。十来个傻小子这一阵猛吃！稀里哗啦、三下五除二、风卷残云一会儿就吃完了。我估摸着每人至少吃了一斤肉，反正我是肚子滚圆撑得半个时辰睡不着觉。第二天一打听，才知刘排长他们值夜班，套住了一只钻铁丝网偷吃油厂豆饼的大狗。老排长心疼咱知青，连夜下锅现煮，还从食堂要来了酱油和盐。

这一顿“夜宵”，可以说是终生难忘。以后无论吃什么山珍海味，总觉得没有那一晚的白煮狗肉香。

② 那个年代，保护动物的意识还不强烈。

棒打狍子[3]

1969年的第一场雪来得突然，来得早，也来得大。一夜间，纷纷扬扬的大雪给山川大地铺上了一层厚厚的雪被。

那天早上，大伙正在晒场上清雪。“看，傻狍子！”有人突然惊呼。只见一只比马小比鹿大的动物慌不择路地沿着路边的铁丝网闯了过来。苏竹贤副排长操起手中的木锨转身迎了上去，大伙也操起家伙争先恐后围上去。傻狍子迟疑了一下稍稍停下脚步，大家以为它会折返往回跑，不料它猛地往前一窜，硬从人缝中闯了过去，大伙儿的木锨都打空了。我们不甘心，在后面拼命地撵，眼瞅着它一溜烟地跑远了。后来，听说狍子在老酒厂附近的家属区被人围住打倒了。

我不明白野外胆小的狍子为什么会跑到人烟稠密的兴凯。老职工告诉我是因为雪下得突然而且大，狍子无处觅食才铤而走险。虽然没有打着狍子，但我着实兴奋了好一阵子。

铁钉“咬人”

到了冬天，粮库也不得闲，经常到兴凯车站装车皮，就是往车皮里装供出口的大豆。铁路调拨的车皮比较破旧，厢板间时常有手指宽的裂缝，在装散装大豆前先要用苇席补漏，并用木灰条子固定。记得第一次随老职工干这活，就有了“血”的教训。那天

③ 那个年代，保护动物的意识还不强烈。

天气特别冷，双手在棉手套里也不觉得暖和，但活还得干。我一手拿锤，一手拿钉，吃力地钉着灰条子。由于戴着棉手套，动作显得十分笨拙，钉完一根再拿钉子又很费劲，我习惯性地抓了好几根钉子随手往嘴里一衔，哇，坏事了，只感到铁钉刷地沾在上下嘴唇和舌面上。我尝试着往外拿，但不行，铁钉“咬”得很牢。怎么办呢？总不能嘴衔铁钉让人取笑吧？那时候年轻，面子是第一位的，我一咬牙一使劲，只感到一阵钻心的疼，钉子拿下来了，上面沾着带血的皮。我强忍着痛，还不敢声张，抿着嘴继续干活，生怕被别人发现。

嘴疼了好几天，吃饭也小有影响。北大荒的冬天着实给了我一个不小的教训。

粮库工作是那么艰苦和繁重，但又那么充实，那么令人回味。忘不了迎着朝阳突击进粮，身披垫肩英姿飒爽；忘不了手持木锨推板晒粮，像耕耘金色的田野一样；忘不了夜班卸粮，又冷又饿又困又乏；忘不了出口大豆装车皮那窄窄的三级跳板和凛冽的寒风；更忘不了我曾扛着麻袋从跳板上摔下来，鼻梁着地肿得头大如斗……

多少年过去了，每每同人谈到在粮库工作生活的经历，旁人往往将信将疑，“你还扛过大包？！”“怎么？不像吗？”我反问道，颇为自豪！

粮库之歌 (作于1970年冬)

机声隆隆“彩虹”飞，
珍珠喷洒满场金。
争分夺秒晒粮忙，
春雷隆隆添豪情。

盛夏骄阳红似火，
奋战三伏不觉渴。
喜看粮囤排成行，
心中顿起万首歌。

秋风万里传喜讯，
五谷丰登气象新。
声声车笛鸣不断，
卸粮分享丰收情。

寒冬腊月飞梨花，
胸怀朝阳何惧怕？
我扛麻袋大步走，
笑迎春色满天下。

土法上马建粮囤

董书调

20 世纪 70 年代的兵团资金匮乏，粮食贮存能力和技术都相当落后。我们连一排，也就是全团的粮库也是那种状况。记得 70 年代初，粮库收存的粮食逐年增加，原有的库房远远不够用。怎么办？那个年代有一个时髦的词叫“土法上马”，土法建粮囤就应运而生了。其实在当地农村，这种土粮囤早已有之，只不过规模很小。后来地方粮库经过研究，建成了能够储存百八十吨粮食的土粮囤，可谓空前创举。王洪钧连长经过考察，决定在工业三连粮库也建这种土粮囤，缓解储存能力不足的矛盾。

1972 年夏季，王连长带领粮库职工到地方粮库参观学习，回连后亲自选址，打响了建造土粮囤的战斗。这项艰巨任务具体落实到了北京知青陈和平当班长的粮库二班头上。陈和平生性好强，干起活来有一股拼命三郎的劲头。连里每次搞任务突击，陈和平带领的二班人心齐、劲头足，次次都能拔得头筹。建土粮囤是一个攻坚战，任务艰巨，技术要求高，因此，连里自然就把这项任务交给二班去完成了。

建这种土粮囤首先是建基础座。用石头砌成直径 10 米、高 50 公分的圆形囤底，中间留出宽约 80 公分的通道，用于往外卸粮食。圆形囤底的面要铺一层掺了小石子的沥青隔潮。铺沥青时要把沥青加热，当时我们没有专用的设备，就把沥青放在大锅里，再放上小石子一块儿加热搅拌。锅下面烧柴火，有时温度上不去，沥青融化不匀，所以囤底就铺不平。为此我们就制作了一个“大熨斗”，其实就像一个硕大的平底锅，里面放上烧红的炭，在刚铺上的热沥青上来回压，把囤底烙平。

修土粮囤的圆墙可是“技术”含量很高的活。用草沾上和好的黏土编成直径约10公分粗细的草辫子，围着囤底一层一层地拍上去。最初，大家没有经验，掌握不好泥和草的比例，草辫子中泥的含量太少，粘接不牢；有的因不得要领，草辫子之间重合不严实，牢固度就成问题；还有的是草辫子里出外进砌得不齐，没等完工就出现了囤墙坍塌，只好都扒掉重新再来。针对这些问题，大家一边干一边琢磨，不断改进工艺，提高砌筑水平。

夏天的北大荒，中午气温也经常飚升到三十多度。陈和平安排二班同志两人一组，一溜排开作业。不大一会儿大伙儿就汗流浃背了，陈和平、牡丹江知青潘业浩、北京知青赵文、哈尔滨知青沈景洪干脆脱了背心，光着大膀子干上了。他们一个个干得浑身上下都是泥点子，脸上也都沾满了泥水，用手一抹，个个都成了大花脸。他们起早贪黑，既要赶进度，又要保质量，谁也不甘落后。中午吃完饭，顶着太阳，继续干。下班时间到了，谁也不吭声，继续埋头在那里干。

粮囤一天天增高，站在地上已经够不着了，就搭起架子，站在架子上干。可是有在架子上拍草辫子的人，还得有在下面编草辫子、递草辫子的人。人手不够，粮库其他班的同志完成了自己的工作也赶来帮忙，和泥、沾泥、编草辫子、传递，连里其他排的同志也主动来粮库义务劳动。那时住在宿舍的知青是召之即来，女知青也不甘落后，有的甚至来例假还光着脚在泥水里和泥。大家一边干，一边唱着歌。粮库青年都是清一色的秃小子，女青年来了，他们有说有笑，工作热情就更高了。有的坏小子故意把手里的草辫子掉下来，弄的下面干活儿的人一身泥，逗得大家笑得前仰后合。等到收工时，大家个个都成了泥猴。

在陈和平的带动下，粮库二班经过一个月的奋战完成了囤墙的砌筑。囤墙砌起来后，需要一段时间晾干，然后在囤墙的上面用松木杆架起像雨伞一样的圆形顶子，上面铺一层炕席，再铺草苫子，粮囤整体就完成了。

这种粮囤存放粮食，往里装时方便，从上面留的进口往里灌就是了，可往外出粮食就不那么容易了。粮囤下面只留一个出粮口，我们在出粮口下面的地上铺上炕席，打开挡板，让粮食淌出来。但粮囤里的粮食淌到一定程度就淌不下来了。记得有一次，一个囤里的小麦淌着淌着就没动静了，我和上海知青刘海林、北京知青卜照宏从粮囤上面一个只有约 80 公分见方的进粮口跳进去用撮子从四周不停地往出粮口豁粮食。粮囤里不通风，粮食里的灰土又特别大，没多大工夫里面就尘土飞扬，呛得人喘不过气来。当时没有戴口罩这一说，实在憋得不行了就爬到离进口近的地方呼吸一点儿稍微新鲜的空气。几个小时下来，就觉得胸口发憋，浑身没有力气。从粮囤里出来时我们都像土猴一样，满头满脸都是灰，牙齿都是黑的，鼻孔也是黑的，嘴里不断吐出黑黑的痰。我们回到宿舍洗洗就一头躺倒在床上，不想再动了。当天晚上我们就发起了高烧，卜照宏病得最重。我们躺了三天，身体才逐渐恢复。

1972 年的夏天，我们连先后共建起 10 个土粮囤，大大缓解了连队储粮能力不足的矛盾。这 10 个装满粮食的土粮囤就像一座座金山矗立在连队的大院里，它们是连队老职工和知青们智慧和汗水的结晶！ 1997 年 8 月，在我们阔别北大荒多年后再回连队时，已经不见了那 10 个土粮囤的踪影，可在我们的心中它们永远矗立在那里！

想到哪儿就说到哪儿的往事

陈和平口述　罗英琪整理

离开工业三连整40年了，那时的事情，有些现在还记着，那段经历，这辈子我也忘不了。

1969年8月20日，一清早我们在兴凯下火车后，团里用牛车把我们的行李送到五号房。在五号房召开了欢迎知识青年大会，从北京送我们来兵团的军代表让我代表北京良乡青年讲话，我不知道说什么，军代表就替我写了一篇稿，让我上台念，念完了，台下的大伙儿热烈鼓掌。

到连队的第二天，何振江连长就接到团里指示，组织我们到十二连抢收麦子。当时周围的青年和老职工我谁也不认识，记得那天干完了活儿晚上也没地儿睡觉，我们就偎在麦子垛里忍着，冷得根本就睡不着。第二天晚上团里才派去十几辆解放牌大汽车把我们拉回来，一路上汽车在特别黑的山路上走，弯弯曲曲的山路上一大溜车队，车灯闪亮，很壮观、很漂亮，我还是第一次看见这样的景儿。

最初，连里把我分到加工厂，那里的工作太寂寞，我不想去。我和比我早来一年的北京知青韩淑珍一个班，牡丹江知青耿秋媛是副排长，有时晚上看我困了，她们会让我去休息休息，我就在麦麸子堆上睡一觉。其他连队的车来拉面，我就帮他们装车，干点儿力气活儿挺痛快。当时中苏边境紧张据说要打仗，各连都抽人到山里盖备战房，我就借着这个机会报名从加工厂出来了。人抽齐了，盖备战房的事又没信儿了，连里就顺势组织我们盖知青宿舍。活儿挺紧，争取让知青早点儿入住，大伙儿各有分工。有一天，我和牡丹江知青肖传华，还有谁不记得了，正站在脚手架上给顶棚钉灰条子，突然脚手架子“咔嚓”一声塌了！往下掉时肖传华先砸着我，我掉下去正好就掉在灰槽子上，硌着腰部，当时就啥也不知道了。等我明白过来时，我正在团卫生队输液呢！随后，我在宿舍躺了好几天，和我一起到连队的北京知青王建国耐心地伺候我，给我端水、端饭。

身体稍好一点儿，我就待不住了，在连部传达室看了几天大门，我就去食堂上班了。正月十五元宵节，食堂给大伙儿准备了元宵。那时我也不懂，就记着一大锅的水烧开了，我把一面袋的元宵全都倒进锅里了，等到水再开的时候，一看锅里哪还有完整的元宵，都成一锅粥了。那天早上只有下夜班的牡丹江知青姜春萍来得早，还吃了几个完整的，大伙儿来吃早饭时喝的都是元宵糊糊。牡丹江男知青高文吃完后走出食堂大门时骂了几句，让我听见了，上去就给了他一拳。这是我到连队后第一次动手打架，本来我心里就特别不痛快呢！

1970年连里同意了我的要求，调我到粮库上班，一直干到1975年初调到汽车连。当时，我们二班的王治中（外号“聋子”）、王朝堂、刘茂生是老职工，其他都是知青。我在二班当班长时，发现职工中有好人好事，当天就让牡丹江知青潘业浩去写稿子。晚上开大会时，王洪钧连长同意我们把写好的稿子念给职工听。上海知青谈鸿及也写过稿子。我还让上海知青刘海林利用干活儿休息时间教大家唱歌，“阶级仇！民族恨……！”大家唱得可有劲儿了。我们还自己编词唱了一首“粮库工人心向党”，这首歌不但在连里唱，我们还都穿着工作服披着垫肩到团里参加演出呢！那时，连里开大会前各排互相拉歌，唱得可热闹了！

我们粮库职工干活儿在连里是有了名儿的好！到杨岗拉沙子，四十分钟的路程，人家是上午拉一趟，下午拉一趟。我们是一天拉四趟。豆腐房旁边那间小房子的墙每年秋天都要抹一遍泥，副连长欧钦潮找我说："董海他们班活多，你们班怎么样？"我说："没问题，一天就能干完。"结果，我们班一鼓作气，下午挺早就收工了。我找老欧要休息，他嘿嘿一笑："给革命做贡献嘛"！

有一年春天，我们班在连队院里的苞米楼前脱大坯。这可是又脏又累又冷的活儿。先挖一个大坑，然后放进干草和水在坑里和泥。活儿早派完了，可怎么磨叽半天儿，不见出活儿呢？我一看，明白了，站在坑边和泥使不上劲。我立马把鞋和袜子一脱，卷起裤腿儿跳进坑里拿家伙就干起来。站着的职工也跟着我跳下去一块儿干上了。初春的北大荒天气还冷，脚底下踩的又是泥又是水的，甚至还踩着冰碴子呢！但我们还是很快就完成了脱大坯的活儿。

连里盖房子、建粮仓，打地基都少不了用石头。我们去东山头炸石头，得一大早先去打炮眼儿，俩人一副大钎子，大锤子很沉，抡起来一不小心就容易砸到手，真危险。我们上午打十几个炮眼儿，下午点着了就撤，等到第二天早上再去装车拉石头。有一次我们去装车的时候，地方上公社的那帮人把我们头一天炸好的大石头都码好垛了，准备要拉走。我一看火儿就上来了："敢拉！"还没等我出手呢，他们都吓跑了。那时候，我们出连队干活就叫"出差"，所以"大胡子"副连长——秦发祥跟我说："王连长派你出差干活儿，相信你一定能干得好，但就怕你惹事！”

粮库副排长、北京知青董书调任连司务长后我就接了副排长。大伙儿都了解我，不管干什么，要干就得干好、干到前头。偷懒、不爱干活儿的人，我就找连长，我们排不要。团里分配各连去火车站卸水泥，一个连包一个车皮。有的连队全连都参加，我们连就粮库一个排参加，结果比他们一个连的人干得还快。一人一次扛两三袋，一袋100斤，我们排的职工个个都很能干！冬天，出口大豆。各农业连的大豆都往兴凯火车站送，车上的大豆有散装的，也有袋装的，我们负责卸车、装车皮。我们连负责这项工作的老职工张维信跟火车站联系一个车皮不容易，所以要着了车皮我们就得争分夺秒地干。50吨的车皮，能装625麻袋。白天我跟着干一天，晚上连里卸车装车的人手不够我还跟着干，第二天的活儿还不能耽误。董书调当时就说我“真不要命了”！

那时团里晚上演电影我基本不看，卸粮的汽车进连队一按喇叭，我就赶紧到地中衡给粮食过磅，还顺手往嘴里扔几个麦粒嚼嚼这麦子有“几个水分”，没什么问题就让司机把车开到加工厂，让交粮员帮着我把一袋袋的小麦往粮食传送带上卸。那时候年轻，不知道累，经常是干一天活儿，晚上还打篮球，满场的跑。

想起连队里的那些往事，就让人精神一振。回到北京后，我们忙工作，操劳家庭、照顾老人孩子，转眼我们也都是六十多岁的老人了，现在时常盼着找个机会，我们这些知青朋友在一块儿聚聚。年轻时候的我们，真好！

扫土粮的日子

许建华

我患右肺空洞型肺结核后，经住院治疗，病情稳定。1971年初，连里根据医生做“轻工作”的建议调我到一排粮库扫土粮。听到这个决定，我很兴奋，心中着实有些小窃喜，以后我再也不用到酒厂上三班倒的班了；夏天我可以少受酷热和蚊子、小虫叮咬的罪了；冬天再也不用顶着严寒、大烟炮战战兢兢地去上夜班了。

到粮库才干了短短的几天，我就明白了原来扫土粮也不是想象的那么轻松。扫土粮是个长年累月不能间断的工作，粮库每次卸粮、装粮、晒粮后，都会在路上、粮囤旁、晒场边等犄角旮旯里不经意地洒落不少小麦、大豆、玉米。这些粮食如不回收起来，一年的损失也是相当惊人的，而且回收还要及时，如果不及时把洒落的粮食扫起来，遇上一场雨一浇，粮食发芽霉变就没用了。所以扫土粮并不是一份“轻工作”！

粮库有突击任务时，我们还主动去帮忙，装卸粮食、打撮子、扛麻袋、在晒场翻晒粮食。粮库的壮劳力们工作告一段落休息去了，我们这些扫土粮的“老弱病残”还得忙着把掉在地上的粮食扫起来装进麻袋，然后集中存放到一个木板房里。等到刮风下雨或者粮库没有突击任务的时候，我们再把这些土粮倒出来进行筛捡分类。这工作看上去不复杂，也谈不上什么技术含量，可就是这么一项看似简单的工作，却需要我们投入很大的责任心啊！夏天，我们顶着烈日，冒着酷暑，分拣土粮。在连里扛过麻袋的人都知道，一个装满大豆、小麦的麻袋有多重。当时，我们土粮组都是女同志，有上了年纪、眼睛又不好的解小月，还有曹庆珍和我这个病号。每天我们都要费九牛二虎的力气，把掺和着石子土块的土粮从袋子里倒出来，边挑边筛，然后再把拣出的粮食装回麻袋。二百来斤重的麻袋我们扛不动，我们就连拖带拽的把一麻袋一麻袋捡回的粮食送回粮库的库房。粮库的粮食检验员张秀珍也经常来帮我们一把。冬天扫土粮这活可难干了。北大荒的冬天经常零下二三十度，我们在四壁透风的木板房里筛捡土粮。俗话说，针尖大的窟窿，斗大的风。更何况这里是四壁透风的木板房，我们实在冻得不行了，老职工就让我讲讲笑话或者唱唱歌。那时候我们经常是一边筛捡土粮一边唱歌，外面呼啸的北风刮得木板房啪啪直响就当是给我们伴奏了。有时我们也会让曹庆珍再唱个江南小调。说说、唱唱、笑笑，一时间我们忘记了疲劳、忘记了寒冷。直到实在冻得干不了了，我们才去地中衡的休息室暖和一会儿。

就这样，我们每年都捡回好几千斤土粮，能装满几十个麻袋呢！看着经过我们的双手又重新回到粮库、面粉厂、油厂、酒厂的一粒粒粮食，我们很欣慰。尽管大家觉得扫土粮是份“轻工作”，但谁能说扫土粮这份工作不重要呢！

冷日子里的温暖

刘利民、刘爱玲口述　罗英琪整理

翻开老相册，看着我俩当年倚在加工厂的铁梯子上照的相片，太珍贵了。那时我俩都梳着一对过肩的小辫子，穿着一身棉袄棉裤，棉袄的罩衫还是那时特时兴的“一字领”，胸前还戴着毛主席的像章。看着相片上的我俩，笑得那么甜、那么无忧无虑。现在回想起来，那真是一段值得留恋的青春经历。

爱玲是1969年10月到的加工厂，利民是1970年初到加工厂的。那时，连队大院儿东北角的加工厂已经是红砖砌成的两层楼高的大厂房了，挺气派，挺抢眼。能在加工厂上班，农业连队的知青可羡慕我们了。车间里加工粮食的一整套机器设备都是那时从北京购进的，欧钦潮副连长和蔡克贵还专程到北京学习过。加工厂的工作常年是三班倒，一干就是八小时，中间没有休息。每个班四个人，刘利民班有老职工谭道勤、北京知青孟兆华、天津知青刘金华。老谭看磨、利民和小孟打包、刘金华负责上麦子。刘爱玲那个班有连忠孚、当地知青于建学、郭兆安。

知青岁月里的刘利民和刘爱玲

一上班，我们就穿上一身黑粗布的工作服，脖子上围一条面口袋就当围脖儿用了，再戴个帽子。那时不知道有粉尘污染一说，所以也不讲究戴口罩。等到下班

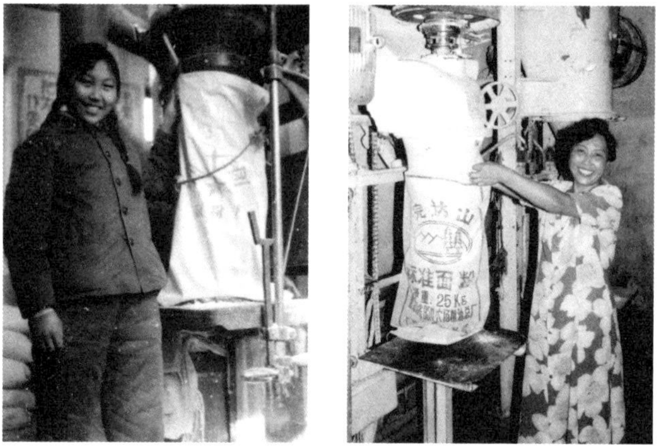

刘利民当年和近年在面粉厂的两张留影

脱工作服时，我们贴身的衣服上渗的尽是面粉，头发帘儿、眉毛、脸上也都粘着面粉，都快成面人了！就连我们吐出的痰都是白颜色的。

在加工厂上班就怕过冬天。黑龙江的冬季，时间长啊！记得国庆节过后我们就穿棉袄棉裤了，等到来年的“五一节”棉袄棉裤才能脱。车间的厂房那么大，只有休息室里有一个烧煤的炉子。我们从北京带来的塑料底棉鞋和薄薄一层棉花的棉裤根本挡不住这里零下二三十度的严寒。一进车间，我们就穿上比自已的脚还大一两号的棉胶鞋，鞋里放上毡垫、苞米皮，还得穿上毛袜子。身上穿的是小棉袄套大棉袄，外边再系一条绳子，免得进风。车间里的机器“隆隆”地响，一个人一个岗，机器一分半钟出一袋面，一袋面五十斤。我们打包的，每袋面都过称，保质保量。冷的受不了，我们就利用这一分半钟的空隙，原地跺脚、在车间里跑步，有时还比赛，看谁能利用这点儿时间从加工厂跑到连队大院南边的菜地再跑回来。更难熬的是夜班，又冷又困，时间过得更慢，似乎那八小时比白班的八小时长好多。站在那里守着机器的出粉口，看着看着有时能睡着了。有一次，孟兆华睡着了，我们给他套了一个面口袋。他一下子惊醒了，扯下面口袋时已成了“面人”。孟兆华的“面人”外号就是这么来的。外面又黑又冷，上厕所我们都不敢一个人去。手被冻僵了打不了包，我们就把一个小秤砣放到炉子里，等它烧热了就裹上布放在兜里暖暖手，再喝口热水暖和暖和。直到 1974 年秋天，加工厂停产，秦发祥副连长带着我们搞大检修时才在车间里安了个取暖锅炉，有了暖气，冬天就少受罪了。

说实在的，尽管那时候那么冷，但一点儿也没影响我们干活儿的热情。有一次，刘利民的手被机器的链条刮了个大口子，骨头都露出来了，也不知道请假休息。我们班与班之间常搞劳动竞赛，这个班一个班次出 200 袋面，那个班就出 200 多袋，比着干。全团上万名职工家属的口粮都靠着我们加工厂，看着每天都有兄弟连队的车来拉粮，我们心里都洋溢着一股自豪感。

加工厂的老职工像待自己的孩子一样照顾着我们。车间里太冷了，他们就替我们顶班，让我们到休息室里烤火，暖暖身子，还让我们闭眼休息一会儿。机器的避风器坏了，老谭（谭道勤）只让我们帮他递递工具，他自己拆来拆去的换皮垫、上油再安装，不让我们动手。因为北大荒的冬天你去摸铁，不仅是钻心刺骨的冷，一不小心铁还能粘下你手上的一块皮。当保管员的老职工费添汉发现我们不爱说话、不爱笑了，就会找我们谈心，问问我们是不是想家啦，和谁闹别扭啦等等；老连平日不爱吱声，可在我们知青面前总是那样和蔼地微笑着，让我们倍感亲切；老职工从家里带来好吃的饭菜，总少不了有我们的一份儿；休息日，老职工王锦秀大姐常招呼我们去她家，坐在她家的热炕上，我们就像回到自己的家里一样，她会给我们包饺子，再炒上几个菜给我们换换口味儿；我们穿的棉裤薄，锦秀大姐就帮我们把棉裤拆开，再絮上一层厚厚的棉花。老职工对我们的关照，一件一件都暖在我们心里。我们在加工厂，老职工就是我们的依靠，老职工就是我们的温暖。每天和他们在一起工作，我们心里特别踏实。

四十年过去了，至今我们仍保持着和老职工的联系。在加工厂五年多的经历，成就了我们在北大荒的一段难忘历程。我们常怀念在加工厂的那些日日夜夜！留恋在那艰苦的工作和生活环境中感受到的丝丝温暖！这朴实无华的温暖哺育了我们的人生，更给我们的晚年带来了许许多多温馨的回忆和不尽的快乐！

一滴豆油一把汗——记油厂改造的艰辛

翟培道

在1968年知识青年上山下乡的大潮中，我第一次远离家人、远离城市，来到了一个很远的陌生地方——祖国东北边陲的北大荒。这是我人生步入社会的第一步，这一步让我在地处牡丹江地区密山兴凯小镇的工业三连一干就是十一年。

十一年中，我的大部分宝贵时光是在工业三连的油厂度过的。几十年过去了，油厂榨油的艰辛、油厂技术改造的艰难，至今还时常一幕幕清晰地映现在我的脑海。

先说说榨油吧！当年我们油厂的榨油方式还很原始。首先是对大豆进行筛选，把不合格的豆子和杂物筛选出去，然后把合格的大豆放在火炕上进行烘烤加热，去掉豆子中多余的水分。这个活儿说起来简单，其实并不好干。不仅要对室内火炕上的豆子进行多次均匀的翻动，还要不停地到室外去给火炕添煤除灰，使火炕表面始终保持一定的温度。点火是很棘手的活，经常会点不着，下班时间还要把火压住，确保火势始终不灭，这是一门技术。在老职工的耐心指导下，没过多久我们知青就掌握了这门“绝活”！

我们在室内翻动炕上的豆子，再到室外给炕洞里添煤，室内室外来来回回可不是一件舒服的事。夏天还好说，室内室外温差不大。最难过的是冬天，室内恒温摄氏30多度，室外冰天雪地零下二三十度。光着膀子在室内火炕上翻豆子，然后穿棉袄棉裤到室外给火炕添煤，一会儿冷一会儿热，一个班八小时下来得折腾十几次，好在那时我们年轻力壮经得住折腾。

当年油厂的榨油机是最古老的，用丝杠把油坯子向下挤压，几个工人用一根粗木杠子一点点地扳动榨油机托盘，挤压坯饼，把豆油一滴一滴挤压出来。后来为了减轻劳动强度，改用一台卷扬机来拉动木杠子，但是还得人工把木杠子一次次插进榨油机的托盘上，劳动强度仍然是很大的。室内温度很高，干活时我们穿大短裤、大背心，一个班次下来不知道要流多少汗，真是榨一滴豆油得流一把的汗。

当时附近的地方油厂已经采用比较先进的半自动化机器装置榨油，不仅大大减轻了劳动强度，而且还提高了出油率。1975 年初，连里决定对油厂进行一次技术改造。首先成立了一个由秦发祥副连长挂帅的油厂技术改造小组。有我、闫四业、邱关根、郭兆安、刘本元、徐云生和一老一小两个姓李的木匠，还有一个姓黄的电工师傅。阵容可谓不小，这表明连队当时一定要把油厂技术改造搞成功的决心！

1975 年 6 月，秦副连长带着技术改造小组来到了牡丹江宁安县的粮油加工厂参观学习。出发前，秦副连长给大家分配了各自的任务，我负责搞清楚传送带和豆饼坯子的半加工机械设备情况。到了宁安油厂，我们就傻眼了，人家看出我们是去“偷”技术的，所以厂里明确告诉我们，只许用眼睛看，不得照相、不得画图，还不得靠近机械设备，说是为了我们的安全。不让我们拍照、画图没关系，只要让我们进车间，让我们看，我们就有办法。白天我们到车间，按照分工对每个部分的机械设备进行仔细观察。不让用尺子，我们就用手量；不让动笔，我们就把数据记在脑子里。

晚上回招待所，大家马上坐到一起凭着记忆把白天观察的机械设备画出图来，把有关数据写下来。有回忆不完整记不全的，第二天我们再去看，再去记。就这样我们每天认认真真的“参观学习”，几天下来我们把宁安油厂的机械装置、设备和运行情况基本了解得清清楚楚了。

宁安油厂的参观任务圆满完成后，紧接着就是要制造我们油厂的设备了。首先是电焊。焊工活在整个机械设备制造中占很大比重。此前我们只看过别人电焊，自己从来没干过。可我们连里根本就没有电焊机，怎么办？秦副连长找来了两口大水缸，在缸里分别放入一定比例的盐水，然后将一根铜条和一根铝条分别插入两口缸的盐水里再通上电，就这样一个土电焊机就制造出来了。土法上马的电焊机电流不稳，操作起来很难掌握，我们就借这个机会练手。刚开始学的时候，不是把电焊条和工件粘到一起，就是焊条抬得太高，只见打火，工件焊不到一起。我们坚持练，常常是腿蹲累了，手腕酸了，站起来伸伸腿、活动活动手腕继续练。眼睛被电焊火花刺得流泪、红肿得睁不开眼，秦副连长就找来母乳帮我们点上，疗效果然不错。最终我们几个年轻人学会了平焊、立焊、仰焊等各种焊件加工技术，成了连里电焊操作的“大拿”，后来我们用正规电焊机干出来的活可就不是一般水平了。

随着工程的不断展开，需要加工的工件越来越多，质量要求也越来越高。焊接正常工件时，戴上电焊防护罩就可以干活，可赶上焊接直径较小的工件，就得躺在工件里面，不能用电焊防护罩，只能戴副墨镜。干完活，脸上只有墨镜挡住的地方是白的，其余部位都被电焊的弧光烧红了。被电弧灼伤的部位要脱好几层皮，又疼又痒很难受。

我们没有专门加工机件的机床。加工简单的机件靠手工，小件还好办，一个人就干了，但是大工件就费劲了。譬如加工直径有碗口那么粗的轴，就得两个人用手工钢锯一点一点锯。刚开始干配合不好，用力不均，锯口总是不齐，中途还总别断锯条。可一拉一锯不到两天工夫，两人就可以配合得非常默契地锯好一个工件了。那些日子，为了赶进度，每天天一亮我们就起来干活。北大荒的夏天天亮得特别早，半夜两、三点钟天就大亮了。当时工作环境很差，只有一个四面敞开的大棚充当我们的工作间。但是，就在这样的条件下，大家还是有说有笑，干得特别欢。

加工复杂的工件就得用专用的设备。当时，我们连队没有，这就得把工件送到四十团修配厂或别的单位去加工。人家加工工件要求我们必须有正规图纸，我们没有图纸。我们搜肠刮肚地回忆当年在学校里学过的那点知识，这时真正体会到“书到用时方恨少”的深刻含义了。后来我们找了些机械制图的书，一边学，一边虚心地向车工师傅请教，没多久我们就能画出符合要求的加工工件的图纸了。

在制造加压储备泵的时候也遇到不少麻烦。这个泵其实就是一个大功率的千斤顶，是榨油机正常运转的关键设备。这是个高两米多、直径两米多、重三吨多的大家伙。当时没有起重和运输设备，要把它从制造加工现场挪到油厂安装位置可是个大难题。我们用土办法，在这个大家伙下面垫上圆木，然后人在前面拉、在后面推，就这样一寸一寸往前挪到了油厂的预定位置。安装时，要把这大家伙吊到一定高度才能安装到位，没有吊车，就用铁葫芦往上吊的土办法。用一个铁葫芦拉不动，就用两个一起使劲，我们一边吊一边垫木头，愣是把这大家伙一公分一公分地吊起来了，经过整整两天一夜的苦干，我们终于把这个又大又笨重的大家伙准确地送到了安装位置上。

所有部件安装到位后，试车是最紧张的时刻，我更有些紧张。因为我负责的机械部位，豆饼坯子半加工的工序问题较多，这一程序工艺要求也比较高。整个工序过程必须协调一致，从豆皮落入铁框内，到豆饼坯子推入成型机，再送上运输链，最后运到每个榨油机的旁边，任何一个工序的动作不协调就会出问题。经过一次次上上下下调试改装，机器终于能顺畅地运转了，豆饼坯子通过运输链传送到一个个榨油机。开动榨油机，出油这一刻终于来到！

一连几个月，我们吃在车间、睡在车间，累了就稍微坐一会儿，实在困得不行了，就找个地方和衣闭会儿眼，醒来接着干。在大家的努力下，油厂改造顺利告捷。

参加油厂技术改造小组的成员，那时的最高学历是初中毕业，有的连小学也没读完。邱关根是唯一拜师学过钣金的技术工，其他成员对机械制造专业一窍不通。但我们凭着对做好油厂改造工作的坚定信念和满腔热情，克服困难，攻克难关，虚心向生产一线的工人学习、向实践学习，边干边学。

当我们看着黄澄澄的豆油从榨油机里一滴一滴流出的时候，我们欣慰地擦干了脸上的汗水，坐在一旁看着看着甜甜地睡着了。

油厂工作二三事

钱燕

打开记忆的闸门，感慨万千，想说的很多很多，从哪儿下笔呢？那就先从两个人说起吧！

一、秦副连长

我们刚到工业三连时，秦发祥是连队负责生产和技术工作的副连长。他年轻时当过兵，聪慧过人，什么事情一看就懂、一学就会。他可是我们油厂改造的大功臣。说起秦副连长，他还救过我一命呢！

那是在1970年底油厂改造的新设备调试阶段，我们是边调试边生产。我当时负责碾压工作。这天上夜班，机器又发生故障了，一会儿停一会儿转。检修的同志在那里忙，我在一边闲得实在犯困，眼皮子直打架。我刚想往身旁已经停转半天的大碾子上靠一靠，打个盹儿，这时大碾子突然飞快地运转起来。说时迟那时快，就在我快要靠上去的一刹那，秦副连长一个箭步冲过来猛地拽了我一把，我才躲开了大碾子。当时我的脸吓得煞白，他先安抚了我一下，接着狠狠地对我说："小丫头你不要命了，再困也不能往碾子上靠啊，以后一定要注意！"事后从安全生产的角度上，秦副连长又给我们三个负责碾压工作的年轻同志认认真真地上了一堂教育课。想起当时的一幕幕，我要说："感谢您，秦连长！"

二、老班长

老职工蔡翠堂是油厂七班的老班长。那时我们七班有老职工权铁俊，北京知青柳春华、赵燕华，上海知青王张根、于庆华、封素珍和我。蔡班长聪明能干，肯动脑筋，把七班搞得有声有色。说起蔡班长工作中任劳任怨、身先士卒的故事就多了，讲点别的吧。有一年秋天连里组织到山里去搞“小秋收”，刚走进茂密的大森林，大家有说有笑显得很兴奋，一边走一边拾着落满一地的橡子。可是越往林子的深处走心里越慌，突然不知谁喊了一声：“地上有黑熊的脚印！”这可不得了，会不会人入熊口呀？这时，胆大心细、遇事不慌的蔡班长安慰我们道：“放心吧，我能把你们带进来就一定能把你们安全地带出去。”经他这么一说，我们心情放松多了。在蔡班长的带领下我们避开黑熊的踪迹，顺利地走出这层层叠叠的大山，完成了连队交给的“小秋收”任务。

老班长不只是带着我们班完成榨油生产任务、完成连里排里临时交给的各项任务，他还紧跟当时形势，常对我们知青进行忆苦思甜教育。他注意到我们年轻人有时不爱惜粮食，有一天早班下班后，蔡班长把我们班的六个年轻人请到他家里。刚坐下聊了不一会儿，他爱人端出一盘黑不溜秋的东西，我们定睛一看，原来是糠菜团子！我先咬了一口，怎么也咽不下去。柳春华、封素珍她们也皱起眉头，看着糠菜团子发愁。这时蔡班长开口了，语重心长地对我们几个年轻人说，是啊，这种糠菜团子不好吃，可我们在旧社会天天吃，吃得你直恶心想吐，没办法，要活命还得吃。现在生活好了，你们天天有白面馒头吃，要珍惜来之不易的幸福生活，不能浪费一粒粮食啊！通过这次忆苦思甜，让我们意识到年轻人要珍惜当今，要自觉地改掉身上的坏毛病。

在蔡班长的带领下，三排七班是个团结友爱、互相帮助、奋发向上的集体。1970 年 12 月，我们七班被评为连队的“四好班”。这一份自豪感，我至今依然还在。

三、油厂女知青宿舍

我们油厂十二名女知青的宿舍，那叫一个干净、整洁。红砖铺地，地上一尘不染。十二条不同颜色的毛巾叠得整整齐齐挂在墙上的十二个小钉上。连队木工给我们做的四层脸盆架上，我们的十二个脸盆摆放有序。大家都自觉自愿地保持宿舍的清洁卫生。我们住的是上下两层的木板通铺，被褥折叠得像军营解放军战士的被褥一样，见棱见角。我的被子很厚很大，要把它叠得方方正正很不容易，邢兰音副排长经常顾不上吃饭帮我使劲地又拍又压那讨厌的棉被。连里开展的每周宿舍卫生评比，我们油厂女知青宿舍总是数一数二的。

我爱北大荒那片美丽迷人的黑土地，我爱曾经工作和生活过的工业三连，我更爱曾经帮助过我的连队老领导和兄弟姐妹们。我怀念在油厂度过的美好时光！

油厂——我们远方的家

赵燕华

1970 年的 5 月，北大荒刚刚脱去冬装，我和从各排抽调到油厂的北京知青柳春华，上海知青钱燕、封素珍、王张根在班长蔡翠堂的带领下参加了油厂那次拆旧建新的技术设备改造。

盖房时，要挑沙子、搅拌水泥、砌墙，我们可从来没干过这些活儿，我们一边学一边干。开始时，我们干不快，所以当天的工作进度老是完不成，我们就挑灯夜战。北大荒的初春，天气还凉得很，有水的地方还能见到冰碴子。记得有一次，我们几个被分配做和水泥的小工，急性子的柳春华开始用铁锹使劲儿搅拌，她觉得太慢不带劲，就索性脱了鞋跳进冰凉的泥水里用双脚和。在她的带动下，我们也都顾不得冷了，脱了鞋跟着她一起干起来。和水泥的速度是加快了，可我们脚上穿的尼龙袜子却毁了。可大伙儿看着和好的水泥可以砌墙了，心里还都是乐滋滋的。晚上，食堂给我们送来香喷喷的热汤面，别提多好吃了。

我们还学会了上房架子。在高高的厂房顶上，姑娘们都敢在上面行走。在距离地面那么高的地方干活，我们也不知道害怕，拿着锤子、钉子，敲敲打打，俨然像个行家里手。有一天，房架子上边和下边的战友都在不停地忙碌着，突然听到有人“啊”的叫了一声！我回头一看，老职工权铁俊捂着头，蹲在了地上，他的头上脸上都是血，太吓人了！原来是一把锤子从房架子上掉下来，正巧砸在老权的头上。受了伤的老权没有晕过去，我却当场晕过去了，为此我还落下了晕血的毛病。第二天，老权头上裹着纱布又上班了。说心里话，我至今对老权这种“轻伤不下火线”的精神还是很佩服呢！

1970年底，油厂技术改造完成了。改造后的新油厂很气派，厂房高大敞亮，车间里还铺上了木地板。前边是两排半自动化的液压榨油垛，大辗子和锅炉房在后边，旁边还设有更衣室、休息室和洗澡间。大家看着自己的劳动成果，很有成就感、自豪感！

新油厂试运行后，边调试边生产。领导把油厂烧锅炉的重任交给了三排的三个班。每班出两个人，三班倒。我们七班是我和柳春华。我们接受任务时是冬天，要把锅炉烧得旺旺的，让车间内始终保持榨油需要的温度——摄氏近40度。这对我们十六七岁的小姑娘来说，实在太难了！柳春华痛快地说，“不会吗？楞烧！点火！”但真把锅炉点着了，就傻眼啦！烧锅炉要用煤，煤都堆在露天。炉火把锅炉房烤得暖暖的，可外面是冰天雪地，从锅炉房一出来呼啸的寒风刮得人都睁不开眼睛。我们用扁担挑着两个装了煤的柳条筐，咬着牙一步一趔趄地往锅炉房走，那两个筐还不听使唤不断地来回晃，那点儿煤挑回来可太不容易了！后来我们学会了用独轮车推煤就省点儿劲了。

烧锅炉还是门技术活儿，你得把握好“火候”，该送气的时候，必须送得出去。要上溜、榨油了，一声“放气”！如果这时锅炉里火起不来，一个气压也没上来，那就糟了，出现这种情况那烧锅炉的两人非得急哭了不可。刚开始时，这种情况还真时不时地发生过，后来老职工权铁俊告诉我们别着急，用大通条从锅炉底下把烧结的煤撬开些，有空气进去了，火苗就慢慢地窜上来了，火旺了气压很快就上去了。我们在工作中一边干一边学，很快掌握了烧火的技巧，就再也不为烧不上气压着急了。可最初我们还不知道锅炉里的气压高了，要及时适当地放掉点儿。老权发现了“险情”，又告诫我们说，你们要把锅炉烧上天吗？几十年过去了，现在也不再烧锅炉了，可老权的话，我们一直牢牢记在心里。

我们油厂姑娘们最犯愁的还有搬豆饼的活儿。一个班榨油产出的豆饼有三百多块，一块七八斤重，加起来就是两千多斤。下班前，几个当时体重大多在九十来斤、身单力薄的姑娘要把这两千多斤豆饼从车间搬到豆饼库房，那叫累呀！开始时有的人一次能搬五块，有的人搬三块，到后来实在累得不行了，我们就一块一块传。在冬天，这时我们就特盼着粮库的男知青们来油厂取暖，粮库通常是在露天干活，冻得不行了，休息时他们会钻进我们车间歇会儿暖和暖和。看到我们姑娘们在吃力地搬豆饼，他们就会“怜香惜玉”，主动伸出援助之手，短短几分钟“休息”，三百多块的豆饼就进库房了！我们想和他们一起搬，他们还不让。他们披着垫肩干活儿的身影至今还清晰地留在我的记忆中。

冬天，油厂车间里和外面的温差非常大。下班了，洗去了油腻、换上干净漂亮衣服的姑娘们走出车间，一股寒气扑面而来，哈出的热气立即在眉毛上结成了白霜，湿漉漉的头发立马冻成了一溜溜的小冰柱，太冷了！走在回宿舍的风化石小路上，我们还总忘不了说说笑笑、打打闹闹。这时远处的宿舍里经常会传来上海女知青陈玲义的悦耳歌声：“太阳红，红艳艳……”

有一年春节，连里要开联欢会，各排都必须出节目。我们油厂准备的节目是舞蹈《万泉河水清又清》。油厂车间里始终是将近40℃的高温，干完活儿，我们在休息室里穿着油渍麻花的破衣服，光着脚丫就开始练上舞了。没有斗笠，我们就举着榨油用的豆饼圈踮着脚尖练。钱燕充当了我们的舞蹈老师，柳春华跳的最好。这时什么脏呀、累呀，都抛在了脑后，我们尽情地唱啊、跳啊，开心极了！

四十五年过去了。今天，在我的脑海里还时常会闪现当年的一幕幕：班上穿着单衣的柳春华“大义凛然”地披上棉大衣冒着严寒去食堂为大伙儿打饭；在高温下长时间作业，战友们越累越吃不下饭，是罗斯英劝大家喝些糖水后才能勉强吃下半个馒头；在难忍的夏天，一身灰土的王张根汗流浃背地在车间里上豆子；封素珍干完了一天的活，还不忘及时给连里写通讯报道稿、忙车间里的黑板报呢！

战友们在油厂的劳动和生活，给自己的青春留下了太多的苦与乐！留下了太多的珍贵记忆！北大荒——我们的第二故乡！油厂——我们远方的家！

酸甜苦辣的油厂岁月

罗斯英

我在油厂那些年，油厂有三个班，因为女知青多，班长都由老职工担任，副班长就由女知青出任了。一老一少相互配合，把各班的生产、生活、学习组织得井井有条。

初到油厂，车间里的高温和生产设备的原始陈旧让我们知青非常吃惊。在车间上班的男职工都赤着脚、光着膀子，穿一条短裤。女职工虽然着装显得规矩些，但也都光着脚。身上的衣服都油乎乎的，热气和油污让每个职工的脸上都油光满面。一股难闻的生豆腥味，让我到车间的第一天就晕了过去，而且过了好长一段时间才慢慢适应。

北大荒的冬天十分寒冷。外面雪花漫天飞舞，大烟炮刮得让人睁不开眼睛。可一踏进油厂车间，这里零上三十几度，真是里外冰火两重天。那时我们常常感冒，带病坚持工作。遇到夏锄、秋收等农忙季节和冬天修水利，我们工业连队还经常要抽调人员支援农业连队。这时，我们油厂的三个班经常就变成了两个班，一个班干十二个小时，把抽出去的那个班的榨油任务也要完成。

记得 1970 年的 5 月，油厂开始了一次规模较大的技术改造。改造前，油厂榨油豆坯是先用大炕烘，再用蒸锅蒸。当时这道工序叫端锅，整垛时用木杠顶，出油时用钢丝拉杆变速器。当时各班的出油率只有 11 个左右。为了减轻劳动强度和提高出油率，在秦发祥副连长的带领下，以修理班为主力，油厂人员全体出动，进行了一场差不多半年的技术攻关改造。没有图纸、没有专家、没有技术人员，我们边学边干。秦副连长不仅是个指挥员，更是个实干家，还是个土专家。他确实聪明过人，碰到技术难关，眼

在油厂工作

珠一转，脑子一动，一琢磨，什么问题似乎都能解决。修理班当时只有老职工闫四业、本地知青郭兆安和上海知青邱关根三人，他们不是技术员却胜似技术员。当年油厂的技术改造如果没有老秦他们四个人，是很难成功的。他们自己一边学一边干，还对每一位参与技术改造的职工进行指导。他们每天吃、睡在车间，其他职工加班到深夜就回宿舍睡觉了，他们不走，找个地方打个盹，醒来接着干。这种革命加拼命的顽强拼搏精神，现今回想起来真是难得！

在秦副连长的指挥和王善明排长的领导下，油厂的技术改造在1970年年底顺利完成并投入生产。除了首道工序上豆外，其余的工序都进行了改造。原先从碾子上下来的豆坯是先在大炕上烘烤，然后装进大锅里隔水蒸。改造后，碾压过的豆坯直接输送到一个大罐中用汽蒸。原来的拉杠式压油改成了液压式压油。经过这两道主要工序的改革，出油率达到了十三个左右。

改造后的油厂还为职工提供了一点小“福利”——清澈的洗澡水。在油厂上一天班，一身臭汗，再加上油乎乎的双脚，不洗个澡根本没法换衣穿鞋。技术改造前，我们用的洗澡水是从蒸豆坯的锅里放出来的奶白色的浑水，在那样的水里洗澡，我们只能站在池子里洗去身上的汗水和油腻。改造后的洗澡水直接从锅炉房的水管放出来，水是清澈透亮的。工作完毕，我们终于可以痛痛快快的洗个热水澡了，不容易呀！

油厂的技术改造，不仅提高了出油率，降低了生产成本，减轻了劳动强度，更重要的是我们得到了一次磨练。在磨练中，我们学到了工作本领，为后来油厂的改造和搬迁打下了扎实的工作基础。

我在油厂工作了将近七年，其中的酸甜苦辣我终生难忘。

我们工作在油厂

封素珍

屈指算来，我离开油厂已经三十多年了，但当年在油厂工作的场景，却依然历历在目。

20 世纪 70 年代初期，我们油厂进行了技术改造。改造后的油厂较之以前虽然各方面都有了很大的改善，但自动化程度仍然很低，许多繁重的工序还是要靠人工来完成。第一道工序是将豆库的大豆运到大炕上烘烤，然后用碾子将其碾成片状，再放入一个很高的蒸锅里加温。紧接着重头戏就开始了，一人站在蒸锅前右手拿一张带孔眼的圆铁皮，左手拿一个铁圈，极其迅速地将铁圈对准下面的带孔圆铁皮，将其放在工作台上，再套上一个用铁皮做成的约三公分高的围圈，形成一个盆状，紧接着打开蒸锅下端的口，霎时盆内装满了被热气裹着的豆片，马上将盆快速移到压饼机上，右手一抬，摁下开关，将盆内的豆片压成饼坯。紧接着又开始第二块饼坯的制作。由于两只手操作忙不过来，我们的“七班工作法”应运而生。

所谓“七班工作法”就是在两只手忙碌的同时，用右脚来摁压饼机的开关，就这样两只手、一只脚，各司其职，默契配合，从豆坯出锅到压成饼坯一气呵成。手脚并用的“七班工作法”大大提高了工作效率。紧接着饼坯再由端饼的人一块块端到油压机上，那时我们七班姐妹们的个子都不高，十多斤重的饼坯往低处放还可以，但随着饼垛的增高，渐渐就吃力了，摞到最上面几块时，要踮起脚才能够着。有时，你正吃力地往上举饼坯时，零零星星没被压实的豆片还直往你脖子里钻。一个油压机上的饼坯码满后，就有一个人负责整垛，其他人再往另一个油压机上端饼坯。一个人在整垛时，那边负责操作液压机的人开始升垛压油，打压是个颇具技术含量的工作，压力打得太快或太慢都会直接影响出油率。那时班里负责操作液压机的是北京知青赵燕华，只见她神情专注，跑前跑后观察每个油垛的出油情况，根据不同情况随时调整各垛的压力。我想如果那时有评技术职称的话，赵燕华起码也能评上个中级职称吧！

最后一项工序是卸垛，就是把榨干油的豆饼与铁皮铁圈分离，刚榨过油的铁圈和铁皮很烫，虽然戴着手套但双手还是被烫得通红。受点伤、挂点彩那更是我们的家常便饭，上海知青钱燕手臂上的疤痕至今清晰可见。北京知青柳春华是我们班搬豆饼的绝对主力，好几块豆饼摞在一起她搬起来就走，活脱脱一个假小子。

下班了，在回宿舍的小路上，我们踩着“嘎吱嘎吱”作响的积雪，你一言我一语的朗朗说笑声在连队大院里回荡。我们还经常走着走着即兴来一个女生小合唱，让青春的歌声舒缓我们身心的疲劳。日复一日，年复一年，我们辛苦并快乐着！

多少年后，我常常想，如果我们可以穿越时空再回到那个年代，我一定要让我们亲手榨出的豆油流出兴凯、走向全国，这可是采用优质大豆、无任何添加剂、百分之百纯天然的绿色食品啊！

难忘酒厂大甑房

李勇

古老的酒作坊或者传统型的酒厂都会有甑房。我们的酒厂也有这么一个甑房，而且还加上了一个“大”字，按照当地发音，大家都称它“大井房”。大甑房是一个酒厂的核心，通常酒厂都会有大酒师，大酒师的工作除了掌握酒料成分、下窖温度等技术之外主要就是“装锅”了，将发酵后的酒料均匀地一层一层的洒进“甑”中，装满大甑后，上升的蒸汽均匀地透过酒料，再经过冷却流出来的就是浓烈甘美的白酒了。装锅的技术水平与出酒率成正比。我们的大甑房有两位大酒师：十班班长董海和十一班班长郭延平，各带一班白天、黑夜两班倒，同时还在暗中较劲比赛出酒率。当时我在十班，我眼中的大酒师地位崇高，心中也曾发誓要做个大酒师，把这定成了自己奋斗的目标。

班长董海是个不苟言笑的人，但是对工作极为认真，对班里的同志要求很严格。尽管他穿着陈旧，但永远干净利落。干活时他要求大家的口头禅是“脚下要利索”，因此无论大甑房如何酒料飞扬，各锅酒料都堆放有致，整整齐齐。董班长有时会请知青到他家做客。他和老伴都是山东人，有一手做煎饼的绝活。我们几次去都吃得很过瘾。他家三间土房，但是一尘不染，打扫得干干净净。院子里柴堆得老高。用北京知青卜照宏的话说，北大荒谁家的男人顾家又能干，只要看看院子里的柴堆就知道了。老职工田信昌是董班长的得力助手。说他是老职工，其实比我们知青大不了多少，二十多岁，大家称他“小田”。田信昌最出名的是干活奇快，不惜力，有技巧，还是多面手。我们一道干过割麦子、打草、脱坯、伐木砍柴，他干起活来用北京话两个字可以形容：“神了”，我是佩服得五体投地。班里还有个人物——王胜太，大家叫他“老二”，因为他在家排行老二，他的哥哥也在兴凯。老二智力有缺陷，但是能自理，可以干简单的工作。老二的特点是傻中带着点“狡黠”，干活劲不使足，但是知道维护班长。北京知青高云柱——柱子有时看不过会抨击他几句，班长有同情心，经常护着老二。老二不无得意的样子看起来也很有趣。

大甑房的活算是酒厂里最辛苦的了。俗话说“冷出酒，热出油”。大甑房是旧时日本兵营废弃后改建的，没有窗子，四面透风，冬天外面零下十几度二十几度，里面也差不多。每天第一件事是挖窖子，要穿冰凉湿冷的靴子下窖，换鞋就是咬牙的一关。窖子有两米深，八吨左右的酒料，两个人在几十分钟内就要挖出来。另一件辛苦活是挖锅，此时蒸汽笼罩，大家近在咫尺，互相看不见，前胸蒸烤，后背湿凉，十来分钟内就要挖出，然后扬料降温，搅拌酵母、曲子，推入窖中。工作虽然辛苦，间或也有不少乐趣。最为享受的时光是每锅间隙有二十来分钟的休息时间，七八个人挤进一间六七平方米简陋的休息室，里面占一半地方的是个火炕，大家就在炕上炕下天南海北聊天。中午吃饭也在此处，知青吃饭会派一个人走二里多路，从连队食堂把饭挑回来，老职工则自己带饭。我们知青每天都能吃上馒头和大头菜菜汤，老职工的饭就差多了。小毛（好像叫毛庆福）通常只带两个黑乎乎的团子，现在想起来很是辛酸。小毛家里人口多，生活困难。后来有一次因为饿，在当地公社的地里掰了些青苞米回家，被发现了，在当时的形势下被当作“坏分子”整得好久抬不起头来。

大甑房是“爷们”的世界，与负责制作曲子酵母的十二班形成鲜明对照。十二班是“小姐班”，清一色姑娘，在温暖的工作室里面培养曲子酵母。有时她们会过来帮我们干活，我相信这时大家心情特别美好。其实她们过来聊聊天也可算是大甑房的“良辰美景”了。

夏天酒料发酵容易变酸，出酒率非常低，这时酒厂通常就停工了，酒厂的人就会被连里分配干别的活。所以我们两个班在夏天各种工作干的很杂，割麦子、铲地、修路、基建盖房都少不了。大家都练就了十八般武艺。比如说砌墙做“大工”，这个活儿北京知青王建国就很在行，我干的也挺溜。还记得有一年我们班的几个人被分配去山上打炮眼、炸石头。几天之后练得十几磅重的大锤也可以抡起来，不过掌钢钎的兄弟心里总会打鼓，怕被砸在手上，不时地要求角色互换。通常一天的时间都是打炮眼，装炸药，把雷管放入炮眼，混入炸药中，用钢钎砸实，引出导火索，收工时点火。每个人负责四五个炮眼，手持烟头，一起点火，然后快速离开，跑到很远的地方隐蔽起来，听声音，数炮响，然后回家。如果炮声数目少于炮眼数目，说明就有哑炮。按照规定哑炮只能到第二天再去排除。有一次发现少了一声炮响，我和卜照宏觉得应当当天排除，就违反规定自作主张回到山上，找到哑炮，拔出雷管。后来被董班长和杨殿禄副排长知道后，他们非常生气，着实批评了我们一顿。

老酒厂太老了，大甑房太破了，不适应“北大荒”牌白酒日益增长的市场需求。连里决定弃用老酒厂，建设新酒厂。老酒厂位于兴凯“郊区”，新酒厂搬到“城里”了，大家都很向往，但是老酒厂承载了我们太多的感情、汗水和美好回忆，不免有些依依不舍。

新酒厂以当时眼光看可算是“气势恢宏”。老酒厂年代久远，破败不堪，而新酒厂新砖新瓦，高门大窗，很有气派。大甑房、酵母室、曲子房、化验室、酒库，几个部分都建在一个建筑之中，浑然一体。料库和粉碎机房在主建筑后面一排房子里，形成一个从属建筑。酒厂的窖子更深，扬料场更开阔。几位连里的技术人员连设计带施工，使酒厂三大苦力活中的两项实现了半机械化：挖窖子用抓斗，挖锅用土吊车。虽然安全性差些，出过几次险情，但大家仍然欢喜不已。尤其是上海知青沈根大，每次都抢着开吊斗。开这个东西需要操作控制吊车前行后行和抓斗上行下行的电闸和一个离合器，还要配合窖子下面挖窖子的弟兄，真是一个技术活。沈根大操作熟练，手法花哨，很有表演天赋，让人眼花缭乱。酒库比以前大出三倍，石料地基墙很坚固，酒库里面有两排大型酒罐。酒库与大甑房一门之隔，新酒厂保管员陆永新不用再像老酒厂保管员王国庆那么辛苦每天小扁担挑酒二百多步了。大甑房与十二班有一条走廊相通，给我感觉它是好长的一条曲径通幽的走廊，十二班姑娘们翩翩来往大甑房就走这条路。如此美好的新酒厂，如此深刻的印记，无论如何都不会淡忘。1997 年我和战友们一起回连队时特意故地重游。沧海桑田，昔日不再，大甑房已经变成遗址，剩下酒库部分还依稀可辨，此情此景真让人感慨不已！

十二班的姐妹花

姜美芳

提起工业三连的十二班，在连队被大家称之为“小姐班”。

何谓“小姐班”？是这个班的成员都是姑娘吗？是的，都是当年十七八岁，最大也就是二十来岁的姑娘！她们当中有北大荒的当地青年，也有来自京、津、沪、齐等城市的知青。其他班不也有由清一色年轻姑娘组成的班组，可为什么不称她们是“小姐班”呢？探究其原因，兴许是大伙儿在“肩扛麻包、手提面袋、端着豆饼、挥着铁锹”干活的工业三连里，十二班的姑娘们上班却“身穿白大褂，手拿轻巧易碎的玻璃试管和三角瓶”。岗位工作内容的强烈反差和比较，换来了十二班“小姐班”的美称！

“小姐班”的姑娘们，上班干什么活呢？她们一年三季（酒厂夏季通常停产）轮着“三班倒”，精心地制作生产酒的酵母和曲子。酒厂白酒出产率的高低，就掌握在“小姐班”姑娘们的手中哦！我在酒厂工作五年，有四年的时间是在十二班度过的，对酵母和曲子的生产流程比较清楚。我先给大伙儿介绍一下十二班姑娘们如何生产酵母和曲子的吧！

酵母生产的前期要在试管的培养基里进行酵母菌种的培养，然后再一代一代地在灌有糖化液的试管、小三角瓶、大三角瓶里培养，再通过酵母罐的培养和酵母大缸的发酵才能完成酵母的整个制作过程。这个过程需要历时几个班次的工作。期间室内温度要掌握在 28 度至 32 度之间；各个环节要保持酵母没有杂菌侵入，严格控制时间节点。每当我们一揭开酵母缸的缸盖，用木耙搅动酵母时，酵母发出滋滋的响声，酒泡不停地翻动着，随即酒气迎面扑来，一缸高质量的酵母就做成了！这时候，十二班姑娘们真的有点醉了！

曲子的制作。曲菌的前期培养也是在玻璃试管的培养基里培养而成，然后在曲子盒里做曲种培养，再到曲子房做成成品的曲子。别看说着简单，做起来既复杂又繁重。就拿“备料、蒸料、倒堆、铺料、出曲子”来说，没有一个过程是不花大力气的。十几麻袋的麦麸，背过来，倒过去，三个班次下来，在30度左右的曲子房里，不出几身大汗，曲子是做不成的。一个班上下来，有时累得我站都站不住。我常常看见个子长得矮点的北京知青李延，背着蒸熟的麦麸进曲子房，压得背都弯了；从后面只看到麻袋在移动，却看不到李延的人影！

在酒厂停产的日子里，十二班的姑娘们一起上山拉石头，伐木砍柴；去农田夏锄，割大豆；到草甸子打草，还参加盖家属宿舍的工作。“小姐班”的姑娘们样样杂活也都能干，还都能干得好。

我们住在同一个集体宿舍里，吃食堂一个锅里的饭菜。一起说笑、一起玩乐、一起唱歌，我们还一起排练过《延边人民热爱毛主席》的舞蹈呢！在连队的春节联欢晚会上，十二班的姑娘们演出这个舞蹈时，大家别提有多美了！

再说说十二班姐妹花的性格吧！班长梁龙华“热情”，副班长张国明“冷静”，闻淑兰“风趣”，尉素琴“能干”，李延“乐观”，刘子平“稳重”，许建华“聪明”，金美珍“厚道”，杨玉兰“灵巧”，于洪芬“随和”，后调进十二班的毕凤菊“机敏”、许花兰大姐“和蔼”，还有我应该是“直爽”吧。前前后后，十几个性格不一的姑娘和大姐，组成了一个“认真工作，努力上进，团结友爱，活泼快乐”的姐妹班！

十二班的姐妹花，我想你们，我爱你们！怀念我们曾经在酒厂一起度过的日日月月、月月年年！

无论是已经早逝的，还是失去联系的，或是现在生活在天南地北的姐妹们，临别时你们送给我的那本有张国明书写着“海内存知己，天涯若比邻”诗句的纪念相册里还贴着我们年轻时的照片，那本纪念相册一直保留在我身边，照片上的一张张笑脸已经深深地印在我的心里，永远深藏在我的记忆中！

怀念老酒厂

李延

在老酒厂工作过的人都知道白酒的生产工艺流程：配料——蒸煮——扬渣——种曲、酵——入窖发酵——出窖——蒸馏——贮存——勾调——灌装——成品入库。我们老酒厂这些程序可都是在简陋的原料粉碎间、曲子房、酵母室、锅炉房、大甑房、酒库、灌装班里完成，当时承担这些工作的分别是酒厂的十班、十一班、十二班、十三班的三十多名职工。

老酒厂在兴凯小镇“西郊”，远离连部和知青宿舍。酒厂的厂房还是当年日本人占领东北时盖的，虽还结实，但已很破旧。厂房的生产环境很简陋，工作条件就更艰苦了。生产用水经常得从院子里的一口井里一桶一桶往上打。冬天我们站在冻成小冰山似的井口旁摇着辘轳打水可不是一件容易的事，手上使劲，脚底要是一打滑可不是闹着玩的。现在想起来还真挺后怕！但当年每次打水我们都是乐呵呵并没觉得害怕，因为有对我们还不怎么“放心”的老职工手把手帮着我们干。

几十年过去了，回想起老酒厂，回想起曾经工作过的十二班，我还真有几多怀念。培育酒曲、酵母是白酒生产的基础，优质的酒曲和酵母是高出酒率的前提。用菌种培养酒曲、酵母对工作环境要求非常严格。室内必须干净无杂菌、温度适中。因此，十二班的各个工作室都是窗明几净，非常干净，不是本室的工作人员还不得随便入内。所以不了解十二班工作实情的人，看着这里都是清一色的妙龄女青年，每天着装整洁利落的上下班，也不知谁给十二班送了个绰号——“小姐班”。

十二班的工作是只要酒厂生产就二十四小时不能断人。除了夏季天热酒厂停产，其余时间十二班常年三班倒。冬天在哪个班工作的滋味儿都不好受，特别是夜班。北大荒的冬夜，外面奇冷。

雪后的“大烟炮”刮得人走路都费劲。一起上夜班的两三个姐妹都是在别人钻进热被窝时拎着饭盒，迎着呼啸的西北风去酒厂接班。在漆黑空旷的路上，为了壮胆，我们经常一路小声哼唱着小曲或者故意说笑。经过密（山）虎（林）公路和密（山）宝（清）公路交叉口的“防火站”——一间让我们“肝儿颤”的小草房时，我们都害怕得要命，总觉得黑洞洞的窗户里会有“鬼”要窜出来似的。我们不由得加快了脚步，一路小跑往酒厂冲去。一夜无眠的工作，陪伴我们的是无声的酒曲酵母，还有大甑房铁皮屋顶被风刮得噼噼啪啪乱响的声音。这夜班工作的一幕幕场景至今难忘！

培养好的酒曲、酵母，为多出酒、出好酒作贡献是我们十二班的本职，劈柴、挑煤、烧火，也是我们的分内工作。酵母室几个炉子、曲子房的大地炕、蒸酵母料的大灶都要自己动手烧。曲子房里上百个装满曲料的曲盒要不间断的上下倒动，控制温度，还要不断地往烧热的地炕上洒水保持室内湿度。在室外劈柴、添煤、烧热地炕，以保证曲子房的室温。进进出出、一冷一热，个中滋味很不好受。但看着膨松、带有淡淡曲香的成块酒曲被送往甑房，拌入酒料再下窖发酵四、五天之后，蒸馏出醇香的“北大荒”白酒经检验入罐时，我们的艰辛顿时化作一股暖流，幸福与骄傲溢于言表。

虽然老酒厂早已没了踪影，可我们不会忘记，我们人生步入社会的第一步就始于老酒厂。我们为老酒厂贡献了青春，老酒厂炼就了我们青春的年华。我们怀念老酒厂，更深深怀念老酒厂的领路人——老排长曾昭瑜；更深深怀念和我们一起辛勤付出的老班长、老职工——郭延平、杨殿禄、梁龙华、闻淑兰！你们将永在我的心中！

冬夜拉煤

姜美芳

冬夜拉煤的故事，发生在1971年年底。

那是一个寒冷的冬夜，工业三连酒厂大甑房里灯火通明，本应忙碌的夜班同志却闲着了。备料早已完成，但是锅炉房给的蒸气一直不足，上气不匀，没法装甑烧酒，大家都非常着急！原因是什么？原来是这批煤的质量太差，锅炉炉膛里的火始终烧不旺。怎么办？白天已经忙碌了一天的排长曾昭瑜当即与团运输队联系，要来一辆解放牌大卡车，叫上副排长上海知青王国庆，还有我，一起到沟里工业五连煤场去拉煤，以解燃眉之急！

卡车行驶在北大荒冬夜的山路上，夜空中一轮冷月，山林一片铅灰色。寒风在耳旁呼啸，凛冽逼人，冰冷彻骨；厚厚的棉衣根本抵挡不住零下三十度的严寒，冷风像魔鬼似的钻进我们的身体；我们三人蜷缩着坐在卡车敞开的车厢里，冻得谁也不想说话。我不知道此刻正、副排长二人在想些什么？我却在不停地想：这么冷的冬夜，就我们三个人怎么拉煤？曾排长个头小，身体也不好，我还是一个女生，就国庆的个头高点，能行吗？……一连串的疑问在我的脑海里盘旋……就这么一路冷着，一路想着……

工业五连的煤场到了，我们跳下车活动活动早已冻僵了的双脚，甩掉大棉袄，拿起铁锹就开始装车。国庆独占了卡车的一边，对老曾和我说："我在这边，你们俩上那一边，我们从两边一起装。"我们三人分兵两路就干开了，各自卖力地一锹一锹往车上装煤！寒风吹得我们睁不开眼睛，口中呼出的哈气使上下睫毛凝结在一起，脸上冻得生疼，手冻得握不住锹把，但我们手中的铁锹还是一刻不停地挥舞着……装着，装着，国庆忽然跑到我们这边来干上了。我抬头一看，国庆那边，煤已经堆得很高了，我们这边却还不够高。没多会儿，一大卡车的煤装满了，我们催着司机赶快开车，急急忙忙往酒厂赶！

酒厂到了，赶紧卸车！我们使劲地往车下铲着，铲着，我发现一车煤怎么卸得那么快呢？哦，原来是国庆使着猛劲呢……那动作，那架势，简直不是用铁锹在卸煤，而是像一台推土机在推煤！他用身体顶着锹把不停地把一堆一堆的煤往车下推……一会儿工夫，一车煤就卸完了。

锅炉房用上了新拉来的煤，一会儿炉膛里的火就烧得旺旺的，火苗窜得老高，蒸气上来了，大甑房里又忙碌起来了！

接着，我们又拉回了第二卡车的煤。北大荒的冬夜，坐在大卡车的车斗里，继续冷着，继续想着：这回我服了，我也信了，三个人能拉煤，而且能拉两大卡车的煤！因为无论老的小的、男的女的，我们都不惜力，我们都不怕难，这就是当年兵团战士战天斗地的精神！

初生牛犊不怕虎

王国庆

当年，我们去东北，到工业三连的时候，大多年方十七八岁，血气方刚，敢想敢干，争强好胜，天不怕地不怕，真有点儿初生牛犊不怕虎的味道！回想起来，那时真是干了不少不讲科学、不按规律、不守规矩的事，真可谓蛮干、瞎干、乱干！

一、蛮干

记得那是1971年春，酒厂定制了一个可储存20吨酒的大铁罐。庞然大物运抵酒厂后，我作为当时的青年副排长兼保管员甭提有多高兴了，酒厂的日产量不断提高，原有的五个单个容量为1500斤的铝罐已远远不够用了，有了大酒罐，生产再多酒也不愁了！

可是大铁罐变成可储存65度左右白酒的酒罐还需在罐内壁喷涂聚氯乙烯，喷涂前必须把罐壁上的铁锈彻底清除干净，稍有残存，喷涂上去的涂料就会起泡，酒罐就无法使用。怎么把铁锈处理干净可真是件麻烦事！铁罐直径两米、有十来米长，只在中部上方有一个只能一人出入的圆口，几个人在罐内用砂纸除锈，不一会儿罐内就昏天黑地了，四处飞舞的铁锈粉末还没法清除干净。用干布擦，无济于事，擦完用手一摸，手上全是铁锈。怎么办？有办法了，用布蘸着汽油擦，铁锈擦掉了，汽油挥发了，罐壁上不就干净了嘛！不知是谁的这个主意一出，大家都赞同，说干就干。我记得那天，在罐内除锈的有十三班的班长曲佩琴、哈尔滨知青王玉梅、上海知青杨玉兰等五六个人，一开始大家戴着厚厚的口罩，干得挺欢，因为效果确实不错。可是干着干着，我发现怎么身边的人说话声音好像离自己越来越远了，这时其他同志也有了这种缥缈的感觉。不好，赶紧撤！我们手忙脚乱地往那个唯一的出口转移，当时正有身孕的曲培琴晕了过去。幸亏正在酒罐附近的曾昭瑜排长和北京知青李勇等人发现了罐内的异常，爬上罐顶，把从罐里托出来的同志一个个拽了出来。我最后一个从罐里出来，坐在罐口晕了半天。

已经昏迷的曲佩琴立即被送到团部卫生队急救。幸亏抢救及时，没酿成大悲剧，但后来我们才知道曲佩琴怀的孩子没保住。在团部卫生队，我们才明白了，汽油中毒是要命的！我们在几乎是密封的罐内放置了一盆盆汽油，用布蘸上汽油去擦铁锈。盆里的汽油在挥发，布擦出的汽油也在挥发，挥发的汽油不仅通过呼吸道进入我们的体内，还通过皮肤渗入我们的体内，幸好我们发现早、跑得快、抢救及时，否则后果更不堪设想。现在想想，这是一种完全不讲科学的蛮干、瞎干嘛！

二、瞎干

记得那应该是1970年春末，我刚从粮库调到酒厂当酒库保管员。1969年的冬天，我们差不多吃了一冬天的大麦米饭、大麦面馒头，我们农业连队打下的小麦、玉米，据说都交了国库。后来我们才知道，那是当时的黑龙江省革命委员会的主要领导向中央夸下海口，黑龙江省包了全国的商品粮。为了兑现承诺，他把当年全省打下的粮食都调走了，还完不成任务，就到老百姓家里去搜。

后来有的揭批材料里说，那年冬天在黑龙江的农村是哪里冒烟，村干部就拿着袋子去装粮。

人缺吃的，我们酒厂烧酒用的粮食就更紧张，特别是疏松料，也就是使酒糟蓬松的稻谷糠、麦麸、玉米核等奇缺。酒厂的同志真是敢想也敢干，没粮食也要烧出酒来。记不清是谁说的锯末也可以提炼出酒精来，那就试试，我们真是说干就干，从工业四连木材厂拉来了一车车锯末，土法上马，用传统烧白酒的工艺，将锯末上甑蒸后拌上酒曲、酵母，下窖发酵，三五天后挖出来再装甑蒸馏。结果可想而知，从冷却桶里流出来的当然不是酒精，而是酒曲、酵母和锯末味混合在一起的难闻液体。锯末中含糖分，理论上采取特殊工艺是可以从锯末中提取工业用酒精的。有材料讲，2014 年有一家日本企业在做这方面的研究，可我们在四十多年前就已经大胆地尝试过啦！

没有疏松料也烧不了酒。怎么办？办法总比困难多。不知是从哪里听来的，农业连队有许多当饲料的稗子粉碎后可以当疏松料。我记得当时曾排长亲自到各农业连队一家一家去收稗子。运回来粉碎后掺在酒料里倒是起到了疏松的作用，可稗子当疏松料出来的酒却不是“北大荒”的味了，根本没法喝。结果只能再次蒸馏提高酒精纯度，然后留存在一个专门的酒缸里，卖给团部卫生队当药用消毒酒精了。

现在想想，锯末烧酒、稗子当疏松料都是不符合科学规律的蛮干、瞎干！酒没烧出来，把窖子、大甑、冷却桶都串上了锯末味、稗子草味，还影响了“北大荒”酒的质量。

三、乱干

蒸汽锅炉的制造技术、工艺标准应该是很高的，因为压力高了锅炉会爆炸。对烧蒸汽锅炉的司炉的要求也应该是很高的，因为听说司炉必须有司炉证才能上岗。

可当年我在酒厂从来没有去考过什么司炉证，说实话当时也没听说过烧锅炉还要证。酒厂锅炉房三班倒，老职工高自金和两个北京知青彭宏全、李景强一人顶一个班。酒厂夏天停产，锅炉也灭了。可在生产期间，锅炉一刻也不能灭，老高他们三人也不能总不休息，再说总少不了有个头疼脑热、病假事假的。有轮休的、有请假的，老曾、杨殿禄和我三个排长就去替班烧锅炉了。

两位老排长在酒厂工作多年，做啥都有经验，可当年还是个刚到酒厂时间不长的毛头小伙的我，因为当了副排长，也就成了个什么活都敢干、无所不能的“大拿”了。替班烧锅炉，现在回想起来还真是冒险啊。去替班经常是白天已经忙了一天，晚上连里开完大会突然说锅炉房夜班没人了。二话不说，替班去吧！在这种情况下，往往刚接班时已经是人困马乏了。上半夜还凑合，到下半夜两、三点钟就困得实在顶不住了。甑房里出完一甑酒，要出甑、扬料冷却、下窖，再拌下一甑料，准备装甑，这个过程中锅炉房要准备好装甑需要的气压，而这段时间也是烧锅炉的可以喘息一下的时间。我记得只要把锅炉里的气压烧到两个左右，你就可以坐在那儿等着眯盹会儿。第三甑烧完，等第四甑的那段时间是最容易犯困、最难熬的时间，经常坐在那里熬着熬着就睡着了。有时，没有及时添煤，再加上煤的质量不好，你一眯着，气压掉下去了，甑房要装甑了，发现气上不来。这种情况还算好，甑房的战友来推醒你，赶紧精神起来把气压烧上去，最多是耽误甑房同志们下班。可有时你睡着了，炉子里火正旺，再加上鼓风机呼呼地吹，锅炉里的气压还在往上走。这时正巧有甑房或曲子房、酵母室的同志路过锅炉房，见里面无声无息，探头进来看看锅炉的气压表，赶紧把我推醒。天哪，气压表上的指针不知什么时候都已经顶到头了，这真让人吓出一身冷汗。好在我们团里自己土法焊制的锅炉还挺结实，否则后果不堪设想！

烧气压锅炉的司炉没有司炉证，也根本不经培训，就敢独自去顶班，现在想想，这可是实实在在的不守规矩，蛮干、乱干！

当年在连队，初生牛犊不怕虎，蛮干、瞎干、乱干的事情远不止这三件，但也正是这些经历、这些绝对不能再重复的傻事让我懂得了敢干不能蛮干，瞎干不是创新，乱干不算肯干。

兵团岁月黑土情深

姜美芳

我在黑龙江生产建设兵团一共待了不到六年的时间。兵团岁月的经历是难忘的，黑土地上的深情更加难忘！

一、在十一班烧酒

1971年的3月，连队为了增加白酒产量，酒厂甑房每班烧酒从四锅增加到五锅，劳动强度大大增加。排领导在抽调不出男劳力的情况下，不得已从十二班抽调两名女青年补充到甑房十班、十一班，每班各增加一名女青年参加烧酒。为此，我在酒厂十一班烧过一年多的北大荒白酒。那份经历、那份工作，这辈子是无法忘记了！

在技术改造前，我们酒厂甑房的活可都是劳动强度非常大的，挖窖、备料、拌料、装锅、挖料、扬料、抬盖（蒸馏酒的大锅，也叫甑的盖，是一个伞状直径两米左右、厚十公分左右、死沉死沉的木头大家伙）等工序全部靠人工操作。一把大铁锹拿在手上，加上酒料的分量，真是死沉死沉的！一个班次干下来，准叫你筋疲力尽，两条胳膊累得都抬不起来。记得我刚开始在十一班烧酒的第二天，胳膊疼得无法穿衣，想给自己倒杯水喝，连一只热水瓶都无法提起。凡是在工业三连酒厂烧过酒的人都有深刻的体会，烧酒是个男壮劳力才能干下来的重体力活，更何况我还是一个在大城市里长大的女知青呢？！

艰苦繁重的劳动，我一天一天坚持着，坚持了一年多。终于在领导的关心下，在人力能够调剂的情况下，我和尉淑琴又重新回到了十二班。

在十一班烧酒的日子里，大家对我的照顾我终生难忘！尤其是班里的二“王”：老职工王胜太和副班长、北京知青王建国。王胜太外号“王老二”，虽说他的智商比一般人低点，但他有一颗善良的心。副班长王建国是一个非常能吃苦、心细、会主动关心别人的人。在轮到我挖窖的日子里，没等班长老郭发话，不是王胜太就是王建国，总有一人跳到酒窖里主动替我挖窖。挖窖可是力气活，开始时，人站的位置与地面持平，把酒料挖起甩到酒窖外还算可以，可是随着酒料一层一层被挖出，人站立的位置就不断下移，需要使的劲也越来越大，最后就站在了两米多深的酒窖底了。在这么深的酒窖下铲一锹料，两只胳膊要特别使劲，才能把酒料甩到地面上；尤其是酒窖后半部的酒料，更难挖，人必须转过身站，反手甩才能把酒料甩到地面上来。每次我看到挖窖的战友们付出的那份辛苦，我常常替他们揪心！

然而，在我烧酒的一年多时间里，不是老职工王胜太就是副班长王建国轮流替我挖窖。还有副指导员王其芬，有时到酒厂来关心我，找我谈心。更有我的十二班姐妹们，在我累得汗流满面时，她们早早给我凉好了一碗白开水！

我感谢你们！我感激你们！在我最艰难的日子里，是你们无私的关心温暖了我！

二、胳膊肘摔伤

1972 年的 9 月，新酒厂正在建造中，工地上石头不够用了，排里安排我们十二班的女知青们到山上拉石头。运输连派来了一辆解放大卡车，我们跟着车就上山了。车装得差不多了，可地上还剩下一堆石头，司机说，“如果能装就再装点吧！”于是，我们就拼命往上装，把车装得满满的。满载的卡车吃力地往新酒厂工地驶去，快到目的地了，只听“嘣”的一声，糟糕！卡车的一个轮胎压爆了！司机叫我们把车上的石头从爆胎一侧车厢搬一部分到另一侧。这么一搬动，车厢里的石头就形成了一个一边高一边低的局面。减轻了爆胎一侧的压力，司机试图开动卡车，结果车根本走不起来！没辙了，走不了了，司机说：“卸车吧！”于是，我们沮丧地开始卸车。

我站在装满石头的车上，去打开车厢板的铁搭扣。就在车厢板翻下去的一刹那，不幸的事发生了！车上的石头像山体滑坡，倾泻而下，我也随着滚动的石头，从车上一下摔倒在地……当时，我摔倒在石头堆上爬不起来，我不知道我的身体到底磕在哪里碰在哪里了，只感到左胳膊肘有一种钻心的痛向我袭来，整个左手不能动了……

当即，副班长、天津知青张国明陪我到团卫生队，经医生检查后，初步诊断：左胳膊肘脱臼，伴有骨折，建议立即转裴德师部医院就诊。此时已是傍晚六点多了，国明顾不上吃晚饭、休息，跟着运输连派来的一辆小吉普车，连夜把我送到裴德医院。经拍片再次确诊，确实是左胳膊肘脱臼，在胳膊肘处还摔坏了一块骨头。当夜我就在师部医院住下了，国明一直陪我到半夜才回的连队。

在师部医院，医生把我的胳膊脱臼进行了复位，然后再定治疗方案。医生在查房时得知我是上海知青，接下来还有回家探亲的打算，于是建议我回上海治疗。我在裴德住了三天院，带着缠满绷带，吊着胳膊的手臂回到连队，王洪钧连长见了打趣地说："珍宝岛的战斗英雄回来了！"

连里安排罗斯英和我一起回上海探亲，重的行李是酒厂当时任副排长的上海知青陆永新替我扛到兴凯火车站办的托运，我自己就背了个书包上了火车。一路上，是罗斯英陪伴我，照顾我……母亲到上海火车站接站，看到我的模样，很伤感地说："第一次探亲回家，看到你的脸破了。第二次探亲回家，又看到你的手伤了……"我无话可说。

我在上海治疗、养伤。到了当年12月份，收到连队邱广生指导员的来信，关心我手臂的伤情。当时，我的手臂还在恢复功能阶段。上海的医生说，恢复功能会是一个较长的过程。在这种情况下，我自己决定返回连队。我用一根小扁担挑上两只行李袋，一人动身了。火车到哈尔滨站时已是第二天的晚饭后，12月份的哈尔滨一片冰天雪地。怎么办？正在犯愁下步怎么走时，听说不一会儿就有一趟开往牡丹江的列车。于是，我决定不出车站了，在站内工作人员帮助下，我很快乘上了开往牡丹江的列车。牡丹江到了，这里的雪下得更大，幸运的是我在列车上又碰上了一位好心的列车员，出站时，她帮我寄存了行李。后来，我又换乘了开往东方红的列车。就这样，一路上我自己担着行李，几经折腾上下火车，于第四天清晨五点来钟，到了兴凯站。下了火车，看到张国明来车站接我，我倍感激动！当时，天上正下着很大很大的雪，积雪很厚，一脚踩下去，雪差不多埋到膝盖，我俩深一脚浅一脚往连队走去。

回连后，新酒厂已经开工试运行了。曾昭瑜排长安排我在酵母室上班，这是酒厂最轻的工作了。一般情况下，我可以用右手正常工作，但碰到蒸酵母料时，用一只手拌料、端料还是有困难的。同班锅炉房的战友王启正到酵母室问蒸料送气时间时，知道了情况，就主动帮助我，其他战友看到了也一样，我很感动！工作之余，我继续去团卫生队做康复理疗，大约又过了半年时间，我的手臂功能逐渐恢复了。后来，我又调曲子房上班。逢到我上中班，上海知青钱燕从伙房下班后，经常会跑到酒厂帮我一起出曲子，我真的从心底里感激她！

三、拿到回城调令

1975 年的 3 月 1 日，这天是我永远不会忘记的日子！听从连值班室回来的战友告诉我：“团部有通知，上海来了调令，你要调回上海了！”听到这个消息，我并没有特别激动，这是意料之中的事。根据当时的知青政策，按我家的情况我可以“困退”回城，父母在上海给我办手续已经有一段时间了。

真的要离开连队，心里却生出几多的依依不舍！今天在这个宿舍玩一会，明天去那个车间转转，又是叙别，又是和连队姐妹拍照留影，心里很开心！过了几天，已任酒厂副排长的王建国对我说：“你办完手续快点走吧！”我一下醒悟过来，我不能再在连队影响战友们的心情了。拿到调令后，是粮库的曹庆珍大姐替我在团军务股办的手续，时任副指导员、天津知青王莉给我写了一份很好的鉴定，许多战友送我纪念品，曾经担任过十二班班长的北京知青卜照宏与我谈心话别！

1975年的3月10日下午，在兴凯火车站，我与连队来送行的人们告别！许花兰大姐拉着我的手亲切地说："多好，可以高高兴兴地回家了，也没有割舍不了的情！"那一刻，我真有点依依不舍了！临要上火车了，又见王启正穿着工作服，手里拿着两个水果罐头，急急忙忙朝火车站跑来。他一边递给我水果罐头一边说："我正在上班，很纳闷酒厂今天有点冷清，一打听才知道大伙来车站给你送行。这是刚在商店买的，带路上吃吧！"那一幕，我真的很感动啊！火车徐徐开动了，我使劲地挥手！再见了，北大荒的黑土地！再见了，工业三连的各位领导、各位老职工、各位战友！

我一路玩到了上海。在天津，我住在战友邢凤锦家，大邢陪我游玩了天津著名的水上公园。在北京，是已回城的战友赵燕华来火车站接我，在她家住了两天。赵燕华和从连队出来在北京上学的王其芬、李勇陪我游玩了颐和园，还一起合影留念。大家都是要上学、要上班的，所以我准备回家了。可刚回北京探亲的战友朱锐一再挽留我，说陪我在北京多玩几天，我谢绝了。那天晚上，几位战友一起在朱锐家晚餐。第二天早上，赵燕华送我到北京火车站，我满载着战友们的深情厚谊回到了家乡——上海！

六年的兵团岁月，六年的黑土情深，我得到了锻炼，我收获了成长！写到这里，我突然想起一首歌《隐形的翅膀》，我对歌词作了小小的改动，权作此篇文章的结束语："每一次，都在关怀帮助中坚强；每一次，就算很受伤也不闪泪光……因为黑土地给了我一双隐形的翅膀，带我飞，飞过艰难；带我飞，飞向希望……"

炊事班里的“童年”

柳春华口述　罗英琪整理

离开北大荒、离开工业三连四十多年了，可想起那时在连队，尤其是在我们炊事班里许多有意思的人和事总让我忍不住笑出声来，快乐油然而生。

记得 1972 年 7 月的一天，天挺热，我正在宿舍睡午觉。睡意朦胧中我听到三排长王善明在窗外喊我的名字，他让我第二天上炊事班上班，我赶紧爬起来想再问问到底是怎么回事时，排长已经走远了。那时的我们脑子简单得像一张白纸，领导让干什么没有二话。我上班第二天正巧是星期天，炊事班给大伙儿改善伙食——炸麻花儿。直到 1977 年冬天，我在炊事班一干就是五年。这五年里，老转业军人肖忠科、北京知青董书调、复员军人王宝、上海知青刘海林、老转业军人曹孝连当过我们的司务长；牡丹江知青王淑芳、上海知青钱燕当过我们的班长、副班长；北京知青王顺和是连里检查炊事班账目的连兵团战士委员会经审委员。

当时班长王淑芳、副班长钱燕、北京知青李淑琴、上海知青于庆华和我，我们五个人每天要负责连队七、八十个知青的一日三餐。吃饭的时候，大家都像幼儿园的孩子，八个人一桌，谁也不许随便说话，哪个桌的菜吃完了就举手，炊事员端着一盆一盆的炒萝卜、炒白菜一勺一勺地给添。我负责给大家念报纸，吃饭也不忘关心国家大事！

那时，王洪钧连长对我们要求的可严了，要我们争当“五好”炊事班；人人都要以身作则，不能做小锅饭，人人都要成为“五好战士”。我们连被评上“五好连队”那年，王连长去团里还介绍了我们炊事班的事迹，许多连队都到我们炊事班来参观学习，就连到团部参加考试的青年都组织到我们连食堂吃午饭。为啥？我们炊事班的饭做的好吃呗！

那时，我们炊事班和一排（粮库）的一个班结对子，一帮一，一对红。杀猪、卸煤，炊事班的脏活儿累活儿都找他们帮我们干。可现在想起来许多糗事儿都是在帮我们干活儿时发生的。有一次，粮库的同志上夜班，在食堂吃完夜宵我请他们帮忙扛袋面，准备发面第二天蒸馒头。我去后厨压火再回厨房时，只见一袋沉甸甸的面已经放在案板上，他们人都走了，也没容得我向他们说声“谢谢”！下班回宿舍前，我按照往常的习惯在厨房里检查一遍。呀！鸡蛋怎么少了！酱油缸里剩下的几块腌咸肉也不见了！等到司务长曹孝连来厨房检查油盐酱醋还够不够吃时，发现了问题便一个劲儿地责怪我们：“怎么吃得这么快！”曹孝连还向我们瞪起了他那双让人害怕的大牛眼。

粮库的青年还常帮我们劈柴火。那时劈大木柈子，靠的就是年轻人的那股子劲儿，大斧子下去“咔嚓”一声，一会儿就能劈一堆的木头柈子，足够炊事班烧好几天。我们也有劲儿，可比男青年还差点儿。有一天，他们帮我们劈了许多的柴火也没言声就走了，等我到院子一看，不好啦！好几只鸭子都趴在地上不动了，鸭子周围还弥漫着酒味。我一猜肯定又是他们劈柴火时玩儿闹，把鸭子给灌醉了！窝里的鸭蛋也顺手拿走了好几个。我们炊事班养了十几只鸭子，皮白毛亮，个个肥，特别可爱！过节准备改善伙食呢！

我们几个炊事员看着趴在地上的鸭子，又生气又想笑，当时真想捶他们一顿。

年轻时的我们多像孩子啊！想起那时，脑子里的故事一个接着一个。一天上午，我正坐在灶坑旁添柴火做中午吃的大米饭。猛的一抬头看见蒸米饭的笼屉下面粘着的一块东西掉进锅里了，当时还不知道是什么，我也顾不上滚烫的水会烫手了，伸手就把那块东西捞了出来，一舔！肥皂！怎么办？照理说这锅大米饭应该重新做，可临近开饭时间了重新做已经来不及，请示司务长也没办法，只能让大家凑合着吃吧。中午食堂正点开饭了，可我们的心里直打鼓就怕有人提出什么，真要有人问我们怎么说呢？正担心呢，上海女知青吴依群端着饭碗一边吃一边操着上海口音的普通话说："这个大米饭怎么有肥皂味"！

那时兴凯地区经常停水、停电。一停水我们就得用自己做的小轱辘车拉着大桶去南边公社的水井拉水。在井边摇着辘轳又害怕、又费劲儿，拉回一桶水可不容易。所以我们用水时就尽量省着用，挑好的菜觉得挺干净时就少洗一遍。记得有一次看见上海知青谈鸿及吃饭吃出了虫子时，我又害怕、又内疚。当时王淑芳、钱燕已经调出，我这个当班长的可有责任哪！那件事已经过去几十年了，可当时的情景至今我还清晰地记着呢！

往事，历历在目，青春岁月的点点滴滴记忆犹新。再苦再累的日子，当年的我们也没感觉到有多么的苦和累。倒是这些发生在苦和累中一个个带笑的故事，折射出战友们的青春是那么有活力！

那么有热情！让人感到一股无所畏惧的劲头在战友们生机勃勃的躯体里流淌。

当年玩闹的我们，现在都已经步入老年人的行列，我们是多么的不情愿啊！这些仿佛还是在孩提时代发生的故事，给我们的晚年带来了一串串的愉快回忆，北大荒！我们的青春无愧于你！

我们连队的巾帼风采

罗英琪

在连队时，王洪钧连长常给我们讲他当兵随解放大军南下海南岛的故事。说到战争年代男人出去打仗了，女人在家独撑门户时，老连长总是动情地说，其实女人比男人还能干，“她们挑起担子走在石子铺的路上，脚底下‘腾腾’的直冒火星子”。老连长的形象描述、那些脚底下“冒火星子”的能干女人的形象深深地印在了我们心里。现在想起来，当年我们工业三连的女知青不也是那样能干、那样不怕苦、那样不甘示弱、不让须眉吗？她们扛起麻袋、提起面袋、搬起豆饼、挥起镐头铁锹，脚底下也“腾腾”直冒火星子，身边也呼呼生风！这就是工业三连的巾帼风采！

几度风雨，几度春秋。工业三连接纳了来自北京、上海、天津、哈尔滨、牡丹江、齐齐哈尔、宁波等城市和当地的将近 150 个知青，其中女知青占了 42.5%。男女搭配干活不累！女知青的融入给连队带来了勃勃生机、斑斓色彩和朗朗笑声，在粮库、在面粉加工厂、

连队女民兵

在油厂、在酒厂、在后勤班组都能看到她们风风火火的身影，都能听到她们欢快愉悦的笑声。无论是粗活儿、细活儿，还是脏活儿、累活儿，她们和男知青、老职工比着干、抢着干，并肩出力，一起流汗，撑起了工业三连的“半边天”！

不让须眉

粮库是个干力气活的地方。当年基本上没有专用机械，装卸、晾晒、储运粮食全靠人力，所以粮库的同志们一年四季都在扛麻袋，装满玉米、大豆的麻袋一百六十斤，装满小麦的麻袋一百八十斤，装满红小豆的麻袋重达二百多斤。连里的壮劳力大多集中在这里，我们刚到连队就注意到粮库那些膀大腰圆的“大老爷们儿”扛着麻袋健步如飞的英姿，干累了席地一坐，卷个烟炮抽几口歇歇，喘口气接着再干。

邢凤锦

知青来了以后，粮库增添了新生力量，男知青们尽管身子骨还单薄，分在粮库也只能学着老职工的样子披上垫肩扛上麻袋了。让人没想到的是，女知青也不让须眉，北京来的19岁姑娘韩淑珍首当其冲出现在扛麻袋的队伍里，一年后天津来的 17 岁姑娘邢凤锦垫肩一披也扛起了大麻袋。不到二十岁的女孩子也能和“大老爷们儿”一样扛麻袋，这当时在连里可成了轰动一时的新鲜事。后来，凡是在粮库工作过的女知青，哪个没扛过麻袋？扛不了一整袋，就扛半袋。“突击”收粮、晒粮、往面粉加工厂倒麦子、往油厂倒大豆时，其他排的姑娘们也会抢着扛麻袋、打撮、搭肩。那个年代的姑娘们就是有那么一股不示弱、不服输的倔强劲！

生产“北大荒”白酒的酒厂大甑房也是“大老爷们儿”的世界。每个班次要把八吨左右发酵好的酒料从两米深的窖子里挖出来，分装四五甑蒸馏，然后从大甑里挖出、扬凉、兑曲子酵母，再下窖、封窖，八吨料来回倒，而且基本靠人工，这个工作量可想而知。再加上车间里虽然四壁透风，但自始至终弥漫着酒糟味，不会喝酒的人在其中待上一会儿就会胃酸头晕。毫无疑问，这是男人干的活。可是在酒厂也有不让须眉的，因大甑房的十班、十一班人手不够，排里的领导就在女知青中挖潜力了，本来在十二班曲子房和酵母室工作的当地女青年尉淑琴和上海女知青姜美芳被分别抽调到十班、十一班加入了“大老爷们儿”的行列。整整一年，两位女将和健壮的“大老爷们儿”一样挖窖、出甑、扬料、下窖，除了装甑（那是“大酒师”才有资格干的活）大甑房里的哪个工序都不落，而且都干得像模像样。当姜美芳回忆那段难忘的经历时，她只字不提当初是怎么“扛”过来的，而是由衷地感谢曾经默默帮助她的老职工王胜太和副班长、北京知青王建国以及班里的其他战友。她说是他们的帮助让她走过了那确实是很不容易的一年。

不畏艰难

20 世纪 60 年代末、70 年代初，在东北边陲小镇兴凯东北角有一排红砖砌成的厂房，东头两层楼高的是我们连的面粉加工厂，西面一层的平房是油厂，在当时这排厂房还是非常抢眼的。能分配在这里像在城市工厂的工人们一样上早班、中班、夜班，让农业连队的知青们非常羡慕，其实他们并不完全清楚个中甘苦。

面粉加工厂的活不像粮库那么重，可是机器一转，车间里粉尘飞扬，一个班次顶下来一身白，都成“面人”了。再说一年四季不停产，硕大的车间里当初没空调，连暖气都没有，炎热的夏天不好过，寒冷的冬天更难受。曾经在加工厂顶起半边天的北京女知青刘利民、刘爱玲、天津女知青祁元敏在回忆加工厂的寒冬岁月时，无不感叹冬天难熬啊！零下二三十度，外面有多冷，车间里就有多冷！姑娘们一进车间，就穿上比自已的脚还大一两号的棉胶鞋，里面在垫上毡垫、苞米皮，还得穿上毛袜子。身上穿的是小棉袄外套大棉袄，怕往里灌风，腰间再勒一根绳。缩着脖子、搓着手，盯着“隆隆”作响的机器，一分半钟出一袋面，过称、打包，刘利民、刘爱玲在回忆文章中写道，有时冻得实在受不了，就利用出面粉的一分半钟空隙，原地跺跺脚、在车间里跑上一会儿，有时还比赛，看谁能利用这点儿时间从车间跑到连队大院南边的菜地再跑回来。手冻僵了打不了包，老职工教她们把磅秤的秤砣烤热了裹上布揣在兜里时不时地捂捂手。更难熬的是夜班，冬天的夜班时间显得更长，又冷又困，站着有时就能睡着了。老职工心疼和自己儿女差不多大的姑娘们，时常让她们到有小火炉的休息室去暖暖身子。

和面粉加工厂相邻的油厂又是另一番天地。榨油需要高温作业，车间里常年恒温在摄氏35度左右。当年所谓“油厂”实际上就是一个设备工艺都很原始的小作坊，几乎所有工序都得靠人力。踏进车间，夹杂着浓浓生豆腥味的热浪扑面而来，在这里干活的人们常年光着脚，男的干脆光着膀子，女的穿得严实点，但个个衣着油渍麻花。知青到连队后，油厂原来的家属工都被女知青替代了，组建了以女知青为主体的七、八、九三个班，由上海知青钱燕、齐齐哈尔知青赵桂霞、牡丹江知青耿秋媛分别担任了三个班的副班长。也许是当时油厂女知青比较集中的缘故，天津女知青邢兰音担任了油厂的第一任知青副排长。在城市里娇生惯养了十六七年的姑娘们光着脚丫子，汗流浃背地上豆、压坯、端饼、上垛、卸垛……长时间在高温下作业，繁重的劳动，淋漓的大汗，体力经常严重透支。北京知青赵燕华在回忆那段往事时说，战友们越累越吃不下饭，是罗斯英劝大家喝些糖水后才能勉强吃下半个馒头。高温没能吓到、更没难倒姑娘们，在工作中努力去适应，不断总结经验教训，不断提高工作效率，她们很快就都成了油厂的顶梁柱，无论是在日常生产，还是在技术改造中都发挥了顶起一片天的作用。油厂的出油率从当初的11%提高到13%左右，这在当时的兵团系统里可都是领先的，这里凝聚了多少姑娘们的心血和汗水！七班的姑娘们还在实践中总结出来“七班工作法”——一人压坯在两只手操作的同时，用右脚踩压饼机的开关，两只手、一只脚，各司其职，默契配合，从豆坯出锅到压成饼坯一气呵成——手脚并用，大大提高了工作效率。

翻看工业三连知青名录，有牡丹江知青耿秋媛、王淑芳，北京知青韩淑珍、刘利民、刘爱玲，天津知青祁元敏等十多位女知青在面粉加工厂工作过；有天津知青邢兰音，上海知青罗斯英、钱燕、黄爱华、封素珍，北京知青赵燕华、柳春华等三十多位女知青在油厂工作过。面对严寒、高温的艰苦工作环境，她们不畏艰难，没有怨天尤人，更没有躲避退却。

不甘示弱

酒厂十二班是连里有名的“小姐班”，唤为“小姐班”，并非这个班都为年轻姑娘组成的缘故，而是因为在这班的酵母室、曲子房上班的姑娘们一身白大褂，整天和玻璃试管、三角烧瓶打交道，给人的印象是她们工作的环境优雅，干的活轻松。其实不然，酒厂的曲子房、酵母室的活可不是娇小姐、弱女子能干得了的。酒厂一年中除了夏季天热停产，其余时间都在烧酒，大甑房的“大老爷们”白班、夜班两班倒，曲子房、酵母室的姑娘们可是早、中、晚三班倒。

曲子房的活儿并不轻松。曲菌的前期培养是在玻璃试管里进行，然后在曲子盒里培养曲种，最后在曲子房做成成品曲子。说说简单，做可就不容易了。备料、蒸料、倒堆、铺料、出曲子，没有一个程序是轻而易举的。在30度左右高温的曲子房里，十几麻袋麦麸背过来、倒过去，三个班次下来，不出几身大汗，曲子是做不成的。一个班上下来，有时累得姑娘们站都站不住。北京知青李延个子长得矮点，背上装满蒸熟麦麸的麻袋把她的背都压弯了！

酵母生产要求有很高的责任心。在试管的培养基里进行酵母菌种的培养，然后再一代一代地在试管、小三角瓶、大三角瓶里的糖化液中培养，再经过酵母罐培养和酵母大缸发酵才能完成酵母的整个制作过程。这个过程需要历时几个班次，期间室内温度要严格掌握在 28 度至 32 度之间，严格控制各程序的时间节点，还要确保各个环节没有杂菌侵入。

在让人看来轻松的岗位上，十多位先后在十二班工作过的姑娘在班长、当地青年梁龙华和副班长、天津知青张国明的带领下，用有声有色的工作成果证明了“小姐班”的姑娘们并不弱，更不娇，她们用汗水、心血和责任心生产出来的优质酵母和曲子为酒厂完成白酒生产任务、提高出酒率立下了汗马功劳。

酒厂的十三班负责灌装，是“北大荒”白酒出厂前的最后一道工序。从刷洗瓶子、灌瓶、压盖、贴商标、成品检测、装筐（当年瓶装的“北大荒”酒都用柳条编的筐装，24 瓶一筐）、入库，流水作业、纯手工操作。一个班八小时至少要装出五六十筐，也就是 1200 到 1500 瓶酒。在现代化的酒厂，这些活实在不值得一提，可当年我们的酒厂就是个原始作坊，刷洗酒瓶的水得到井里去打，瓶盖得用人力往下压，商标是用笔沾了糨糊往瓶上刷，装了24瓶酒的柳条筐靠人一筐筐往库房搬。据在十三班工作的北京女知青许建华回忆，真不能小看在酒瓶上用毛笔刷糨糊贴商标的活儿，简单的动作重复做，一天干下来手腕子都不会动了。是啊，十三班从班长到战士全是女同胞，一人一道工序，尽管可以互相换换，八个小时顶下来也着实不容易。但在十三班曾经工作过的无论是女知青，譬如哈尔滨的王玉梅，北京的赵燕华、柳春华、李淑琴、刘玉梅、王婉新，上海的陈玲义、姜美芳、封素珍，天津的王莉……还是当地称之为“老娘们儿”的女职工庄学华、蔺克文……她们从不示弱，日复一日把看似简单的活做得漂漂亮亮。逢年过节，“北大荒”白酒市场需求增大时，她们还加班加点，挑灯夜战，从不叫苦喊累。

勇挑重担

1969年到连队的天津知青邢兰音是三排、也就是油厂的首位女知青副排长。“哪儿有累活儿、脏活儿，哪儿就有邢兰音！”这是她的战友们当年对她的一致评价。邢兰音为人处事低调，可工作起来风风火火，一马当先，勇挑重担。即使是在几十年后的今天，战友们聚会只要提起邢兰音，油厂的同志们要讲的故事可就多了。

有件事是发生在有一年的冬天，那天北大荒被裹在了鹅毛大雪之中，气温降到了零下30多度。晚上雪还下个不停，但油厂生产用的存煤不多了，不马上补充，第二天的生产就要受影响了。在这种紧急的情况下，连队向汽车连要了车，副排长邢兰音二话不说，叫上年纪稍大些的牡丹江女知青耿秋媛和老职工权铁俊顶风冒雪出发了，到几十里外山沟里的工业五连去拉煤。解放牌大卡车顶着大烟炮在山路上跑了一个半小时才到工业五连。装完煤又急着往回赶，可半道上车抛锚熄了火，把他们撂在了风雪弥漫的荒山野岭里。等司机把车修好重新发动时，邢兰音他们都快冻僵了。北京知青赵燕华在回忆当年那件事时说："那天我也争取了一下，可她没让我去。他们回来时已是后半夜，邢兰音冻得都说不出话来了，眼泪不停地往下流，我悄悄地说：'排长，你哭了？''我哪儿哭了？'我说：'你流眼泪了！'其实她是冻麻木了，自己在流眼泪都没知觉了！"

工业三连的女知青是当年连队艰苦创业、建设发展的半边天。在连队的各个岗位，无论是一线的车间班组，还是后勤的食堂、猪圈；无论是在连队的知青菜地、盖房的工地，还是在农业连队的田间、水利工地；无论是在草甸子打草，还是上山采石头，哪里有活儿，哪里就有女知青的身影。工业三连的功劳簿上记满了我们女知青的付出，工业三连的军功章上有我们女知青的一半！

写在本文结束之前的话

在《我们连队的巾帼风采》即将落笔之时，我的眼眶里含满了泪水。我又想起了老连长讲的解放大军南下海南的故事。老连长！您讲的故事就是讲给我们的希望。多年来，工业三连的女知青和海南挑担子的女人相比，我们女知青的脚底下何止是腾腾"冒火星子”！ 20世纪六、七十年代，在将近十年的连队发展建设中，女知青为连队、为北大荒的开发贡献青春的一幕幕已经永远深藏在我们的心中！

鉴于我在连队时间的短暂，深感自己没有资格撰写我们连女知青的风采篇章，但是通读战友们在回忆文章中用“心”书写的往事，时常让我感动，所以我按照编辑小组的意图，撰写了这篇《我们连队的巾帼风采》，力争对工业三连女知青的风采有一个相对集中的概括记载。只是由于本人水平有限，距离初衷甚远。

临危不惧救战友

刘爱玲

1973 年秋，在工业三连曾发生过一件让我刻骨铭心、终生难忘的事情。

那个年代，连里根据“备战备荒为人民”的最高指示和兵团的要求组建了民兵排，我也是民兵排的一名战士。那天，一场雨过后，天阴沉沉的，北京知青陈和平排长带领民兵排到豆腐坊附近的山坡下搞训练。那天的训练科目是手榴弹投弹。在此之前的训练用的都是训练弹，也就是假手榴弹，当天可是实弹——真家伙！陈和平把投弹的要领又认认真真地给大家强调了一遍。20 来个青年民兵战士一脸严肃地排着队等着去一试身手，说实在的大家当时是既兴奋，又紧张。兴奋的是原来一直是玩假的，这下总算动真的了；紧张的是将要投的毕竟是真手榴弹，这可不是闹着玩的！

不一会儿就轮到我了，不知道怎么回事，练习的时候没觉得什么，可这次一握住真手榴弹，心里还真紧张。我默默背诵着投弹要领，握紧手榴弹柄把儿，用小手指穿进手榴弹弦的铁环内，听到口令，弓步向掩体边跑去。也许是紧张，感觉脚跟还没来得及站稳，眼睛一闭，胳膊一扬，一撒手，想把手里的那真家伙赶紧甩出去。可是没想到小手指勾了一下，拉开弦的手榴弹没脱手！哎呀！妈呀！这下可完了！幸好当时还没被吓晕，赶紧再一扔，出手了！可手榴弹就滚落在不到十米远处，嗤嗤冒着烟！在这千钧一发的时刻，说时迟，那时快，站在离我两步远处的陈和平排长一个箭步冲上来，眼疾手快，一把把我摁倒，“快趴下！”话音刚落，轰隆一声响，手榴弹爆炸了。这时的我，脸也白了，腿也软了，吓得连话也说不出来了。等缓过神来，我发现虽然手榴弹爆炸近在咫尺，但由于陈和平临危不惧、处置果敢，我居然毫发无损，也由于陈和平的一嗓子“快趴下”，等候在附近掩体里准备投弹的战友也及时隐蔽起来，没有发生任何伤亡。当我激动地向陈和平道谢时，陈和平却咧嘴嘿嘿一笑，一摆手说，“没事，没事，应该的，应该的！”

这可一点儿也不像平时抓我们训练时的陈排长。平时训练时，陈排长可是一脸严肃，对大家的要求可严了。当年的民兵排，每周都要抽一定的时间进行训练，包括站队、走步、跑步、拆装枪械、射击、投弹等项目。排长陈和平尽管没在部队当过一天兵，可他带兵训练时的一招一式还真像模像样，一点不含糊，“必须严肃认真，不许嬉笑打闹”，对战士要求极其严格，一丝不苟。无论谁如果不认真，做错了动作或动作做得不到位，陈排长都会脸一虎，毫不客气地严厉批评，同时又耐心地加以纠正、指导，不厌其烦甚至手把手教你，直到你掌握了要领、做好了动作。民兵训练是件枯燥、有时还是很苦的差事，练着练着，时间一长，包括我在内的许多女兵都有些顶不住，所以我们经常会找机会偷点儿懒。每当这时，陈排长嘴里总是严厉地强调着严格训练的重要性，但在休息时他又会故意让大家多歇一会儿。

在我投弹失手事故发生前，大家对陈排长在训练时的一本正经、一丝不苟，对大家的严格要求、严厉态度还真有不少意见。我们经常嘀咕，不就是训练吗，干嘛那么较真呀！投弹失手事故发生后，大家都明白了陈排长的良苦用心，明白了陈排长为什么一直强调“平时多流汗、战时少流血”。在后来的训练中，我们再也不敢马虎，再也不敢偷懒了！

写到这里，我还想说一句，尽管投弹事故已经过去四十多年了，但我还是要向当年临危不惧、奋不顾身救战友的陈和平由衷地说声：“谢谢！”

“活宝”王华艳

王国庆

王华艳，牡丹江知青，和我同岁，可他比我还早一年到连队。华艳个子没我高，可干力气活，譬如扛麻袋、挖酒窖，却一点儿也不比我逊色。华艳干活认真，不惜力。当年，有相当一段时间他一人负责酒厂两个班次生产需要的原料粉碎，尽管酒产量不断提高对原料的需求不断增加，他从来没影响过原料的保质保量供应。一上班粉碎间里机器就轰鸣上了，一麻袋一麻袋粉碎了的玉米、小麦就排上了“长队”，这时的华艳也成了“面人”，脸上只剩两只滴溜溜转的眼珠还是清晰的。那年月没有什么劳动保护的概念，所以在粉尘飞扬的粉碎间里干活也没有戴口罩这一说。遇上突然拉闸停电（当时是工业一连的小柴油发电机发电，一超负荷就拉闸），他擦把脸、抖抖身上的粉尘，又去帮别人干不用电的活了。而且华艳这家伙还聪明，爱动脑筋，好琢磨事，粉碎机有故障了，他鼓捣鼓捣又轰鸣上了。酒厂什么东西坏了，你告诉他，他去给你捣鼓捣鼓，问题就解决了。

华艳还是个见义勇为的真爷们儿！1976年夏天，华艳和连里的北京知青柳春华等人被派到农场学校当校外辅导员。有一天，华艳、柳春华他们带着一拨小学生在一个取土挖出来的水塘里游泳。水塘边上水不深，中间有的地方很深，所以他们拉上了警戒线，让学生们在水浅的地方玩耍。不会游泳的柳春华站在警戒线附近随时提醒孩子们不要“越界”。可当时不知是谁把一个当救生圈用的胶皮汽车轮胎顺水推了过来，一下子把柳春华撞倒了，脚下一滑，柳春华就掉进了深水坑里。眼看着柳春华扑腾着不断往下沉。

这时，正站在岸边的华艳一个猛子扎下去，不一会儿把柳春华推到了浅水区。

说他是“活宝”，是因为他时不时会搞点小恶作剧，到现在想起来还忍俊不禁。

当年，老酒厂离连队食堂有一大段路，甑房上白班的同志中午没法离开岗位回连队食堂用午餐，所以每天都派一位同志挑着两个铁桶去食堂打饭菜。打饭必须赶在食堂开饭之前，一般去的都比较早，有时实在太早了就回宿舍去转一下。这时上夜班的同志可能还在睡觉，上中班的同志还在屋里休息。轮到华艳去打饭，他经常会搞点恶作剧。有一次，华艳一进宿舍大门就是一嗓子：“团部商店卖布不要布票咯！”当年买布都得凭票，那么好的事，买布竟然不用布票了。宿舍里的同志，特别是女同志都跑出来了，急着问“什么布？什么布？”华艳不紧不慢地答道：“塑料布！”

又有一次，他进门还是一嗓子，这次可差点闯祸。他喊的啥呀？“着了、着了！”这时有的同志以为哪儿着火了从宿舍里冲了出来，问哪儿着了。华艳一指手里拿的烟，“这儿着了！”听说，有的同志还在熟睡呢，被华艳一嗓子吓醒，差点从铺上摔下来。真要摔了，可不就麻烦了吗？

当年在知青宿舍住的战友可能都还记得，有一年大年三十，宿舍过道里有人放“二踢脚”。鞭炮在过道东头“噼”一声响，便飞到西头“啪”的炸开了，吓得西头几个女宿舍的同志在宿舍里直喊，但又不敢探头，“谁啊？别放啦！别放啦！”我记得干这恶作剧的始作俑者应该就是华艳，当然包括我在内还有好几位酒厂的小伙子也参与了！

华艳不仅在连里经常搞点让人捧腹的小恶作剧，有时在外面干活也会冷不丁让人哈哈一乐。有一次我们在车站装出口大豆的车皮，扛着装满大豆的麻袋一趟趟上跳板，大家都累得够呛。下午三点多钟，东方红开往哈尔滨的列车经过兴凯停在了站上。这时，刚倒完一麻袋大豆，站在车皮顶上的华艳突然朝着停在边上的列车挥起手来，还大声喊道："他二舅，你上哪儿去呀？"车厢里的人都探头往外看，他们肯定在想这小伙子在喊谁啊？我们听见了，当时也一愣，不过马上反应过来，就哈哈乐上来，原来这家伙赚人便宜呢，自己连个女朋友还都没着落呢，哪来的"他二舅"啊！但就这一乐把大家的疲劳都驱散了。

知青大返城时，华艳把同在酒厂工作的一位上海姑娘金美珍带回了牡丹江，两口子过得很美满。1997 年 8 月，工业三连京津沪牡四地知青回连队时，他和小金在牡丹江接我们，一同回兴凯后又在牡丹江车站送我们。去年听说，华艳摔了一跤，头部受伤还留下了后遗症。我真不愿意听到这些！我由衷地祝愿华艳好好调养，恢复到当初那个聪明、睿智、幽默、诙谐的"活宝"华艳！

永久的怀念

李延

2014年8月1日至8月5日期间，工业三连京、津、沪、牡知青回访阔别几十年的农场，虽只有短短五天，却留给我太多的回忆。农场今非昔比的巨大变化，新兴现代化兴凯小镇的崛起，将永远记在脑中。踪迹全无的工业三连，激起我的种种怀念，当年的连部、酒厂、油厂、加工厂的生产车间，粮库的晒场，众多高大的粮囤，已经被完达山乳业公司的现代化高大厂房取代。

对于工业三连曾经的辉煌，工业三连的老少职工和来自全国各地的知青，面对仅存的油厂锅炉房的高大烟囱，有太多回忆想说，想写，但最让我想提笔的还是对已离开我们工业三连知青群体、大家所喜爱的我的老同学——韩淑珍说上几句，以寄托我对她的怀念。

1968年7月6日，我和王其芬、罗英琪、季延、韩淑珍五人一起走出北京日坛中学校门，同乘北去的列车奔赴八五一一农场，有幸一起分在工业三连，开始了我们步入社会的第一步。在工业三连的几年中，我们五人虽工作不同，职位不一，但生活是一样的。韩淑珍的性格看似憨实、大咧、嘻哈，其实她的心很细，手很巧。在日常生活料理上，韩淑珍就像大姐一样，帮助指导我们这些当年远离父母的笨姑娘们学会缝补衣服、拆洗棉衣等活计。

韩淑珍在工作中也是干什么都用心、虚心、肯干实干。在加工厂，由于她的努力，她是加工厂能独立带班、操作机器的第一女知青。由于工作的意外，韩淑珍伤残了三根手指，但这也没能影响她以后的出色工作。她在连队食堂、小托儿所的工作和在加工厂一样出色，令人钦佩。尤其是在小托儿所工作，六、七个孩子都是一岁左右，吃喝拉撒都要人照顾，当时在托儿所的工作人员只有她和老病号曲培玲。孩子们被她们两位照看得很好，妈妈们在车间工作也很安心。

韩淑珍属知青在连队结婚安家较早的。70年代中期，国家处于困难时期，知青在农场成家时家里更是一无所有，但韩淑珍与丈夫万文清经常邀我们到她家，小聚解馋。最难忘的一次是罗英琪、翟培道和我去她家吃饭，韩淑珍夫妇的烹饪手艺还是不错的，翟培道赞不绝口，“太好吃了，吃多了，再吃就要松腰带了”。韩淑珍婚后的小家为我们带来过许多欢乐。

韩淑珍的模样憨厚朴实，大大咧咧，经常是笑呵呵的，由学校带来的绰号“老头子”延续到工业三连直到现在。韩淑珍虽然已离开我们五年多了，但每每想起她时，总难忘几十年前与我在一起的点点滴滴和她病重时的情景。韩淑珍在最后几年与病魔的抗争中，总是那么豁达乐观。面对生死，十几次的化疗，造成头发数次脱光，但只要工业三连在京知青的聚会，她都会到场，与大家谈笑风生。

我记忆最深的是我们和她的最后一次见面。2009年10月，我和老同学王其芬、罗英琪、翟培道，还有邢凤锦及良乡几位战友到医院去看望她。此时她已病得很重，意识开始模糊，可见到我们时她很快就认出了我们。在简短的交谈后她留给我们的话是，“你们真好！”当我们向她告别要离开时，她伸出当年受伤致残的手轻轻地摆了摆，深情地说：“老同学再见！”

一个月后，韩淑珍走了，永远离开了工业三连的知青群体，但在我们心中，韩淑珍依然和我们在一起，她永远是我们知青群体中的一员，永远是我们大家喜爱的“老头子”。

难忘当年战友情

许建华

1969 年 8 月到连队后，我被分配到酒厂十二班的酵母室工作，后因曲子房改造，人手少，又把我调到曲子房倒班，有时还要和大甑房的同志一起挖窖、扬料。在酒厂经历的春夏秋冬，个中滋味对酒厂的战友们来说是不言而喻的。

我也忘了那年正在干什么活儿的时候，我突然觉得嗓子眼儿发痒，接着就是一阵剧烈的咳嗽，咳出的痰里带有血丝和粉红色的块状物。当时，我并没太在意，还是继续干活，可当天晚上就发起烧来，还咳嗽不止。同屋的上海知青姜美芳见状就说，听大人们讲咳血可能是肺不好，建议我立即到医院去检查一下。她和天津知青张国明两人陪我到团部卫生队作了检查透视，报告是空洞型肺结核，当时就住院了。后来听大夫讲，这里有很多肺结核病人，大多和过度劳累有关。当时我还不到二十岁，劳动强度大加上营养欠佳，结果造成了此病的发生。

由于当地医疗条件很差，药又经常跟不上，常常是要等家里寄来药品才能接着治疗，几度拖延以至于最后不得不做了右侧肺段切除手术。手术是 1972 年 11 月份做的，12 月 28 日出院。出院后，领导批准我回北京疗养，连里还派天津知青吴文明专程护送我回京。在这里要感谢吴文明战友一路上的关心和照顾呢！

在我生病住院期间，连队的领导和战友们对我十分关心照顾，经常有人去医院看望我，连里也派人带些罐头、豆油之类在当时算是奢侈品的东西慰问我。

我还特别要感谢的是连队时任文书、天津知青王莉。我手术后回到北京在家里休假期间，连队有什么信息，包括同学朋友寄到连里的信什么的，都是她热心地张罗着转告或转交给我。半年后病假工资没有了，我提出了申请补助，可连队没有这笔开支，是王莉战友从她自己不多的工资里抽出30元钱以连队的名义给我寄过来。（这件事隔了40多年，是在一次天津战友聚会时我才弄清楚的。）要知道当时的30元可是一大笔钱呢！那个年代，我们兵团战士一个月的工资才32元，30元钱该是多么重的情谊啊！每次想到这里，我的泪水都会打湿我的眼睛。再次谢谢那些曾经帮助过我、探望过我、护送过我的好心的战友们！感谢王莉的慷慨解囊！感谢那段岁月！感恩那个年代！感恩战友情深！

是啊，我们在连队的时间虽然不长，但在扎根边疆、建设边疆的火热激情的激励下，在战天斗地、不怕艰难的坚强意志鼓舞下，经过艰苦生活、艰巨劳动的磨练，我们共同成长起来了。后来我们的战友们有的上了大学，有的参军入伍，有的在兵团成家立业。在后来的返城热潮中，连队的战友们陆续找到了自己的位置和工作。我病好以后上了医学院，退休时已是一家大型企业医院的内科主治医师。当初没有战友们的帮助和支持，我有可能就撂在北大荒了。追忆兵团往事，感恩之情油然而生。还是那句话，那句说千次万次都不为过的话：谢谢大家！谢谢我亲爱的战友们！

农二连水利会战

董书调

1974年，“农业学大寨”运动正在全国如火如荼地进行。作为学大寨的具体行动，这年冬天，团甲组织团直机关和兴凯地区工业连队在农业二连展开了一场水利会战，要在农业二连北侧的大草甸子里挖出一条排水渠，排出草甸子里的积水，誓把草甸子变成水稻田，解决全团职工吃大米难的问题。寒冬腊月，战天斗地，尽管会战只有三四天时间，但在我们的记忆中却留下了许多总也忘不了的故事。

出征途中

寒风凛冽的清晨，十几辆敞篷大卡车载着水利大军从兴凯浩浩荡荡地出发了。我们连以一排为主力，加上其他排抽调的人员共二十多人加入了这支水利大军。车上的人们一个个都捂得严严实实，裹着厚厚的棉衣，戴着皮帽子。汽车在高低不平、蜿蜒的乡间土路上行驶着。颠簸的汽车把车上的人们像摇煤球似的一会儿颠到左边，一会儿晃到右边。稍一刹车，又忽悠一下把人们撂到了车厢前的挡板上。有的坏小子还乘着汽车左摇右晃制造“事端”——故意顺势一推，把车厢里的人推得不停地晃来晃去、东倒西歪，靠在边上的人不时被挤得嗷嗷叫，真是一路风尘一路笑闹。天是真冷，人们呼出的哈气都是白色的，眉毛上结满了白霜，脸颊冻得通红。半小时的路程，农二连就到了。大家跳下汽车，纷纷跺着冻僵了的双脚，相互拍打着一身的尘土。

不好对付的黑黏土

正是隆冬时节，北大荒的茫茫原野白天的气温也在零下二三十度。工地上，红旗猎猎，几百名水利大军从东到西一字排开，热火朝天地向草甸子宣战了。草甸子里的冻土层已经有大约三四十公分厚，再加上土里草根盘根错节，壮小伙子铆足了劲一镐头下去，冻土上只留下一个小白点儿，要刨起一整块冻土实在不是一件容易的事情。要挖出一条渠，必须刨开冻土层。开始时，我们各自为战，进展缓慢。后来，不知是谁的主意，说几个人一字排开分别用镐头先刨，刨到一定深度然后一起用镐头别住冻土使劲撬，这样一大块一大块冻土就能挖起来了。一试果然行，找到了窍门，效率就大大提高了。工地上，此起彼伏不断响起“一！二！三！”的号子声，一大块一大块的冻土被掀到沟边上，沟的两边渐渐垒起了厚厚的冻土堤。

挖开冻土层，还得赶紧往下挖，不抓紧一会儿就又冻上了。冻土层下面是北大荒特有的黑黏土。黑黏土可不好挖，脚踩着铁锹，使好大劲儿也蹬不下去，好容易挖起一锹土，又牢牢地粘在锹面上了，使劲儿甩出去又粘回半锹。怎么办？只好专门安排几个人负责用铁锹刮粘着铁锹上的黑黏土。又费力气，又费工时，活儿干得非常艰难！

在那“与天奋斗其乐无穷、与地奋斗其乐无穷”的年代，没有克服不了的困难。各连的工地上，镐头、铁锹飞舞，抬土拉车，你追我赶，干得热火朝天，劳动场面颇为壮观！大家脱了厚棉衣，摘了皮帽子，只穿着毛衣、绒衣，全身还冒着热气。连队与连队之间还悄悄展开了劳动竞赛，谁也不甘落后。

寒风中的午餐

会战期间，午饭由各连自己负责备好后，团里统一派车送到工地上。每天中午时分，当我们和冻土、黑黏土奋战半天已经饥肠辘辘的时候，我们连食堂为我们准备的热气腾腾的白菜猪肉大包子和大米粥就送到了工地。尽管装包子的大笸箩和盛粥的大奶桶都用厚棉被裹得严严实实，可天实在太冷了，有时包子和粥送到工地时已经不那么热了。炊事班的战友很细心，他们会顺便捎上两瓶北大荒白酒，让我们喝上两口暖暖身子、暖暖胃。

在冬天的草甸子里吃饭对每个人都是一个考验。旷野上无处躲无处藏，呼呼的北风就像小刀一样割得人脸生疼，大家只能抓上几个包子、端上一碗粥，裹着棉大衣背风朝着太阳，狼吞虎咽地开始了我们的午餐。干了重活吃饭就是香，二两一个的大包子三口两口就下肚了，几分钟的工夫，甭说男的，就连女青年都能吃下四五个大包子，再喝上一碗粥。对了，战友们可能还记得，有一次哈尔滨知青沈景洪一顿吃了十四个包子，还喝了几碗粥！速战速决，一会儿工夫寒风中的午餐就结束了，大家打着饱嗝投入到下午的战斗中去了。

爆破提高了工效

北大荒的冬天太阳落山早，太阳一落山气温立马骤降，因此只能收工，打道回府。一宿工夫，前一天刨开的土又冻得结结实实了，第二天早上一切又得从头来。没两天几乎所有人的手都被震得握不住镐把了，这时有的青年想出了在冻土上打眼儿的办法，两人一组，一人扶钎，一人抡锤，在冻土上凿出一排眼儿，然后再用镐刨，这样就可以比较轻松地刨下一大块冻土来，效率提高了很多。

或许是受冻土上打眼的启示，团里指示工地上可以使用炸药，冻土层炸开后就可以用推土机推土。我们连马上成立了爆破小组，我是组长，上海知青詹福根是副组长，记得组员还有徐运生等共六个人。詹福根懂点儿爆破知识，其他人都没干过。在詹福根的指导下，我们工业三连的工地上炸响了第一炮。我们让修理班帮着制作了一根直径一寸半的铁管。铁管的一头锯成一个斜口，用它在冻土上打炮眼，然后依次把装上导火索的雷管、炸药往炮眼里填放，用锹把捅实，最后用黏土把炮眼封住。刚开始导火索留得太长，所以点火后很长时间炮都不响，后来把导火索留短了，人跑到安全地点后炮就响了。一个炮眼能崩开一大块冻土，相当于几个人刨一上午的工作量。使用炸药以后，工地上基本没有人再用镐刨了，节省了不少劳动力。

悲剧发生了

但问题马上又出现了，团里对工地上使用炸药爆破的规定不严格，操作也没有一定的规范，所以工地上一会儿这边炮响了，一会儿那边炮响了。悲剧终于发生了，那天下午天色近晚，我们连工地上的冻土层已经炸开，可运土的进展太慢。连领导看到水利队的刘维清师傅带着徒弟正驾驶着斯大林 100 号履带式推土机在帮别的连队推土，便去和刘师傅商量请他们过来帮一下忙。刘师傅很快就开着推土机过来了，可刚干了不多会儿，有一块大冻土卡在了车后，刘师傅在他徒弟指挥下倒了几次车都没倒好。

刘师傅生气地跳下车亲自指挥，叫他徒弟驾车。正在倒着车，听到远处有人喊放炮了。按理说爆破点离我们连工地有二三百米应该是安全的。可那天邪了，一块鸡蛋大的冻土竟然能飞过来正砸中在那里指挥倒车的刘师傅的脑门。刘师傅都没来得及哼一声就瘫倒在地，外面没见流血，事后才知道是颅内大出血。我们赶紧把刘师傅抬进了附近的一个小帐篷里。那时工地上也没有电话，我们立即派人跑到农二连求援。农二连马上派了一辆小型车，也就是轮式拖拉机赶到工地，我们派了四位同志把头部已经肿得老大的刘师傅用担架抬上车。四位同志托着担架站在车上直奔团部医院而去，但耽搁的时间还是太长了，刘师傅在路上就不行了。用刘师傅的宝贵生命换来的沉痛教训警醒了大家，团长、参谋长当即召开了现场会，宣布了严格的爆破制度，工地上的爆破秩序正常起来，后来就没再发生重大事故。

装雷管的挎包不见了

一天晚上刚回到连队，詹福根向我报告说，收工回来清点工具时发现有个挎包不见了。这个挎包里可是装有好几包雷管呢！晚上推土机在工地上继续作业，万一压着挎包引起雷管爆炸，可要出大事故了。当时我们越想越害怕，决定马上回工地，一定要把装雷管的挎包找回来。这时天已经很晚了，我们给团运输连打电话求援，运输连王连长得知这一情况，马上派了吉普车接我们去工地。幸好，推土机还没来得及作业到我们连负责的地段。黑灯瞎火的，经过一番查找，在放工具的地方终于发现了那个装着雷管的挎包，我们长叹了一口气，悬了半天的心总算可以放下了。返回连队，夜已经很深了。

在农业二连兴修水利的工程中满载了职工与知识青年青春的汗水和战天斗地的无畏精神。天寒地冻也铸就了我们坚强的意志。多少年过去了，那改天换地的劳动场面，深深地铭刻在我们心中！

十二连麦收突击战

李勇

虽然身为“城里人”，但是几十年以来凡是到了麦收时节我都会非常关心天气预报。如果中国地图上哪个小麦产区天阴下雨，无论当时我身处国内还是国外，都会不知不觉地担起心来。从这个意义上讲，我有不折不扣的“老农情结”。我很明白其中的缘由：在北大荒时，如果麦收期间下雨，收割机械不能下地，十有八九就会需要我们手持镰刀，奔赴麦田，经受艰难的、甚至是痛苦的洗礼。

在北大荒割麦子并不像文艺作品中出现的画面：蓝天白云，金色麦浪，晶莹汗水，歌声嘹亮。现实往往很残酷。每次参加割麦子，我最顾忌的并不是它的劳动强度，而是环境的艰苦。割麦子常常是在泥泞之中进行，麦子倒伏严重，很难提高效率，满身水、两脚泥更增加了艰难。记得有一次，正在割麦子，天色大变。因为北大荒天地辽阔，可以望得很远，眼见大块乌云和一道明显的雨线从远处乘着风势直扑过来，大家身处旷野，无处躲藏，便忙不迭用麦垛制作临时避雨窝棚。但几十分钟风雨过后，个个还是落汤鸡一般。

但是收工命令未下，大家仍然舞动镰刀，努力向前。不仅如此，在北大荒割麦子，人们一面艰苦劳作，一面还要忍受北大荒特有的“三大敌人”的轮番攻击：蚊子、瞎蠓和小咬。由于一日当中三者为害的时段不同，有人称他们是“三班倒”。据说瞎蠓是北大荒的“特产”，凶狠异常，牛马的皮肤都可以咬透。因为被瞎蠓咬到是小概率事件，所以我不太在乎它们，相比之下我更怕蚊子和小咬，因为它们成群结队，实在太多，防不胜防。在北京我没有见识过小咬，在这儿可算是领教它们的厉害了。有时右手持镰刀，左手伸出去刚一触动麦子，一群小咬就会轰的一声从中飞出来，直扑脖子和头发，叮咬不止。北大荒的蚊子更是讨厌，在割麦子时，汗水浸湿了后背的衣衫，如果不及时轰赶蚊子，弯腰割麦子时，湿漉漉的后背衣服上会密密麻麻地趴满蚊子。因为没有第三只手应付他们，我使用过土办法：将蒿草编成帽圈，在帽圈后脑勺处再垂下一缕长蒿草，搭在后背上。割一会儿麦子，摇一摇头，寄希望于后背上的蒿草将蚊子赶走，这束蒿草就像具有了“马尾巴”的功能。

在北大荒多次参加割麦子，尽管苦累，大家逐渐都可以适应，有时甚至还会苦中作乐。战友们劳动时相互帮忙，互相接应，休息时围坐田间地头，大口喝“大头菜”熬的清汤，大口吃黏牙的馒头，聊天打闹，又是另一番景象。

在北大荒割麦子的场景时常会浮现在我的脑海之中，挥之不去。其中最难忘的一次是我刚到北大荒的第二天就去参加的“突击战”，这次经历足以使我能应付后来历次收割任务的挑战。

我是和北京良乡另外九位知青同一批分到连队的，一到连队，我们中的男生就被安排住进“马号”。当地称呼拴马的马厩为马号。因为连里的知青宿舍还没有盖好，我们权且暂住马号了。马匹们被请了出去，清扫、粉刷，地上用碎风化石厚厚铺上一层，再用木方子钉个大通铺就成了我们的宿舍了。记得当时连里的大部分男知青都住在马号，先来的住在北头那一大间，我们新到的就住在南边的一大间。我还没顾得上熟悉环境，下午就被要求排队集合，准备出发去十二连参加麦收突击战。

记得是翟培道副连长在队伍前做的战前动员，动员之后马上就发镰刀。参加突击战的还有兴凯其他各个连队的人员，浩浩荡荡，人数众多。大家一起上了汽车，许多辆汽车排成一字长龙，风驰电掣地向山里进发。记得我们这辆车的司机是一名现役军人。车是敞篷军车，没有座位，大家都站在车厢里。汽车在曲折的山路上开得飞快，只觉得两边的树木、山岩，排山倒海似的在车厢两侧闪过去。我从没有乘过这么快的汽车，觉得很刺激。现在回想起来，大家把性命都交给那个毛头小伙子司机，真是够危险。

到达农业十二连的大农田之后，每人分配几条麦垄就干了起来。麦田位于一片丘陵缓坡地带，一眼望不到尽头。地里积水严重，有的地方的水能够没过脚踝，许多地方的麦子已经倒伏在水中。大家实际上是在水中抢收小麦。我当时还不到 16 岁，身体单薄，从未干过农活，没有任何技能，脑子里还存在着刚到北大荒的种种不适应和从家乡到北大荒的巨大落差，但是也只能硬着头皮，边看边学边干，争取不落后。到晚饭时间，有汽车将馒头和菜汤送到地头，大家吃过之后没有休息，又按照命令继续战斗。不知不觉已经天黑，因为没有接到收工的命令，大家还是继续往前割。幸而还有月色，勉强可以看得到轮廓。

半夜时分，月亮也不见了，上级一声令下：各连队原地休息过夜，明日再战。8 月下旬的北大荒，白天的气温尚可，夜间却颇为寒冷。尤其是大家都没有作在田野中过夜的思想准备，来时穿得都很单薄，自然是苦不堪言。我还穿着从北京穿来的塑料凉鞋和来不及换的短袖衬衫。由于凉鞋式样是那种两侧开放暴露的，所以脚的两侧已经被麦茬扎破多处，泡在冰凉的水中，疼痛难忍。

来自良乡的九位知青互相认识，可以互相慰藉，我却与他们都不熟悉，一句话都没有机会说过。黑暗之中更是想家，真可谓是人地生疏，倍感无助。当大家在黑暗中各自安排自己的睡觉场所时，有“老知青”若干人过来了，打着手电，口中说要看看北京新来的知青，由此便引发了一场风波。可能手电光晃到良乡女知青脸上了，良乡的男知青便“挺身而出”“英雄救美”。大家吵了好一阵才被劝开，幸而没有演成“武行”。其实老知青应是好意，想认识一下新知青，谁料想新知青初来乍到，自我保护意识很强，容易有过激反应。现在我不记得良乡战友是谁、老知青有谁，总之不打不相识，双方后来应当是变成战友和朋友了，有时候大家还笑谈一下这件往事。

风波之后，我虽然情绪有些低落，但是还是赶紧找了一块略微干燥一点的地方，铺上麦秸，身上也盖上麦秸，躺了下来。由于过分疲劳，勉强可以睡着。一觉醒来之后，第一件事就是发现脸上和两臂被蚊子叮咬的肿了起来。天亮之后，上级一声令下，大家继续往前割。如此大家又在泡了水的麦田里奋战了一整天，天晚之后才接到收工命令。趁着夜色，各个连队乘汽车回到兴凯。仔细计算起来，我们从出发到回驻地，连续苦战了 30 多个小时。

这次经历，犹如北大荒给我的“下马威”，让我不得不身心做好准备，随时迎接今后的艰难困苦。这次经历也让我体会到了人的忍耐极限有多强，我觉得无论多么艰难困苦，只要心中默念“再坚持一下，会过去的”，则什么都可以克服。当然也有忍受不住的，九位良乡知青当中的一位弟兄，就是受到这次行动的刺激，次日便不辞而别，搭车返回北京，自此不再回头。

挥之不去的记忆

罗英琪

刚到连队的第二年春，天气还挺凉，我们接到命令去农二连修水稻田。站在兴凯向南遥望，一马平川，去农二连的路还挺远。队伍里的老职工有的扛着磨得锃亮的大板儿锹，还有的扛着我们生平第一次见到的二尺勾子。大家一路走一路谈笑风生："以后我们想吃大米饭就不用去朝鲜屯换大米了！" "怪不得这儿叫南甸子，植被这么厚，乱草盘根错节，像地毯一样软乎乎的！" "这土可真棒啊，抓一把能攥出油！" "沃土变粮田！"

不知不觉我们已经到了二连的地界。曾经种过庄稼的这片地，镰刀割过的玉米高粱茬子贴着地皮尖尖的，高高低低好大一片呐！我们学着老职工的样子，没顾上歇歇就抡起了大板儿锹，像快刀切猪肉"咔嚓咔嚓"地把草筏子切成大块儿的长条形，然后用二尺勾子使劲儿一拽，往沟边一甩。一会儿，切下来的草筏子就堆得像小山一样高了。老职工好像干的不费劲儿，可我们出大汗了！我们穿着的胶鞋，被玉米高粱茬子刮了大口子，脚也被扎破出血了，可谁也不在乎，和老职工继续比着干！

晌午时分，一块块修整好的稻田成型了。"红山头一戴帽儿，大雨就来到"，老职工说的农谚真灵，我们还没来得及收工，大雨就倾盆而至。顿时，烟雨茫茫，周围一间能躲雨的房子也没有，回家吧！连队就是我们的家。被雨水浇透了的我们，个个像搏击风雨的勇敢小鹰，在雨水里大家相互搀扶着，深一脚浅一脚地往兴凯走，说笑声仍然此起彼伏。

回到连队，走进我们的宿舍，油厂的职工老大姐已为我们准备了烫烫的洗脚水，端来了一碗碗热汤面。看着我们被大雨浇的样子，大姐们一声声充满关爱的问候、一张张写满怜爱的脸让我们顿时感受到像进了家门一样的温暖。那一刻，模糊了我们双眼的泪水再也抑制不住，顺着还稚嫩的脸颊忘情地淌了下来。大雨虽然浇透了我们的全身，但热乎的面汤、暖脚的热水让我们这些刚刚离开家的孩子感受到了连队老职工父母般浓浓的爱。

我记得那时自己坐在地中衡房间的炕沿上，想起了毛主席的语录：“知识青年到农村去，接受贫下中农的再教育。”啊！油厂的老职工就是贫下中农，在北大荒你们就是我们最亲的亲人！

伐木遇险

李勇

在北大荒五年多的时间中，倒是有过好几次上山伐木的经历。过去仅从文学作品中读过这种事情，没想到自己也有朝一日置身林海雪原，充当了几番临时伐木工。

记得第一次上山伐木是在1970年冬天，我们班在董海班长的带领下去执行伐木任务。因为事先知道山上肯定非常寒冷，所以大家都尽可能多穿厚重衣服。我里面穿了绒衣绒裤，外面又穿上了棉袄棉裤，再外面又穿上北京知青特有的绿色棉大衣，再戴上厚厚的羊绒棉帽。为了防止雪地行走时棉鞋和裤筒里进雪，还特意打了绑腿，将绑腿带从棉鞋的鞋帮一直紧紧缠绕到膝盖下面。

上山之后顿感新鲜无比，群山起伏，森林茂密，阳光透过树枝洒下来，满眼都是晶莹剔透的银白色世界。不过没有多久，大家感到的恰是苦不堪言了。雪深过膝，移动困难，树虽然不是参天大树，但是直径也多达到了30公分至40公分，用斧子是不可能砍倒的，只能使用俗称“快马子”的大锯，两个人配合，半跪半蹲，用力一拉一推，你来我往，几十分钟才可能伐倒一棵大树。这种工作是个力气活，虽然寒风凛冽，我们个个很快就都大汗淋漓了。不仅如此，伐木也是技术活。按照有经验的老职工田信昌等人的指点，我们先在树身朝向山下的一侧锯进去一半，再抽出“快马子”，在树身另一侧的高一点的位置上锯进去。锯到一定程度，树身就会自动向山下方向倒去。手握快马子的两人就要及时跳开，防止弹起的树干伤到自己，同时一起大喊：“顺山倒！顺山倒！”意在提醒其他人躲避。

由于一整天都要在山上干活，所以每个人都自带了干粮。我的干粮是三个馒头。临行时我把它们包在粮库发的坎肩布里，然后贴身绑在腰上，用体温随时保温。吃饭的时候我们几个人基本上都是站在雪中或蹲坐在雪地里，这是因为有老职工说，伐木的人坐树墩，最终会被大树砸死。虽然听起来像是迷信，但是大家还是权且相信一下。伐木这种工作虽然辛苦，但是想起来只要不是天天干还是蛮令人向往的。

记得又有一次我们班接受了跟马车上山伐木并装车的任务。上山后大家劳作一番，将木头装满马车，然后用大绳勒紧，车老板罗斌便开始赶马车下山。马车装得很满很重，下山坡度也不小，由于辕沉，重量不平衡，辕马被压得受不了，腰都弯了下去。车老板怕辕马被压趴下，便大喊道：“快上去两个人，站在马车后面压辕子”。我和我们班的上海知青沈根大很快就爬了上去。车子的重量平衡了，辕一下子轻了，马便突然跑了起来。由于是下山，马车越来越快，罗斌也控制不住了，只能跟着跑，只见罗斌跑着跑着就被雪地里的树枝绊倒，被远远落在马车后面了。马车一路狂奔，我只觉得耳边生风，但由于马车实在太快，又由于地形复杂，所以我们两人一时谁也没敢下决心跳车，直到马车冲到山下公路边上，撞到沟里才戛然停住。我们两人都被甩出来掉到雪坑里，满车木头散落两边，辕马也被卡住动弹不得。万幸车上垮下来的木头没有砸到我们。罗斌和班里其他战友追了过来，见此情景后大惊失色，也感到很后怕。这时大家开始善后：先把辕马架起来，再重新装车。

我虽然躲过一劫，终究没能躲过第二劫，重新装车时战友从车另一侧对面向我这侧甩大绳，绳子上的铁环砸到了我的脸，当时就满脸鲜血。战友们很快在公路上截了一辆过路的卡车，我自己上了卡车，赶回兴凯，其他人则留下继续执行任务。我被陌生的好心司机直接送到团部卫生队。卫生队那个女大夫让我印象颇为深刻，她好像是个哈尔滨姑娘，态度好，人也漂亮，但是我这个外伤对她而言可能也是第一次遇到。我的上嘴唇被击穿，口腔里面和嘴唇外面都需要缝合。当时她并没有帮手，医生的工作和护士的工作一身承担，忙活了好长时间，终于胜利完工，此时我也痛的麻木了。回到连队后我一周的时间都没法正常吃饭，一直以稀粥果腹，搞得我每天干活浑身轻飘飘地没有力气，直到痊愈拆线才恢复正常饮食。现在我用手摸脸，里面还有一个硬疙瘩。脸的外面没有毁容，已经是非常幸运了。

工业三连篮球队

姜美芳

每当我看到这张拍摄于1973年初夏的工业三连篮球队男、女队员的合影照时，我便按捺不住自己回忆的思绪。

细细地端详着一张张朝气蓬勃的年轻面容，一个个战友的名字便会脱口而出：前排右起是陆永新、刘海林、齐和平、刘伯庸、周根深；中间是王莉、姜美芳、王淑芳、赵桂霞、柳春华、邢兰音；后排是钱燕、刘金宝、连指导员冯学孟、商宝玉、陈和平、邢凤锦。对了，还有两位女篮队员没有出现在照片上，那是当时已调回牡丹江的耿秋媛和调团部广播室的北京知青张爱萍。

连里为了活跃连队青年的文体生活，规划在知青宿舍路南的一片空地上建一个篮球场。知青们自己动手，平整场地，铺上细细的风化石，在球场的周围还栽上了婀娜多姿的小柳树，树下专门钉了一排排的木条凳。这个因陋就简的篮球场，可是当年知青们的休闲家园！

篮球比赛

北大荒适合户外运动的时间只有春末到初秋间的三四个月，大家十分珍惜这段能够轻装上阵的日子。茶余饭后，常常会见到青年们活跃在篮球场上的身影，有的在打排球，有的在打羽毛球，还有的坐在木条凳上说笑，更多的是连队男、女篮球队的队员们在篮球架下活动。瞧，陆永新的反手上篮动作特别漂亮，一上手一个准，用北大荒的话，可谓“没治了”。我记得最清楚的是我们女篮队员的风采，中锋邢凤锦的凶猛进攻、钱燕的弹跳抢篮板、耿秋媛的“三步上篮”、前锋柳春华和张爱萍富有特色的“空中劈叉”接球、王淑芳的运球传动。邢兰音，赵桂霞，王莉和我打后卫。控球是必需的，中距离投篮也不能含糊。我们平时有空的时候练练手脚，摸几下篮球，轮到比赛，会有半天、一天的集中练球。回想起来，战友们在球场上活动的身影仿佛就在眼前晃动。

1973 年的初夏，工业三连的女篮在团部直属单位的联赛中夺得了冠军，那场球赢得不易！北大荒的 7 月份还是挺热的，特别是在大太阳底下活动一会儿，也会汗流浃背。午后，我们集中在兴

凯学校的球场上，进行女篮联赛的冠亚军决赛，对于是谁已经记不起来了。北京知青陈和平作为我们女篮的领队兼场外指导，比赛前就给大家发了话：“这场球必须拼命打！”女篮队员们一上场就拼劲十足，个个打得十分顽强！这样体力消耗当然也特别大，我当时打后卫，中途暂停时，我提议是否可以换换人？陈和平以没有半点商量余地的口气回答了我：“今天你就坚持一下，不替换了。”场上队员一鼓作气，坚持打到了最后。篮球比赛结束了，大家累得要命，球衣都湿透了，端起杯子就如“牛饮水”。想到赢球了，大家又特别兴奋，获胜的喜悦让大家几乎忘记了场上拼搏的劳累！

工业三连的女篮球队员手捧奖状，与冯学孟指导员一起在篮球架下照了张合影！大家脸都朝着一个方向，眼神一致，向着前方一个目标，定格在夺冠的瞬间！

初到北大荒

黄爱华

我是上海市普陀区梅陇中学68届初中生。1968年年底，毛主席他老人家“知识青年到农村去，接受贫下中农再教育，很有必要”的最高指示一发表，我们这届学生的分配去向只有“上山下乡”一条路了，在当时这叫“一片红”。我的同学中有的去了安徽、江西，也有的去了贵州、云南。我当时还有一个选择，就是到老家余姚乡下投亲靠友插队务农。在我父亲的指导下，我权衡再三选择了当时在上海称之为军垦农场的黑龙江生产建设兵团。

1969年5月15日下午，在上海北郊的彭浦火车站，到黑龙江军垦农场去的普陀区知青就要出发了。彭浦车站是个货运站，当年在上山下乡的热潮中，这里成了知青奔赴各地的出发集结点。在简陋的站台上，人头攒动，有整装待发的知青，有来送行的父母家人、同学、朋友，还有学校领导、老师和街道居委会的干部。“儿行千里母担忧”，泪眼望着即将远行的儿女，父母们一遍一遍叮嘱着。同学、朋友和就要分别的伙伴们说着聊着。站台上有流泪的，有说笑的，也有在默默沉思的。

随着一声汽笛，知青专列徐徐启动了。站台上送行的和车厢里要走的人再也抑制不住离别的眼泪，瞬时哭泣声四起。当年那伤感的一幕已过去几十年了，但我总也不能忘却。列车在一片哭泣声中驶离了彭浦车站，驶离了养育了我十七年的家乡——上海。

经过三天四夜的行程，18日深夜，火车总算到达目的地——兴凯。透过车窗，兴凯火车站一片漆黑，几盏路灯在风中摇曳着发出微弱的光。这时列车广播通知我们可以下车了，我们拿好随身携带的行李，深一脚，浅一脚地来到了一个指定的地方。后来我们才知道这地方叫五号房，是四十团的团部礼堂。这里横放着一些用圆树木劈开钉在一起的条凳。

漆黑的夜晚，繁星闪闪，我们顿时觉得无助和寒冷。过了一会儿，有人给每人送来一碗面条充饥，这是到北大荒的第一顿迎客面。吃完面条，天渐渐亮了。五号房前的广场上，早就等候着的汽车、拖拉机把陆陆续续点到名的知青运送到各连队。礼堂里留下的人已经不多了，我熟悉的同学都走了。这时，我开始着急了，怎么老叫不着我呢？也许是离开上海时我的泪水还没有流完，眼眶里的泪水又止不住地往外淌了。就在这时，一位和我们年纪差不多的女知青走过来问我叫什么名字，当她知道我叫黄爱华时就告诉我说：“你被分配到工业三连了。”看着我茫然的眼神，她指着东面一个高高的大烟囱对我说：“工业三连就在它的下面，不远，走吧！”原来她是工业三连的副指导员，北京知青王其芬。就这样王其芬，对了还有老连长王洪钧、副连长北京知青翟培道把我和钱燕、陈玲义、罗斯英、吴依群、许三星、陆永新、王国庆、董根路、高志荣、罗国统等十一个同车来的上海知青带到了工业三连。进了工业三连的院子，拉着行李的牛车在一栋叫“地中衡”的房子前停下了。王其芬说，这里就是女宿舍，你们几位就住这里了。

第二天，连队的老职工都来串门要看上海来的小姑娘长什么模样。我们刚到连队的时候，老职工们发现这些上海小姑娘很讲究，好像天天都要换衬衣。没过多久就真相大白了，当我们把洗完的、只有领子的半截衬衣晾出去时，他们全明白了，噢，原来上海小姑娘每天换的都是只有上半截的“假领头”！老职工们也喜欢上这种半截子衬衫了，觉得这种“假领头”很实惠，所以后来我们每次回上海休探亲假时，都要帮老职工采购回来一堆“假领头”。因为当时买“假领头”也是要凭布票的，所以每次都满足不了需求。

我和钱燕等被分配到粮库。第一天上班，我们就在排长刘守仁的带领下，把库房里的小麦运送到加工厂。刘排长让我爬到麦堆顶上，用铁皮撮子把小麦倒到出口处。刚爬上去的时候，人就要碰到房顶了，才干了一会儿扬起的灰土就呛得我直咳嗽。粮食倒完了，我的脸也变成大花脸，吐出来的痰也变成黑色的了。那时没有任何防护措施，其实库房里的灰土比现在的雾霾不知要严重多少倍。

我在工业三连将近十个年头，从一个中学生变成了兵团战士、农场职工，先后在粮库、油厂、面粉加工厂工作，常年和粮食打交道，用的是力气，吃的是苦头，干的都是少有技术含量的辛苦活儿，有时也觉得自己很倒霉，特别是刚到北大荒时，艰苦的环境、艰辛的劳动、枯燥的生活，也让自己流过不少泪。但现在想来，那个年代我们的青春时光是无法自己选择的，在北大荒、在工业三连，我们努力过、奋斗过，我们为那里的发展建设贡献了自己的汗水、智慧和青春。我们无怨无悔，因为北大荒是我们的第二个故乡！

安家北大荒

翟培道

当年，我们响应毛主席“知识青年到农村去，接受贫下中农的再教育，很有必要”的号召上山下乡，离开城市到了祖国的东北边陲——北大荒。我们都记得当时喊得震山响的口号是：扎根边疆、建设边疆、保卫边疆。可随着国家政策的变化，真正在边疆安过家的不多，扎根边疆的更寥若晨星了。我是当年少数曾安家北大荒的知青之一，若不是后来的知青大返城，我肯定是扎根在北大荒了，那我的子子孙孙就一定是真正的北大荒人了！

1972 年后，连队有好几位知青经推荐作为工农兵学员上大学离开边疆了，后来还有些知青因这样或那样的理由返城了。到了 1974、1975 年，连队有一批像我这样年岁稍大的知青到了谈婚论嫁的年龄。返城似乎没有什么希望，于是开始考虑就在连队成个家吧，哪里的黄土不埋人！ 1974 年春节，牡丹江知青赵荣启和北京知青韩淑珍分别举行婚礼，成为我们连率先在北大荒扎根的第一个男知青和第一个女知青。后来，陆续成家的还有牡丹江知青高文，宁波知青陆明耀，上海知青蒋龙根，牡丹江知青江春萍，北京知青李延、李淑琴，两口子都是我们连的有北京知青董书调和天津知青邢凤锦、天津知青张国明和西安知青马殿学、我和天津知青祁元敏。

当时连队给结婚的知青每户分一套住房，大约四十平方米的平房，分成里外两间和一个小厨房，房前屋后还各有一块菜地。这个住房条件和当年城里比还是相当不错的了。连里还给每户新婚的同志拉一车煤和一车柴火。

那时结婚再简朴不过了，置办一个大衣柜、一个书桌、一张桌子、几个板凳、一对箱子，把两人的行李从集体宿舍搬出来往连里分的平房里一放，就算结婚把大事办啦！对了，还有一个重要程序就是两口子一起休探亲假回趟家。到家后，把一批回城休探亲假的战友请来和家人一起吃顿饭，就算婚宴了。回到连队后把带回来的喜糖给大家一分，整个结婚程序就完成了。还要提一句的就是，那时结婚不兴送红包，而是送一大堆过日子用的日用品，什么脸盆、暖壶、床单……五花八门啥都有。

一结婚，搬出了集体宿舍，便开始了自己操持柴米油盐酱醋茶的“小日子”。对于在大城市里长大、在集体宿舍里生活了多年的知青来说，这个事事都需自己操持的“小日子”并不那么浪漫和轻松，而是充满着艰辛。

就说用水吧。城里自来水接到楼里，至少到院里，可这里用水得到二百多米远的地方去挑水。长这么大还真没有挑过担，更没有挑过水。刚挑的时候，掌握不好平衡，双手托着扁担，踉踉跄跄，一步一晃，前后两个水桶左摇右摆，等进了家门，水桶里的水也晃得所剩无几了。这样挑满一水缸水不知要跑多少趟。夏天只是多出点汗，冬天可就惨了。去挑水回来的路是下坡，北大荒的冬天，到处都是冰，挑着两桶水在一步一滑的下坡路上走，再加上刺骨寒风刮起的雪沫劈头盖脸，这滋味可不好受。就这样一步步、一天天，最后，挑水当然就不是难事咯！

再说上山伐树吧。连里给拉的一车烧火用的木材很快就用完了，接下来就得自己上山去伐去拉了。伐树要等过了防火期的大冬

结婚证

字第137号

男28岁

女28岁 自愿结婚，经审查合于中华人民共和国婚姻法关于结婚的规定，发给此证。

一九七四年十二月十五日

安家北大荒

天去，那时漫山遍野盖上了厚厚的白雪。上山伐树前要认真做好准备，首先就是要好好检查一下拉柴火的小车，车胎一定要打足气。其次就是要磨快砍树的斧子，这点很关键，斧子快钝直接关系打柴多少。一大早七点来钟就该出门了，北大荒的冬天天亮得晚，这时天还没亮透呢。用块布包上干粮和咸菜，再贴身往腰里一系，这样可以用体温确保干粮不被冻成冰坨子。还得用绑腿从鞋面到裤腿扎扎实实地裹好，这样可以避免雪灌到鞋里去。我们去伐树的地方叫西北沟，离家大约有四、五公里，一路下坡。去的路上还是挺有诗情画意的，拉着小车荡漾在一片白雪覆盖的洁白世界里，一边走一边眺望着远处银装素裹的起伏山峦，在初升的太阳照耀下闪着银光，真是美极了！五公里路差不多得走两个多小时。到了西北沟的山脚下把车一放，踏着快没到膝盖的雪往山上爬，去寻找可以砍伐的成片小树。找到一片够装一小车的树林中，就可以开始干活了。记得刚开始时，不得要领，斧子抡得老高，可砍到树上就只破层皮，或是一道浅浅的斧痕，有时抡不好还把斧子弹了回来。可用不了多会儿就摸着窍门了，譬如，要砍倒一棵小树，应先在树的朝下坡一侧下斧子，砍出树干一半多的一个口子，然后到背面砍几下，小树就“顺山倒”了。砍树是力气活，开始时还戴着皮帽子、棉手套，可用不了多会儿功夫，帽子、手套就戴不住了，在哈出气来眉毛上就能挂霜的零下二三十度气温下，不用干太久，你就大汗淋漓啦！到下午一点来钟，砍倒的小树就该够装一小车的了，这时人也累得够呛了。解下系在腰里还有些温乎、可已能闻出汗味的干粮，站在雪地里一口干粮、一口咸菜，渴了再抓把雪，就这样有滋有味地吃起午餐了。也许是累了、饿了，汗味的干粮就着咸菜和雪水，吃得很香很香！

吃完饭，不能待太久，时间稍长点就会感到寒冷。赶紧装车，打道回府。拉着满满一车树干，一路上坡，那叫累啊。两手扶着车把，肩上带着绳，向前弓着腰，两腿使劲往后蹬，有时一使劲下巴颏都快挨着地了，后面还得有人推。走几步就得用石块掩住车轱辘，停下来喘口气。走走停停，等到家时已是太阳落山，点灯做饭了。这是我在北大荒第一次上山砍柴，也是唯一的一次，因为后来改烧煤了。

1978 年 9 月，我们的女儿、知青在北大荒的第二代出生了，我们开始为人父为人母了。孩子的呱呱坠地让我们真正知道了做父母的艰辛和责任。那时还没有“尿不湿”，小孩都用旧内衣、旧床单撕开做成的尿布。拉屎撒尿，一天不知要换多少块尿布，

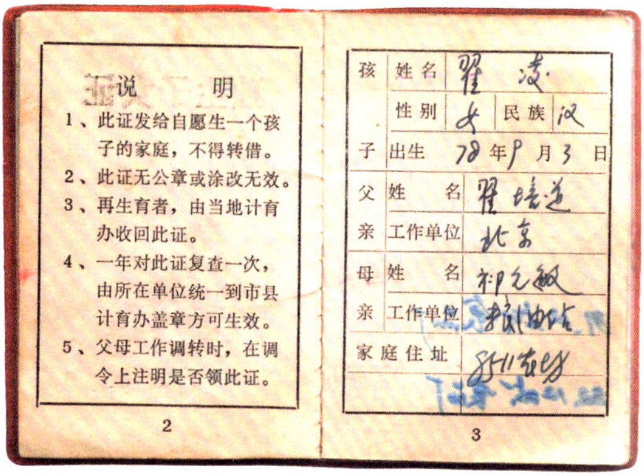
说　明

1、此证发给自愿生一个孩子的家庭，不得转借。
2、此证无公章或涂改无效。
3、再生育者，由当地计育办收回此证。
4、一年对此证复查一次，由所在单位统一到市县计育办盖章方可生效。
5、父母工作调转时，在调令上注明是否领此证。

2

孩子	姓名	翟凌	
	性别	女	民族 汉
	出生	78 年 9 月 3 日	
父亲	姓名	[illegible]	
	工作单位	北京	
母亲	姓名	祁元敏	
	工作单位	[illegible]	
家庭住址		[illegible]	

3

作者女儿翟凌的独生子女证

换下来洗干净，晾干了再用。洗尿布基本上是父亲的活了。记得，刚端上一盆脏尿布时，还真不知从哪里下手，特别是让大便弄脏的尿布，一打开那味还真能把人熏得晕过去。憋口气，赶紧用水冲干净。不愿洗，可有什么办法呢？谁让你要当爸爸呢！给孩子喂奶也不容易。当时没有保温设备，每次给孩子喂的奶都得现冲。当年的奶粉还得用开水才能冲开，冲好了要用凉水降温，让奶瓶里的奶以最快的速度把温度降下来，因为孩子正哇哇地哭着等吃奶呢。深更半夜也是如此，现在想想，当初这么一天天熬过来真不容易啊！

1979 年，在知青大返城潮流中我回了城，1984 年，祁元敏也回到了天津。我们在北大荒短暂的安家生活结束，但是在那里筑了我们的第一个爱巢，在那里度过的日日夜夜是我永远不会忘记的！

我的一张准考证

邵渭良

在我保存的资料中，有一张颜色已经泛黄了的 1977 年高考初试准考证。它的上行铅印文字是“黑龙江省 1977 年高等学校、中等专业学校招生初试准考证”；左侧是考试时间：日期 11 月 19 日和 11 月 20 日，考试内容数学、语文和政治；右侧是姓名、地区、考场、考号和报名费（伍角）。右侧空栏里仍然可见当年用纯蓝墨水填写的字迹——牡丹江农管局完达山农场第 6 考场，考号 167，邵渭良，并加盖着现已暗淡了的“黑龙江省完达山农场政治处文教科”的印章。

睹物思情，这张高考证打开了埋藏在我脑海深处几十年的记忆闸门，把我带回到了 1977 年的那一场刻骨铭心的高考，把我带回到了仍然魂牵梦萦的北国边疆的一个名叫兴凯镇的地方，那就是我曾经工作和生活了十几年的地方。我们的完达山农场场部和粮油加工厂都在该镇。那里茫茫荒原上的皑皑白雪上曾留有我们知青无数青春脚印，那里巍巍屹立的崇山峻岭曾激荡过我们知青无数次青春呐喊！

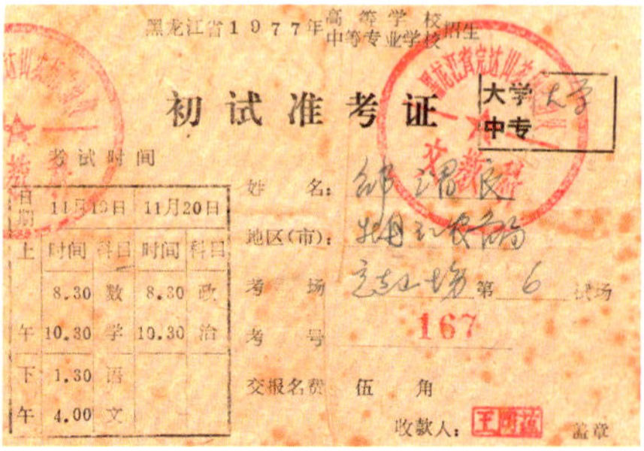

黑龙江省1977年高等学校、中等专业学校招生

初试准考证

大学 大学
中专

考试时间

日期	11月19日		11月20日	
上午	时间	科目	时间	科目
	8.30–10.30	数学	8.30–10.30	政治
下午	1.30–4.00	语文		

姓　　名：

地区(市)：

考　　场　　第 6 试场

考　　号　167

交报名费　伍　角

收款人：　盖章

邵渭良高考准考证

当年，我们的工业三连（就是粮油加工厂，兵团建制时叫工业三连）有二百多号人。其中有一百多号人是老职工，老职工中三分之一是转业官兵，三分之二是从全国各地闯关东到东北来谋生的，以四川人、山东人和广西人居多。知识青年也有一百多号人，分别来自北京、上海、天津、哈尔滨、牡丹江等城市，上海知青有三十多人。其实，所谓的知识青年都是当时的初中生，极少部分是高中生，说的更确切点，就相当于现在的小学毕业生和初中毕业生。众所周知，自 1966 年史无前例的“文化大革命”爆发后，学校关闭了很长一段时间，根本没正经复过课，学生也根本没读过几天书。我是 1969 届初中毕业生，初中上了几节课，都数得上来。可想而知，其实也就是小学毕业的那点知识水平。好在我比较喜欢看各种小说、杂文和连环画，利用各种时间和场合收集书籍。我记得，我那时自傲了好一阵子，因为，我拥有一小箱子书，其实也就几十本，但却是我当时最大的一笔财富。其中有一本整整影响我们这一代人的书，它的书名是《钢铁是怎样炼成的》。至今，该书中的名言警句仍然鞭策着我自强不息。

当时，我所在的工业三连工作环境和生活条件比农业连队相对好一些。我烧过酒，加工过面粉，农忙时，还都得下去帮助农业连队夏锄、秋收，什么农活都干过。我们连队是团里的“四好连队”，老连长王洪钧对学习和生产始终抓得很紧。从早到晚打突击，今天翻晒粮食，明天筑路，后天锄草；除了劳作外，还经常有政治学习。一年的休息天数扳着手指头都算得过来。后来，我们的老连长来到上海，在接待酒宴上深情地说："我以前没照顾好大家，我赔不是了。想当初，你们还都还是娃儿啊……"就是在这样艰苦的环境下，我们来自全国各地的知青和许多老职工共同经历了北方大自然的严酷考验，同时也经历了整个中国社会变革的狂风暴雨。

1977年注定为共和国的历史所铭记。全国高考制度的恢复，使正处在迷茫和彷徨中的许多知青看到了改变自己人生的曙光，再次唤起了他们沉睡多年的激情和梦想。我们连队也有七八人报了名，其中有几个是本地青年，我和陆永新、马伟君是上海知青。那时候没有什么高考复习资料，只有一套数理化丛书，全国考生都以这套丛书为高考复习资料。自打报名参加高考后，我们这些人每天一有时间就聚在连部办公室共同复习功课。陆永新和马伟君是68届初中毕业生，在我们这些考生中文化水平最高，一遇到各种问题，大家就向他俩讨教。当时，我连正负数四则运算都不会，就报名参加高考了，也不知哪来的勇气，也许是太想改变自己的命运，太想摆脱当时的处境了。高考似乎成了每一个知青的救命稻草。那些日子，我们怀着对大学生活和知识的渴望，怀着对将来美好生活的无限憧憬，没日没夜地在昏暗的灯光下学习学习再学习，渴了喝口凉水，饿了啃口馒头，每个人都熬红了眼，不敢有任何懈怠，因为我们都深知高考的成败关联着自己将来的命运。我至今还记得，当我考完试，走出考场，回到集体寝室，就一头倒在我的床铺上昏睡了过去。在梦中，仿佛自己不停地在收割大豆，一望无边的大豆永远也割不到头，好累啊……好乏啊……那场考试，我们几个连初试都没能通过。最可惜的是陆永新，由于他超过了25周岁，没能让他参加考试，他如能参加，大伙都说他能考上。

又过了一年，我们几个继续参加1978年的全国高考。那一年的高考在年龄限制上放宽了，但多了一门英语考试。陆永新如愿考上了黑龙江大学哲学系，马伟君考上了牡丹江师范学院，但我却又考砸了，因为我从没学过英语。1978年高考后没多久，全国范围掀起了知青返城的大潮。马伟君放弃了好不容易奋斗得来的大学学籍，回到了上海。陆永新在哈尔滨读了一年书，办了退学手续，也回到了上海。我也在知青返城的汹涌洪流中回到了上海。回到上海后，我们三人继续不断地追梦……没过几年，我和陆永新、马伟君三人都以不同的方式圆了年轻时的大学梦。后来，陆永新走上了重要的领导岗位，马伟君也有一份体面的工作和稳定的收入。如今大家都已退休，他俩都已当上了爷爷，我呢，仍然在不断地追逐着新的梦想。

花絮三则

感恩

罗斯英

看到国庆和英琪对记载工业三连“大事记”的执着和认真，很受感动。我怕触动早已埋藏在记忆深处的某些痛处，一直未敢参与。先前兰音所写的文章就看的我泪水夺眶而出，今天看到建华写到所要感恩的人，我的心中也有要感恩的人，不能怕碰到痛处而放弃此次感恩的机会。

——1969年刚到连队时，先在粮库干了些日子后我被分配到油厂，进油厂的第一天因里面的高温和油味我就晕了过去，是加工厂孙淑兰的母亲把我背到了地中衡的宿舍。

——有一次修水利，双脚踩在冰凉的水中，收工回到宿舍我就病倒了，四肢抽筋，同宿舍的战友见状急忙找人相助，是北京知青孟兆华把我背到医院救治。

——老油厂没改装前，有一次我在磅秤边秤豆饼，突然油垛上的一根铁杠倒下来砸在我的右脚面上，牡丹江知青耿秋媛立刻帮我捂住脚。到医院缝了二针，瘸了好几个月。

——有一次灌油时需倒抽油，要把电闸上的二根线互换方能倒抽。可能我手上拿着的螺丝钳碰到了闸刀，电闸立即喷出一道强烈的白光，刺得我双眼疼得睁不开，是卫生员、北京知青李淑琴到当地老乡家中讨来了母乳，滴入我眼中才解除了眼睛的痛。

——在连队近十年间，我住过四次医院，一次是阑尾炎，其余三次都是活动性风湿病，这其中得到过很多战友的照顾和关心。

我由衷地感谢一次次给我温暖和帮助的战友们！好人一生平安，衷心地祝福战友们身体健康！

第一双棉胶鞋

柳春华

看了李延的文章，勾起了我对一段往事的回忆。记得那是1969年的11月份，我们刚从农业一连调到工业三连，被暂时安排在酒厂上班。11月份的北大荒已经是很冷了。老酒厂离连队食堂和宿舍都很远，我们每天早上在连队食堂吃完早饭后便一路小跑到酒厂的十三班也就是灌瓶班上班。

有一天，天下着大雪，我们穿着从北京带来的塑料底棉鞋一步一滑地往酒厂走去，一路上我们不知道摔了多少个跟头。当我们脸上挂着泪花赶到酒厂时，我们还是迟到了。当时的班长是北京知青李延，她一再宽慰我们，才使我们忐忑不安的心平静下来。中午我们不敢回连队食堂去吃饭了，怕一路摔跤，也怕下午上班再迟到。李延班长说，我给你们带饭过来，你们就在班上休息吧。

后来王洪钧连长知道了这事，叫大家登记鞋号，后来一双双北大荒棉胶鞋就送到了我们每个人的手上。从那以后我们再也没挨过摔了！感谢李延班长，感谢王连长的关心和照顾！

北大荒冬夜

柳春华

我还记起一件事，我们农一连的人调工业三连后，一开始都安排在四排（酒厂），其中几个女同志分到十三班（灌瓶班），大概也就干了两个来月。由于灌瓶用不了这么多人，我们又全部抽了出来，待分配。当时春节快到了，连里就安排我们这些人在连队院里巡逻，八个人分成两组，四个人一组，两班倒，一个组负责白天，一个组负责夜里。

那天，我们这组值夜班，脚下是一踩就嘎吱作响的厚厚白雪，我们穿着厚厚的大衣，个个像在雪地里的大笨狗熊。尽管捂得严实，但呼呼的北风吹得脸上生疼。转着转着我们来到了连部值班室后面，突然不知是谁发现，在不远处的“雪山”下面有个又黑又深的洞。有情况！我们赶紧报告了连部值班领导，领导赶紧跟我们一起去查看。当我们蹑手蹑脚走近那个黑洞时，我们禁不住自己哈哈大笑起来。原来，那座“雪山”是白雪覆盖的一个苞米核堆。那个黑洞是烧火墙的同志刚去掏了几大篮子苞米核烧火去了。虽然虚惊一场，连领导还是表扬我们，说我们警惕性高。

回到宿舍，宿舍里同样也冷。我们当时住在那栋叫地中衡的房子里，没有火墙，也没有火炕。晚上我们都戴着口罩、穿着棉衣棉裤睡觉，还两人一被窝，那样可以把两条被子压在身上。早上起来，我们经常发现被子跟后面的墙冻在一起了，刷牙缸里的水、脸盆里的水都冻成冰坨子了。我们想家了，我们哭了。后来，我和张爱萍分到了三排（油厂），我终于到了一个暖和的地方，还有糖水喝，我当时可真乐坏了！

温馨回忆

秦红

多日来看到各位哥哥姐姐在“黑土情吧悟”微信群里发的回忆文章，让我想起那个年代好多温馨的事情，也想写点什么。那时候我们还小、很傻，还不知道记事，所以能记住的事情不多。

首先，我要感谢没能记下他们名字的各位叔叔阿姨，“叔叔阿姨”是我们在学生时代对知青哥哥姐姐们所使用的称呼。对不起，请原谅我们俩姐妹，真的没能记住每一位的名字，但各位哥哥姐姐给予的关心照顾和关怀，我们是点点滴滴都记在心里的。

那时候我们的爸爸秦发祥经常出差。记得那是 1972 年 4 月底，爸爸出差去沈阳第四粮库，妈妈带着弟弟小妹妹回青岛探望生病的姥姥，家里只留下我和妹妹秦晏，那年我 12 岁，妹妹 10 岁。当时连队的知青其实也都只是二十来岁的大孩子。记忆中我们的爸爸妈妈不在家的那段时间里，经常有几位哥哥来帮我们到离家很远的火车站或西边大井挑水，两位姐姐下班后还来陪伴我们，给我们做饭洗涮。

那年 10 月份又接到姥姥吐血病危的电报，妈妈带着弟弟和小妹妹又去了青岛。当时爸爸和张秀珍阿姨，还有机关的张继祖叔叔正在沈阳粮库出差，恰巧这时单位给我们家分了房子。10 月后的东北天开始冷了，很快就上冻，搬家迫在眉睫。爸爸妈妈都不在家，怎么办？正在我们一筹莫展的时候，是知青哥哥姐姐们挺身而出，利用休息时间，用罗斌叔叔的大马车将我们家的锅碗瓢盆、坛坛罐罐和劈柴茅草整整装了 13 马车运到了新家，还帮我们把柜子、桌椅等家具摆放到位，收拾干净。尽管爸爸妈妈不在，我们姐妹还是从车站低矮的草房搬进了大瓦房。有知青哥哥姐姐们的照顾陪伴真好！

小时候，我们经常会自豪地向同学炫耀我们的每一位知青姐姐，因为有了她们，我们姐妹在任何时候都不孤单、不害怕、不想爸爸妈妈。她们把那时自己舍不得吃的好东西都给我们带去，北京、上海的糖果，那是我们最好最高级的礼物。记得上海知青罗斯英、北京知青柳春华，还有其他哥哥姐姐带回来的上海糖果、北京糖果，好甜好漂亮！我们把糖果纸都叠起来向同学们炫耀。那时候同学都攀比，哪个同学的糖果纸多、样子新颖就特别自豪，特别骄傲，我们姐妹就是经常"昂首挺胸"的。

谢谢你们，北京的王其芬、邢凤锦、柳春华，上海的钱燕、罗斯英，天津的王莉、邢兰音，牡丹江的李林、温丽琴。谢谢你们当年经常来我们家陪伴我们。温丽琴后期调到团部医院药房，我们还经常去药房找她玩……校外辅导员柳春华无私地奉献，给予我们更多的照顾关爱，让我的儿子咿呀学语时就知道了北京。记得第一次带他来北京，清晨坐车路过天安门广场看到天安门时，儿子挥舞着小手兴奋地喊叫，"妈妈，妈妈，我们到北京了！"

还记得，当年几位情侣哥哥姐姐带我去电影院，在那个一票难求的年代，我挤在"情侣座位"之间看电影，那叫一个舒服啊（原谅傻乎乎的俺，呵呵）！

温馨的回忆太多，知青哥哥姐姐伴随我们成长，带着我们学习、玩耍，让我们知道了外面的天地……北京、上海、天津、哈尔滨、牡丹江，让我们知道了外面的世界很精彩。知青们的言行举止、衣着谈吐、探亲带回来的城市信息潜移默化地影响了我们、改变了我们。知青是我们学知识长本领的引领者，也是后来我们走出黑土地的引领者。感谢至今还在照顾关心我们，让我们至今仍然依赖着、黏糊着的各位哥哥姐姐——当年的“叔叔阿姨”！

荒二代的知青情缘

陈咏梅

孩提往事

自从加入“黑土情吧悟”，我便开始了我每天的必修课——浏览“黑土情吧悟”。从一开始的陌生、一无所知到逐渐有了些模糊的记忆，再到慢慢了解，最后渗透到我全身的血液，我爱上了她。我一次又一次地被感动，被感染，激动的心情无以言表，尤其是看到罗英琪阿姨写的《热泪值得涌流》，我是含着眼泪读完的。也因此萌生出我也要写点什么的念头。作为北大荒人的后代，我也想尽一份微薄之力。

在我很小的时候，记得每天吃完晚饭爸爸妈妈都要去单位开会、学习。有时候就把我和姐姐锁在家里，给我们枕边放上苹果饼干之类好吃的东西。父母回来时我们已经睡着了，可枕边好吃的东西却没动。早上起来妈妈问，“好吃的怎么没吃就睡觉了？”我和姐姐说一吃东西就会有动静，害怕，不敢吃（现在想起来真可笑）。有时，妈妈会带着我去开会，一听要跟妈妈去开会，高兴死了！到那儿后这个阿姨抱抱，那个阿姨亲亲，可美了！印象最深的就是建华阿姨、大邢阿姨、黑子叔叔（前几年陪父母去北京玩的时候才知道黑子叔叔就是陈和平叔叔）、宝玉叔叔、徐阿姨。那时工业三连有自己的幼儿园，都是职工子弟，我常去那里玩，徐阿姨就在那里看孩子们。至今我还保存着一张幼儿园的照片。

还有一件事我到现在都印象深刻。不记得是哪年，知青叔叔阿姨把从北京带回来的饼干糖果，送到我家，我看见了就想打开吃，妈妈不让，说以后有什么事拿出来用，省得花钱再买了，说着就锁到箱子里了。那时的孩子都傻，特老实，虽然馋也不闹着要。不知道过了多长时间，有一天我妈妈打开箱子，发现饼干都已经变质坏了。爸爸趁机数落一句：“孩子吃了心疼，放坏了不心疼，继续锁着吧（爸爸从小就疼我）！”从那以后妈妈再也不锁了。现在想想那都是父母勤俭持家啊！

前面的记忆大都是听父母说的，因为那时我很小。李延阿姨回北京的时候我就有记忆了。每天放学就去我妈妈的粮库化验室玩，我跟那儿的人都很熟。闻淑兰阿姨和我家住一排房子，经常去我家找我妈妈聊天，我和她儿子还是同学。

今年夏天父亲病了我回到家，知道叔叔阿姨们要回北大荒，心里很是激动。每天在医院和爸爸分享着你们的行踪……都谁回来？从哪儿上车？下车？几点到兴凯？心每天都跟随着你们的脚步。你们回来的这几天也是我最纠结的日子，一方面父亲卧病在床需要照顾，一方面知道叔叔阿姨们回来一次也不容易，想尽可能多陪陪你们，可到最后还是未能如愿。虽然有很多的叔叔阿姨们我都不认识，未曾谋面，但只要一提起知青就感觉很亲切，因为我是北大荒人的后代，身体里流淌着北大荒人的血！

这次叔叔阿姨们回北大荒，我尤其想见见董书调叔叔、王其芬、许建华、邢凤锦、罗英琪、李延阿姨还有秦红姐，要当面向他们说声“谢谢”！在我爸爸住院期间，许建华、王其芬、罗英琪阿姨，还有董书调叔叔东奔西走，联系医院找专家，一次一次打电话安慰我，秦红姐还一次又一次地去医院探望。

叔叔阿姨们回兴凯才短短几天，可董书调叔叔、陆永新叔叔、祁元国叔叔、高云柱叔叔、邢凤锦阿姨、许建华阿姨、李延阿姨还抽出时间到医院看望我爸爸。回到城里，你们还继续关心着我爸爸的病情，王其芬阿姨、王国庆叔叔还慷慨解囊。

在我爸爸病重期间，商宝玉叔叔和徐芝英阿姨一直陪伴在我身边，给我温暖给我勇气。爸爸走后，邢凤锦阿姨的一个电话，让我再也控制不住了，任由眼泪肆意流淌……这就是我的知青叔叔阿姨们，是你们让我感受到了人间除了亲情还有这么质朴的人间大爱，你们就是我最亲最爱的人！

我骄傲！我自豪！因为我是北大荒人！

希望我们有机会再相聚！望各位叔叔阿姨姐姐珍重！珍重！再珍重！

美好重逢

童年的记忆是模糊的，对知青没有什么印象和了解，更谈不上感情，只是从父母口中略知一二。真正让我对知青有所了解，产生感情还是在 2010 年 5 月份我带父母去北京的那几天时间里。

临行前的头一天晚上，我父母抱着试试看的想法给建华阿姨打了一个电话。因为很久没有联系了，不知道能否打通。当电话接通的那一瞬间确认是建华阿姨时，父母那种激动的心情无法言说。因为第二天就能见面了，只是在电话上简单地问候了几句。放下电话父母就给我讲起了当年的很多事，看得出来他们很激动，晚上也久久未能入睡。

一早起来我们一行三人就坐上了通往北京的客车，经过四个多小时的颠簸，中午12点多终于到站了。虽然有很多年没有见面了，但是当我们一下车还是第一时间就认出了对方。他们互相拥抱，嘘寒问暖，一点也没有生疏感，那种亲热劲就别提了，我在旁边只有羡慕的份儿了。建华阿姨领我们去吃了有名的北京烤鸭。回到家，三位老人就拉起了家常，讲述分别这么多年里的种种经历。他们说着、笑着、激动着……在我眼里他们好像从来没有分开过似的，依然那么亲！

第二天吃完早饭，我们一行四人步行来到大邢阿姨家（我没想到两家离得这么近）。见面又是一番激动。一会儿又陆续来了几位叔叔阿姨，有黑子叔叔、黄顺河叔叔、李延阿姨，还有至今仍叫不上名字的叔叔。他们从过去聊到现在，聊得热火朝天，大邢阿姨在厨房忙得热火朝天。她可爱的小外孙长帅气十足，很是讨人喜欢。到了吃饭时间，午餐的丰盛足以说明主人对我们的欢迎程度，每一道菜都是叔叔阿姨亲手精心制作的。看着一桌子的菜肴真舍不得吃，这分明就是他们的一颗颗心啊！

因为父母是第一次来北京，名胜古迹都没去看过，于是大邢阿姨和董叔叔决定第二天带我们去长城。一大早，董叔叔就开车接上我们向慕田峪长城进发。一路上看不够的风景，看不够的人，我们有说有笑，拍照留念。虽然他们都是60多岁的人了，体力有些差，但是依然玩得非常开心。叔叔阿姨想得非常周到，为我们准备好了吃的喝的，还承担了所有的费用。不沾亲不带故，分别30年依然能这样真心相待，这是怎样的一种感情啊！我醉了……

我从心里被他们的质朴所折服！

从长城回来，建华阿姨陪我们去了天安门广场、人民英雄纪念碑、毛主席纪念堂、王府井大街。第二天又不顾劳累陪着我们去了良乡。在那里我们见到了宝玉叔叔、徐阿姨、黑子叔叔，还有很多叫不上名的叔叔阿姨。他们见到我们就像见到亲人一样，是那么的亲切，那么的热情。席间他们亲切交谈，回忆过去、讲述现在、畅想未来，就好像有说不完的话。相聚总是那么短暂，离别又在眼前，看到他们依依不舍的样子，真的不忍心和他们说再见。叔叔阿姨们，保重！

到北京好几天了，本打算从良乡回来就回家的，不知道秦红姐从哪里得知我们来北京的消息，非得邀请我们去她家做客。结果建华阿姨顾不上休息又陪我们一起前往秦红姐家。见面的那一刻至今历历在目。秦红姐抱住我爸爸哭得那么伤心，就像女儿见到久别的父亲一样。我知道那是激动的泪水，幸福的泪水。秦红姐是个懂得感恩的人，就因为爸爸在工作中曾经帮助过她一点点，她就一直铭记在心。今年夏天爸爸住院，红姐一有时间就去看望爸爸，陪他聊天，一直到爸爸生命的最后时刻。滴水之恩涌泉相报这句话用在红姐身上再恰当不过了！从红姐家出来我们又去了李延阿姨家，王同叔叔家，不用说又是一番盛情款待。

一转眼到北京六天了，由于我的工作原因，我们不得不回去了。王其芬阿姨听说我们来北京了，本打算请我们吃顿饭，但由于时间关系没有成行，于是她不顾工作一天的劳累，晚上 8 点多了来到建华阿姨家看望我们。就是这看似微不足道的一件小事，足以看出她的善良、质朴。

以前，我总认为北京人高傲、不容易接近，但是我们来到北京的这些天里，你们用行动彻底征服了我，改变了我的看法。无论走到哪里，知青叔叔阿姨们都像对待自己的亲人一样对待我们，让我们每天都幸福得跟孩子一样，也一次又一次地被你们感动得流泪。从你们身上我发现有一种人格的魅力在吸引着我，我注定和你们做一辈子的朋友！

我爱你们！我的知青叔叔阿姨们！保重！

青春印记化成诗

闪亮的岁月——刻骨铭心的北大荒往事

那些丰富多彩的业余生活

各地女知青

喂猪姑娘

知青在粮仓脱粒

知青菜地

劳动之余

重任在肩人生路

——致曾经在工业三连粮库工作的战友

马伟君

粮库工作是青春记载，
沉沉麻袋是当年再现。
简单工具劳动简单，
麻袋上肩年复一年。
姑娘上肩不含糊，
小伙扛包一溜烟。
每天的脚印留青春的痕迹，
人生的脚步走长长的跳板。
雪白大米晶莹透亮，
金色大豆颗粒圆满。
三连的粮仓高入云天，
知青的理想难以实现。
我们迎来秋天的收获，
我们肩扛历史的重担。
人生的担子不能下肩，
我们的历史记载永远。

作于2014年9月2日

三连知青粮油情

——致曾经在油厂、加工厂工作过的战友

马伟君

粮油加工是生活的必需，
面粉豆油是温饱的欢欣。
白白的面粉，
承载了多少人的劲；
纯纯的豆油，
汗流多少次不停。
一袋袋白面堆成山，
一张张白脸难露表情；
一个个豆饼大而圆，
一身身油污难以洗净。
一颗大豆一颗心，
一桶豆油一片情。
我们回味豆油的醇香，
我们同享吃面的欢愉；
我们经历青春的岁月，
我们留下自己的身影。

作于2014年9月6日

酒香不怕窖子深

——致曾经在工业三连酒厂工作过的战友

马伟君

酒厂日子是人生的记载，
烧酒生涯是永远的留恋。
出酒是短暂的瞬间，
酒花是好酒的体现。
老职工传帮带，
八一军魂代代相传。
知青们虚心学，
青春磨炼人生美满。
我们挥舞板锹，
抛洒全身的汗水，
我们迎来出酒流淌的清泉。
酒的浓情使我们豪情满怀，
酒的源泉使我们日夜奉献。
酒香飘远是我们的付出，
酒厂历史是我们的诗篇。
烧酒同感有我们难忘的当年，
喝酒给力是我们一生的庆典。

作于2014年8月30日

曾经

邢兰音

曾经的风，
曾经的雨，
人生的路上，
撰写了多少难忘的回忆。

曾经的你，
曾经的我，
怀一腔热血，
把青春留在了那片土地。

曾经的你，
曾经的我，
汗水和着泥，
在粮囤上刻下知青汉子冲天的豪气。

曾经的你，
曾经的我，
赤脚炕豆坯，
在油房留下知青姑娘美丽的大写意。

曾经的你，
曾经的我，
挥锹汗如雨，
酿出甘醇，滴醉了北大荒的一望无际。

曾经的你，
曾经的我，
披星戴月，
将沉甸甸的稻谷脱成白生生的米。

白发的你，
白发的我，
无论历史怎样评说，
我们的心让我们依然在做我们自己。

如今的你，
如今的我，
坚强的臂膀，
经历过生活的酸甜苦辣，不再有失落。

如今的你，
如今的我，
豁达的淡然，
懂得了尊重生命，不再奢望太多。

如今的你，
如今的我，
期盼耄耋之年再相聚，
那时夕阳的霞光依然灿烂闪烁。

心灵永驻你

——黑土地

邢兰音

一张不是彩色的照片，
天真纯朴的笑颜，
齐刷刷短而细的小辫，
黑黑的眼睛透着羞涩的灵气，
没有生辉的头饰，
没有七色的虹，
却那么透明，
这正是三十年前知青大潮中女士们的缩影。

离别故乡，
投入北方黑土地的垦荒，
送别时的情景挂肚牵肠，
长鸣的汽笛，
把这一代人载向远方。

十八岁，
花的年龄，
美的憧憬，
火热的生命，
炼就了一代风华，
造就了一代精英，
开拓了北大荒精神的深层，
绘出了北大荒风貌的新荣。

三十年没有离开黑土地，
生命在这里延续，
感情在这里凝聚，
再教育，再劳动，再回炉，再萌生，
青春的年华献给了北方的虹。
北大荒收获的垄沟里，
有我们流的血和汗，
有我们亲爱的战友和战友的亲情。

改革的春风，
给了这一代人新的思索，
跨世纪的宏伟蓝图，
给了这一代人承前启后的职责。
今天，
地北天南的知青如同种子、脊梁，
撑起改革的蓝天，
仍然是这一代人，
将老一辈的风范和自己的风格，
延续到辉煌的明天。

为纪念知识青年上山下乡三十周年而作 1998 年夏

《酒香》

马伟君

北大荒酒的浓烈，
我们记忆过往。
当年备料一身粉，
孤单一人大锹扬。
粉碎机声隆隆响，
大板车拉往前趟。
脚步沉重慢慢走，
头上冒汗身上凉，
雪花飘落在肩上。

北大荒酒的高度，
我们回忆难忘。
曲种培养三班倒，
看似轻松责任强。
漫漫长夜人难熬，
一盏明灯伴天亮。
酒出多少曲第一，
默默守候人在岗，
春秋冬日曲种房。

北大荒酒的醇香，
我们不断回想。
酒窖脚印多少个，

酒料出锅白茫茫。
二人装锅不能停，
板锹挥舞大井房。
出酒瞬间短暂时，
酒花冒泡好酒淌，
酒糟不多大家抢。

北大荒酒的力量，
我们心中热浪。
记得灌装的娘子军，
刷瓶洗净把酒装。
烧酒供气是保障，
炉火正旺锅炉房。
我们不忘烧酒辛苦，
我们同享酒的力量，
我们回味酒的浓香。

作于 2014 年 12 月 13 日

镐

马伟君

镐
举高
冻土敲
挥举多少
雪花身上飘
头上热气直冒
全身热脱了棉袄
外冷内热白了眉毛
三九寒天刮起大烟炮
战天斗地兵团战士英豪
姑娘小伙子手舞足蹈
肩扛大镐手握铁锹
水利会战声势浩
早迎金光万道
夕阳镐尖照
镐锹相交
渠修好
全靠
镐

往事

马伟君

事
牢记
在心里
勾起回忆
青春年少时
上山下乡日子
那个年代不容易
艰苦奋斗漫长经历
风华少年十六岁花季
命运相聚农场难忘当时
荒友相交情深一辈子
救死扶伤献血有你
帮困解难大家事
真心体现情谊
北大荒日子
年年时时
脑海里
那些
事

作于2014年10月11日

诗·两首

商宝玉

一

热血青年，挥师北上，
冰天雪地，斗志昂扬。
风刀雪剑，傲气冲天。
九载春秋，终生无悔，
一腔热血洒密山。

二

四十五年热血狂，青春无悔赴边疆。
扎根农村干革命，战天斗地意气昂。
生活艰苦又何妨，丹心报国凌云志。
满怀故里知青梦，此生难忘北大荒。

三连知青良友情[④]

（藏头诗）

马伟君

粮食加工白酒烧
油厂大豆堆成山
站稳脚跟走跳板
众人扛袋压在肩
战天斗地北大荒
友情爱情把手牵
伟人号召到农村
君下批示建兵团
国防前线黑龙江
富饶美丽黑土源
关东大地北大荒
根深树高完达山
春天下乡到兴凯
萍水相逢来戍边
建边屯垦四十团
华丽青春人生赞
铁字信箱四零八
山高林密青梅山
献出青春和热血
忠心向党在兵团

光彩照人英雄谱
祖国北疆守边关
传承军人开荒史
华丽青春史一段
风华一代是知青
锦绣江山添瓦砖
红色宝书天天学
兵团战士紧跟前
景仰各位老一辈
强人心声肺腑言
宝贵财富好传统
玉声之言记心间
王连严格来管理
莉口典型来宣传
荣耀争创四五好
启下承上步步迈
依靠党员和骨干
群创四好先进连
启发教导受益多
正路大道迈向前

④ 从诗的第 7 句至倒数第 5 句，共收录了 100 位曾在工业三连的知青名字。

根子基础不一样
路有千条自己选
宏伟理想人人有
全靠自己来实现
永远难忘在兴凯
新朋好友交当年
高高跳板陡又长
文弱书生经考验
淑女小伙装车忙
蓝天太阳全身汗
三连粮仓上青天
星星比它高一点
季节不分三班倒
延续不断出白面
淑女不输男子汉
英姿飒爽面堆山
连续不断榨油忙
容光焕发油污脸
金色豆油流成河
龙腾虎跃豆饼圆
谓我心忧出酒少
良师把关来指点

宝贵经验代代传
章程步骤不能变
根深蒂固酒烧法
深窖人下脚印浅
成功完成酒畅流
生产好酒酒池满
培养青年来接班
道路曲折不平坦
英才磨炼在乡村
琪花瑶草斗严寒
春播铁牛奔腾欢
芳草地上土深翻
李子开花要夏锄
勇往直前在田间
根深草长无尽头
大田挥锄不间断
谷子小麦和大豆
龙飞凤舞忙挥镰
李子熟了把麦收
延绵麦田望无边
金色麦田雨水浸
保麦夺粮腰定弯

秋天大豆金灿灿
媛女小子忙田间
金色秋天大丰收
山高粮仓豆堆满
开挖水渠大雪天
福留后人水稻田
顺着水渠往下淌
河水源源流不断
建设粮仓苦累活
国粮为纲黑土田
运动一个接一个
生活艰辛苦和难
其中冬天最艰苦
芬芳桃李都不见
生活简单肉不见
才吃发糕玉米面
海鲜水产没法见
林中水果有一点
钱是太少省着花
燕饮聚会太稀罕
留味各地精神餐
继往开来每一天

梅雨江南是故乡
椿萱并茂亲人念
斯文扫地交白卷
英男才女不等闲
春去秋来年复年
华夏儿女经磨炼
淑女小伙都一样
珍惜时间练投弹
明确要点人人投
耀眼真弹冒白烟
景象还原实在悬
红旗飞舞齐点赞
子弹上膛练射击
平稳扣机中靶间
树木十年长成林
仁义道德文化传
玉立高声歌一曲
琴声悠扬礼堂传
金嗓高音耳边响
华丽舞姿眼睛转
玲玲盈耳音色美
义务演出舞蹈欢

利人乐己宣传队
民众娱乐喜开颜
龙腾虎跃排球场
云豹快速三步篮
张三李四都盼望
根本出路谁改变
国运维艰七六年
庆幸小平来拨乱
云开日出雾散尽
柱石擎天大厦安
福音传到黑土地
根本改变来扭转
国改招生工农兵
统一考试择优选
国家建设需人才
明灯照耀人红眼
赵钱孙李知青多
文化青年聚三连
朱子百家文史全
瑞雪迎考七七年
殿试我连有四个
学文识理知识全

恒心一颗必有果
勇于坚持红榜单
文化考试列前茅
明天就把大学念
福分人人都有份
群别黑土把家返
书写人生新篇章
调令到来别离远
新的一页在掀开
华彩乐章人生弹
张罗众人来牵线
惠及大家对姻缘
爱情种子黑土播
华夏儿女握手暖
龙配凤来好一对
根子基础在内涵
爱人两情来相悦
玲珑小巧人称赞
美好生活新开始
芳草地上路平坦
兰开悬崖无人知
音信全无大家惦

鸿雁传书离散友
及时告知我们念
德高望重老领导
水乡北国都思念
如今通讯很通畅
发照微信都能见
国家强大百姓福
顺当日子民居安
庆幸我们还自在
华发两鬓体康健
美丽黄昏夕阳红
珍惜眼前在每天
如今大家过六十
生活舒畅并悠闲
玉液酒香举杯干
兰交荒友几十年
华文一段来回忆
艳丽青春整十年
昭著一代知青史

华章记事永流传
叙述当年青春泪
民心所向回忆全
志同道合真朋友
荣辱与共情谊坚
素昧平生大荒缘
珍惜友情心里念
和和美美度一生
平平常常每一天
元旦春节和五一
国庆假期有七天
仕宦经商和上班
明白人生多艰难
燕子北归年又年
华发满头踏青山
有情有义众荒友
缘分安排在老天
相处日子多少天
识人交友在三连

品味人生

马伟君

打开尘封记忆
青春岁月记事
兵团生活磨砺
品味人生自己
北国大荒没有苍白
常常思索自己过去
火红年代的日子
对我们都有意义
知青都有个人历史
千言万语话在心里
北大荒日子艰难
我们都选择现实
没有沉寂落寞
只有脚踏实地
不再怨天怨地
只能自己努力
看着坚硬黑土地
怎样敲开冰盖子
写下当年我们的故事
不然会消失不知踪迹
那些黑土地的回忆
都不会被我们忘记
我们作出人生努力
只留下曾经的经历
能记住年轻时的样子
都会找到当年的自己

念失联荒友

马伟君

牵挂你们，
青春记事，
大荒历史。
回忆你们的身影，
模糊，
而去。
念想多年，
久别的分离。
脑海中，
留下了下乡的痕迹。
难忘的日子，
黑土，
往事。
一个明天的遐想，
浮出心底。
重新，
联系；
见面，
快些。

魂牵梦绕故乡情

闪亮的岁月——刻骨铭心的北大荒往事

1997 年回访留影

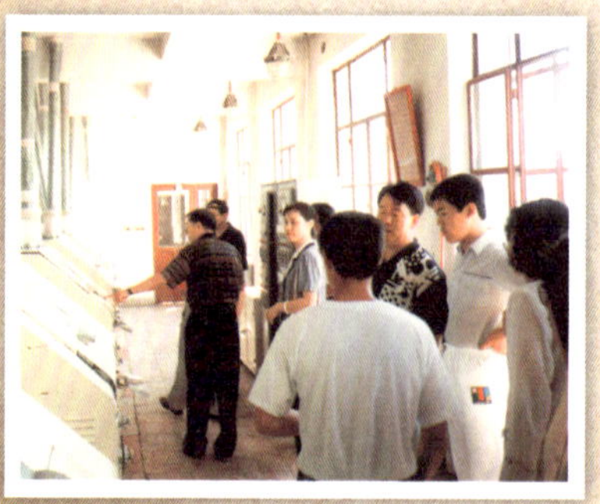

热烈欢迎知青回厂探亲

2010 年回访留影

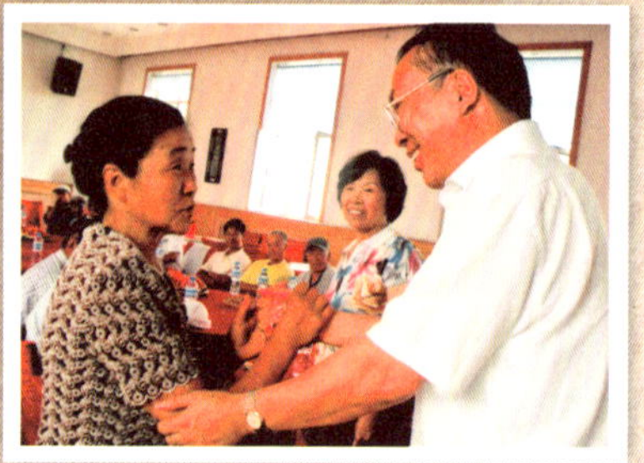

2012 上海知青回访

2014 上海知青回访

2014. 8. 1

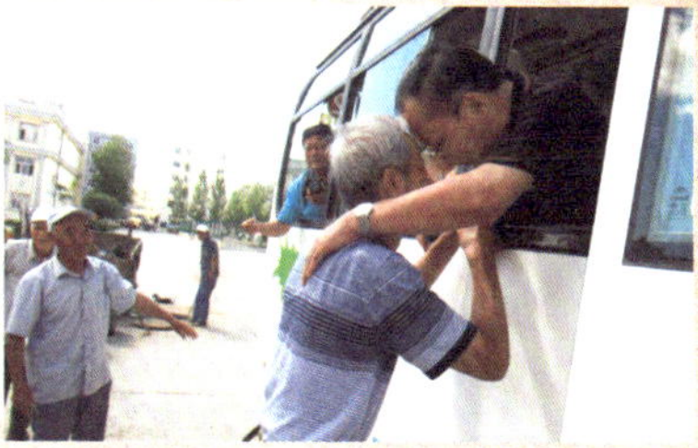

密山兴凯

情系黑土地

——知青首次回连记事

姜美芳　许三星

京津沪牡四地知青会合牡丹江

光阴似箭，不知不觉中我们离开东北边陲小镇——兴凯已有十多年，有的甚至已经二十多年了。回城的我们不但在各自的岗位上取得了工作成绩，还都成家有了自己的下一代。有了自己的小家庭，就更让我们想念兴凯、想念留下我们青春印记的工业三连那个大家庭了。多年未见的连队老领导、老职工，他们现在都好吗？身体怎么样？小镇兴凯变成啥样了？工业三连是否还是我们记忆中的模样？……思念之情源源不断。

1996年底，北京的战友在一次聚会中提出了"回兴凯看看"的想法。想法一经提出立即得到天津、上海、牡丹江等地战友的积极响应。经过半年多的酝酿以及北京战友的三次聚会商讨，决定由在京的原连队副指导员王其芬作为总联络人，由北京的董书调，天津的翟培道、王莉，上海的陆永新和牡丹江的邢兰音分别作为四地的召集人。经过周密的行前准备，北京的战友们做了一面大红旗和一面锦旗。大红旗上写着"情系黑土地"，锦旗上写着"魂牵梦绕工业三连 无怨无悔北大荒人"。

1997年8月1日下午18：06，北京的王其芬，董书调和邢凤锦夫妇携女儿董文莺，以及许三星、李勇、王国庆、陈和平、刘玉梅、刘爱玲、刘利民一行十一人登上了由北京开往牡丹江的65次特快列车，准备和天津、上海、牡丹江的战友们会师牡丹江。

8月2日上午，上海的陆永新和钱燕夫妇，马健峰和黄爱华夫妇携他们的女儿马伟菁，邱关根和罗斯英夫妇携他们的儿子邱培需，詹福根、邵渭良、马伟君、姜美芳一行十二人，从上海虹桥机场乘飞机飞往牡丹江。午后，当上海知青准点抵达牡丹江机场时，战友邢兰音和她的丈夫、时任牡丹江市电视台副台长王振波，还有王华艳和金美珍夫妇、潘业浩和电视台的一行人，早早就在机场的出口等候了。大家一别二十多年，相互握手相拥，久久不愿松开。随后，上海战友乘坐王台长派来的车辆，驶向北山宾馆住宿，等候北京、天津战友们的到来。傍晚，天津的战友到了，晚上八点多，北京的战友到了，四地战友汇合。久别的战友重逢，那一晚大家喝了不少酒，说了不少话！

8 月 3 日上午，天气晴好。京津沪的战友们在邢兰音等牡丹江战友的陪同下，游览了美丽的牡丹江，瞻仰了八女投江的群雕，并在牡丹江边合影留念。

下午 14：40，战友们乘上牡丹江开往东方红的列车，奔向那魂牵梦绕的兴凯小镇，奔向那挥洒过青春热血的工业三连。

欢迎知青回故乡

一路上，车厢里久别重逢的四地战友有说不完的话、道不完的情，阵阵欢声笑语，消除了旅途的疲劳。不知不觉，已是夜半时分，列车离兴凯越来越近了，战友们也越来越兴奋。

深夜一点三十分左右，列车抵达了兴凯站。车还没停稳，战友们就迫不及待地挤到了车厢门口。站台上王洪钧连长、秦发祥副连长、欧钦潮副连长、刘守仁排长、闫四业、王乃延、梁龙华等几十位老领导、老职工已经激动地挥动着双手喊着一个个知青的名字。深更半夜的兴凯站沸腾了，知青们一跳下车，就一个箭步跨向了等候在站台上的老连长、老职工。一双双手紧紧地握在一起，不少知青和老同志激动得相拥在一起，一张张脸上挂满微笑，一双双眼眶里盈满了泪水，那场面，激动人心！

知青这次回故乡的日程，王连长等早就一一安排就绪。8 月 4 日上午，参观粮油公司（当年我们的工业三连）和完达山食品厂（原工业二连）。完达山食品厂有了现代化的模样。我们工业三连原来的大门位置已改建成了完达山食品厂的大门，还新建了漂亮的传达室。除了生产传统的完达山奶粉，现在还生产奶糖等其他新产品。气派的完达山食品厂展示了改革开放的新形象。然而，已经更名为“粮油公司”的工业三连不仅被食品厂划走了一块地盘，厂区大门也改了位置，从原来的地方向西挪了不少，还换了朝向，由原来朝西变成了朝南。不过高大的新厂门还挺气派，两侧还分别蹲了一只威武的石狮子。大门的上方那几天还挂上了“热烈欢迎知青回厂探亲”的大红横幅，战友们纷纷按原来的班排和连队新、老领导在厂门前合影留念。

夏季，正是酒厂停产的季节，知青的到来打破了这里的沉寂。老厂房依旧，大堆的酒瓶堆在车间外的空地上，未用完的曲子有装进麻袋的，有散落在地上的，灌瓶车间的压盖机，大甑房的浇酒大锅，无一不引发知青们深深的回忆。战友们触景生情，纷纷在这里留影！

下午，连里召开“欢迎知青回故乡”欢迎会。董书调和邢凤锦的漂亮女儿扛着“情系黑土地”的旗帜引领着大家向粮油公司的礼堂走去，在厂门口迎候的老职工们还燃放起了鞭炮，他们个个脸上堆满了笑容，使劲地鼓着掌，欢迎知青回家看看。此情此景，让我们知青的眼泪夺眶而出。

欢迎会的桌子上摆满了糖果，瓜子。连队的新老领导、老职工、知青们欢聚一堂。王连长代表老领导致欢迎辞，秦副连长等老领导及各地知青代表纷纷发言，大家讲不完当年知青在黑土地锻炼成长的事，道不完老领导老职工关心知青的情。

晚上，连里老领导老职工为知青接风洗尘，共进晚餐。饭后，各排老职工和知青在“情系黑土地”的旗帜下留影！

游密山

8 月 5 日，知青去参观耸立在密山当壁镇的王震将军纪念碑、密山口岸和游览兴凯湖。

清早，上海知青黄爱华一家，还有马伟君、邵渭良、姜美芳六人决定先抽点时间一起去逛逛兴凯镇。第一站——直奔兴凯火车站，这个火车站，在我们四十团知青心中的位置可是不一般，每个知青对它都怀有一份特别的感情！望着火车站的站牌，望着静静地伸向远方的铁轨，当年我们从城市来到这里，由学生变成了知青；后来，我们又从这里离开回城，成了各行各业的一员。今后，我们的人生还会像这长长的铁轨一样继续伸向远方。我们又逛了兴凯的农场商店、公社的供销社。由于时间太早，门都关着，我们只能在门前停留观望，拍照留念，这可是我们当年时常来买东西的地方！

集合出发的时间到了，大家穿上了统一的白色圆领衫，圆领衫的胸前印着特别醒目的红色大字“知青相会北大荒”，还有几行小字：“1997、大荒情、八五一一、老北大荒人”。这是王连长自己花钱买了圆领衫，并费了心思专门设计印制的。

浩浩荡荡的一群人，来到当壁镇。红色天然大理石的王震将军纪念碑耸立在广场中央，碑的正面镌刻着江泽民总书记题写的“王震将军率师开发北大荒纪念碑”几个大字，碑背面的碑文记叙了王震将军率师开垦北大荒的艰苦创业史。望着纪念碑，大家肃然起敬，全体人员在碑前合影。

来到兴凯湖，映入眼帘的是蓝天白云，碧水金沙，好一派“水光潋滟晴方好”的景色！当年在兵团，只知密山附近有个兴凯湖，可却从来没来过，原来，兴凯湖这么美！真是祖国东北边陲的一颗璀璨明珠！大家欢乐地下湖戏水，乘艇游览，玩得兴致十足！中午，大家在湖边围坐在一起野餐，品尝着农场为大家准备的丰盛午餐。

午后，又参观了密山口岸。一块界碑，一根栏杆，一条大路，一座门楼，让我们知道了密山口岸的模样，大家又是拍照合影！

返回兴凯，农场领导和知青进行了座谈，为农场的改革发展建言献策。

晚上，知青集体回请老职工。

扫墓

8月6日的安排是给邱广生指导员、酒厂老排长曾昭瑜等已故老职工扫墓。

那天天阴沉沉的，犹如知青们的心情。我们先后来到邱广生指导员和曾昭瑜排长的墓地，向故去的老领导敬献花圈、花束，洒酒祭奠，致辞默哀，以寄托对已故老一辈垦荒人的哀思。我们当年的知青永远怀念他们，感激他们为开垦北大荒所做的贡献，感激他们当年对我们知青的关怀和培养。一排的知青还在附近找到了一排老职工王志中的墓地，他们在这位老同志的墓前也献上了祭奠的鲜花。

离开墓地，我们顺道参观了北大荒黑土地上闻名遐迩的白桦林。一株株树干笔直洁白、挺拔秀丽。静静的白桦林像母亲，像卫士，庇护着林里的青草，树木，也庇护着已故的老北大荒人的墓地，驻足于白桦林间，让人心胸如洗，空明沉静。

当我们乘坐的大轿车路过原农业九连的麦田时，我们再次被北大荒的美景吸引住了。那一望无际的金色麦田，只有在北大荒能看到。麦浪滚滚像金色的海洋，联合收割机隆隆作响，将成片的麦子卷入机器张开的大嘴，经过脱粒，麦粒进入储粮箱。我们下车走进麦田，和操作收割机的农工攀谈起来，有的同志还爬上收割机拍照留念，分享着北大荒人丰收的喜悦！回兴凯的路上，我们还参观了农场的奶牛队。

下午，我们知青中担任过连领导的陆永新、王其芬、董书调带领知青一家一家走访、看望已行动不便的连队老职工杨殿禄、郭延平、高志金、曹孝连……

在兴凯的最后一天

8 月 7 日，是我们四地知青留在兴凯的最后一天。上午，有的知青继续走访老领导、老职工。中午，连里老职工执意要在红星餐馆集体请知青吃饭，为大家饯行。

马伟君、邵谓良、姜美芳三人应马伟君原来连队在兴凯的战友邀请去了虎林。吉普车一路驶向虎林，临近时，遇到边防设卡盘查，经过一番询问，才给放行。我们先参观了虎头要塞，虎头要塞曾是日本关东军在中国东北部中俄边境的一个重要军事基地，也是日本侵华期间留下的极重要的罪证之一。穿行在要塞错综复杂的通道里，让游人无不感叹当年在岩石中开凿修筑这样一个庞大要塞的艰辛，工程量之巨大！这是用无数同胞的白骨堆成的！

来到乌苏里江边，望着河道宽阔、水流缓慢的乌苏里江水，令人想起了歌唱家郭松演唱的《乌苏里船歌》，仿佛欢快、优美的乐曲就在耳边回响，仿佛赫哲人捕鱼劳作的画面就在眼前呈现，那番意境真美！

在路边小店里午餐后，急急忙忙赶回程。吉普车一路急驶，而我们默默无语地望着窗外急速移动的景色发呆。兴许，此时的心情非常复杂，只能在心里说一声："再见了，巍巍的完达山脉，绵延的穆棱河水，我们的第二故乡——黑土地！"

晚上九点多了，天下着雨，农场招待所门前，陆陆续续来了不少送行的人，有农场的领导，有原工业三连的老领导、老职工……九点半，我们乘车离开兴凯去密山换乘火车，分手的场面永驻心间！

祝兴凯的明天更美好！祝兴凯人生活幸福！祝工业三连的老领导、老职工健康长寿！再见了，兴凯！

后记

战友们在密山乘上列车再次去牡丹江，回程的列车上一片安静，或许战友们还沉浸在和老职工分别的气氛里。列车行驶一夜，于 8 月 8 日清晨到达牡丹江车站。稍事休息，邢兰音夫妇安排大家游览镜泊湖。战友们领略了"山上平湖水上山，北国风光胜江南"的镜泊湖美景，也感受到了邢兰音夫妇的深情厚谊！

游湖完毕，送京津战友回家，大家在牡丹江火车站依依惜别！

我们上海最后的三位战友，在牡丹江再住一晚，于8月9日上午去桦林，到王华艳、金美珍家和潘业浩家做客。下午四时许，我们赶到牡丹江机场，乘上飞机回上海，结束了这次“情系黑土地”之行！

2010 年故乡行

王国庆

酝酿

兴凯，东北边陲一个并不为很多人知晓的小镇，恰是我们这些曾经的“兵团人”记忆中永远抹不去的第二故乡。那里没有令人陶醉的山水风光，更没有世人向往的文物古迹，但曾经淌下的汗水、留在那里的青春脚印和曾搀扶我们走上漫漫人生之路的连队老首长、老职工让我们梦绕魂牵。回去看看——是我们这些一直以“北大荒人”自称的老知青挥之不去的冲动。

2010 年的还乡发生得匆匆忙忙。由于工作上的安排，一直到 7 月中旬才定下来 8 月初有一次去哈尔滨的机会。去哈尔滨！这就自然萌生了“假公济私”借道回兴凯的念头，像 1997 年那样京、津、沪、牡四地知青同行，打着“情系北大荒”的大旗热热闹闹回去肯定会一呼百应。可是几十名知青从几个城市汇聚在一起、浩浩荡荡回去的大规模行动需要大量、细致的组织工作，当时肯定来不及了。在电话里跟三星透露了我要公差去哈尔滨的信息，也触发了他回兴凯的念头。说也巧，王其芬 8 月初也要公差去趟吉林。三人一通气，便决定带着各自的老伴来趟“夫妻双双把家还”了！

归途

2010 年 8 月 1 日晚，我和老伴慧敏，三星和他老伴小陈在北京站登上了北京到哈尔滨夕发朝至的 215 次列车。王其芬、王占芳两口子已先行前往吉林，等在吉林的公差完成后他们将直接从吉林经牡丹江去兴凯。

列车徐徐驶出北京站，回忆的闸门也徐徐打开了，说不完兴凯的一草一木、连队中曾经的一幕幕、老连长老职工老战友……夜深了，歇了吧！躺在卧铺上，伴随着车轮摩擦铁轨传出的有节奏的独特音乐，闭上眼想入睡，但脑海里一幕幕还在不断闪现。这是 1997 年京、津、沪、牡四地知青回连队十三年后我们又一次回第二故乡。那次“回家”对我来说是圆了一个梦，也碎了一个梦。

那是我离开兴凯、离开连队整整 25 年后第一次回去。25 年中，“回兴凯”是我的一个朝思暮想的梦。1997 年 8 月，在董书调、王其芬、陈和平等老战友的策划组织下，四地三十多名知青，有的还带着孩子，打着“情系北大荒”的大旗回到了连队。当我们半夜在兴凯站下车，踏上那片魂牵梦绕的土地时，我为我圆了那个做了整整四分之一世纪的梦而热泪盈眶……工业三连，我回来了！

可是在兴凯的短短四天，了解到当时农场在改革过程中的迷茫和在发展中的艰难，农场已经有半年没发工资，有时只发一袋面粉让职工养家糊口，特别是临走那天中午，老职工凑钱在一家小饭馆为我们知青饯行时，老职工和知青抱头痛哭的一幕幕让我心碎，这也让我碎了一个梦。那次离开兴凯后，我发誓说“再也不回去了！”后来我在和农业部分管农垦、也曾是兵团战士的高副部长聊起农场时，他几次鼓动我再回去看看，他信誓旦旦地说，如今的八五一一和当年完全不一样啦！这才又触动了我这个游子再回故乡的激情。列车在夜幕中飞驰，把一站一站甩在身后，哈尔滨越来越近了！

8月2日，在晨曦中，215次列车抵达哈尔滨。上午我给省委外宣办举办的新闻发言人培训班讲了半天课。往密山去的火车要到傍晚才发车，下午省外宣办的同志安排我们去游览太阳岛。郑绪岚的一首《太阳岛上》让松花江上的这个小岛闻名遐迩，太阳石、花卉园、天鹅湖、俄罗斯风情村……引人入胜，可我们这些游子回家心切，只觉得时间过得太慢！

因城里修地铁，往三棵树火车站的路拥堵不堪。幸亏省外宣办送站的同志果断决策，让我们在离车站还有一段路时就弃车，扛着行李一路小跑，否则真要误事了！当我们连滚带爬登上列车还没来得及放妥行李，18:20，由哈尔滨开往东方红的4041次列车徐徐启动了。

8月3日清晨5点16分，列车准点抵达密山站。老连长王洪钧、农场书记楚卫国、场长孔令波和从吉林过来的王其芬夫妇、闻讯也从牡丹江赶过来的邢兰音夫妇已在车站等候。见到老连长、见到老战友邢兰音，大家不免一番激动。农场书记、场长安排我们在回农场途中先到裴德农垦城——牡丹江管局，也就是我们记忆中的四师师部去看看。当年的裴德没给我留下多少印象，当车进入管局界内时，映入眼帘的幢幢高楼、宽阔的马路、漂亮的街心花园着实让人惊叹不已，这哪是在边陲小镇！

牡丹江管局的赵广民书记在管局的宾馆和我们共进早餐，席间给我们介绍了管局、农场的发展变化和美好前景，并热情地给我们推荐即将落成的老年中心，邀请我们“叶落归根”，退休了到北大荒来安享晚年。吃完早饭，赵书记、农场书记、场长又邀请我们到水库边看了矗立在那里的管区发展规划图，看着农场的宏伟远景，让人激动振奋。

随后，我们驱车往兴凯进发。一路上，尽管我们这些人已是年近花甲、有的早已年过花甲，但仍像小孩一样抑制不住激动，不停地说呀说，看到路边矗立的八五一一农场广告牌、看到越来越近的兴凯镇，我们一次一次地激动着："工业三连，我又回来啦！"

"变了"

感叹和留恋着农垦新城，但那毕竟还不是我们的"家"，这些曾经的兵团战士憧憬着昔日的四师会变得更美好，作为四十团工业三连的老兵，我们更急切地想看到八五一一今天的变迁。我们乘坐的面包车由我曾经走过无数回的那条通往老酒厂的路驶进了兴凯。兴凯变了，映入我们眼帘的兴凯已全然不是我们十三年前看到的那个边陲小镇了，更不是我们记忆中四十年前的那个团部了！道路变得更宽了，路边的楼更多了，街区变得更整洁漂亮了，人们脸上的笑容也变得更灿烂了！

看到兴凯在过去十三年中发生的巨大变化，让我们感慨，让我们兴奋。场长告诉我们，原来的农场招待所，上次我们来时还是农场机关办公楼，现在变成了八五一一宾馆，住宿条件好多了。招待所变宾馆不只是名称的变更、客人住宿环境的改善，而是让我们感受到了这个农场领导班子观念和作风的变化。

十三年前回来时，我们住的招待所是曾经的团部大楼。当年我们四十团的知青几乎都有不止一张以这栋那时兴凯唯一的大楼为背景的留影，后来农场新盖了气派的办公楼，用了几十年的团部大楼改成上次我们回来住过的招待所。招待所的条件很“艰苦”，至少四人合住的房间里连卫生间都没有，洗脸刷牙得端着盆去公共盥洗室，上厕所是在楼道尽头的男女卫生间。在我们的刨根问底之下，我们弄明白了招待所是怎么变宾馆，场部机关又怎么从新建的办公楼搬回已经破旧了的老团部大楼。场长告诉我们，这任场领导班子接手时，八五一一正处在十分困难的时期，农场的“摇钱树”——奶粉厂被总局“统”走了，沟里原十四连、十五连等连队的大片良田被省里修的水库淹没了，农场多年经营不善负债累累，职工经常不能正常领到工资……为了摆脱困境，新班子采取了不少举措，包括将场部机关搬回老团部大楼，新办公楼改建成宾馆，承包经营增加农场收入。办公回旧楼，新楼变宾馆，不只是增加了农场的财政收入，更重要的是体现了农场领导观念和作风的转变。

十三年过去了，八五一一确实已今非昔比！变了，兴凯变得几乎让我们认不出来了！变了，八五一一的人的精神面貌变得让人更加肃然起敬了！然而，不变的是，工业三连老连长们、老排长们、老职工们对我们知青的情！离宾馆老远，我们就看到了站在宾馆门口翘首盼望的老同志们。

再相会

远远认出在宾馆门前迎候的老同志：老排长刘守仁、老司务长肖忠科、粮库的张维信、加工厂的于建学、油厂的权铁俊、酒厂的王乃延……我们激动兴奋得几乎有点失态，心情更是无以言表，脸上挂着笑容，眼眶里已噙满泪花。车刚停稳，我们顾不得提上行李就争先恐后地跳下车和拥上前来的老同志们握手、拥抱。一声“老排长”、一声“你们回来啦”，泪已滚出眼眶，千言万语都已融化在紧握的双手、紧紧的拥抱中！

接下来的欢迎座谈会是在宾馆二楼的宴会厅里举行的。靠墙的一块大黑板上用彩色粉笔写着“热烈欢迎知青第二次回访北大荒”的醒目大字，铺上大红桌布的四张相连圆桌上摆上花生、葵花子、糖果和切开的西瓜。尽管这次只有四位知青各自带着老伴回来，可座谈会的规模和规格一点儿也不减1997年那次。二十多位老同志赶来和知青及他们的家属聚会，虽然有的人年事已高，甚至步履蹒跚、行动不便。年届八十高龄的老连长王洪钧亲自主持座谈会，老连长讲话仍像当年那样铿锵有力并充满激情，年龄最长的老司务长肖忠科头脑依然那么清晰、思路还是那么敏捷，老排长刘守仁发言时从兜里掏出了写得满满的几页稿子，一看就知道他事先做了认真的准备。老首长、老职工的发言字字情真意切，句句感人肺腑，四位知青向老领导、老职工汇报了过去十多年的工作学习生活情况，四位家属也激动地谈了初到北大荒、初见这么多他们早就熟悉可又不曾谋面的工业三连老职工的感想和心情。

时间过得真快！话匣子还没来得及完全打开，已经到了午饭的时间。老连长和连队老职工准备的午宴就在宴会厅里举行。桌上一盘盘菜码了不少，可大家并没吃掉多少；杯碰了一次次，酒喝掉了不少；你一言我一语，笑声此起彼伏，话说了不少！

意犹未尽的座谈会在餐桌边继续着，嘘寒问暖，知青们逐个询问上次回来见到、这次没来聚会的老职工们的情况。距1997年回来已过去十三年了，大多老同志年事已高，有的被子女接到外地去安享晚年了，有的已经卧床不能出家门了，还有的已经先后过世了。这些年过世的老职工有杨殿禄、曹孝连、郭延平……我们当即商定尽管我们在兴凯的时间不多，但一定要挤一些时间去走访一下卧床的老同志们、要到墓地去祭扫一下过世的老战友。可我们被告知去沟里的路正在修，扫墓去不了，当然我们也不忍心让八十高龄的老连长再像1997年时那样带着我们一处一处去寻找过世老同志的墓地。我们只能在心里对那些长眠在北大荒这片黑土地中的老首长、老战友们默念：邱指导员、曾排长、杨排长、苏排长……真想你们啊，我们又回来看你们了！

感慨

下午的安排是参观工厂化奶牛养殖、现代化乳业生产和场领导及有关负责同志座谈。完达山良种奶牛场离兴凯不远，坐车一会儿就到了。我们登上了办公楼的二层平台，在这里眺望脚下的奶牛场，一栋栋整齐排列、如同工厂厂房的蓝色房顶、白色墙体的高大建筑是牛舍，每栋牛舍前都为奶牛留出了一片开阔的运动场。或许是“放风”时间，在有的牛舍外我们看到一群群或站或卧的黑白花奶牛。陪同我们参观的孔场长告诉我们，这里的奶牛养殖是完全工厂化的，饲料加工、牛舍清扫、喂养、挤奶等都按严格的程序。譬如，奶牛挤奶已完全机械化、封闭操作，挤出的牛奶通过管道输入密封的冷藏运输车，然后直接送往奶粉厂的生产车间。孔场长说，这种生产方式确保了奶制品的质量，可惜的是由于投入不足，目前农场的工厂化奶牛养殖规模还不大。

回到兴凯，我们去参观奶粉厂。当年奶粉厂和我们工业三连一墙之隔，他们的高大烟筒和气派厂房着实让人羡慕，可是我们心里并不服气，尽管他们生产奶粉、啤酒，是团里的摇钱树，可我们生产粮、油、酒，贴民生、接地气，谁能不吃饭、不用油炒菜呀！四十年过去了，当我们再被带回奶粉厂时，我们感慨地发现，当年让人羡慕的奶粉厂今非昔比，鸟枪换炮啦，厂房更加气派壮观了，厂区也变得更大了！我们工业三连当年的粮库大库房、晒场、地中衡、加工厂的厂房、油厂的厂房……都已不见了踪影。可惜的是奶粉厂已不再是农场的摇钱树，而是被统成了完达山乳业股份有限公司的一个生产车间。走进车间，就像在其他任何地方参观现代化生产线一样，我们被要求换上白大褂、戴上工作帽。生产车间里整洁安静，见不到几个人，所有生产程序都由中央控制、电脑操作。企业的负责同志听说我们曾经是这里的知青，热情地给我们介绍奶粉厂的昨天、今天和明天。

参观结束后，我们来到老团部大楼里的场部机关，在布置简朴但不失庄重的会议室里和农场领导座谈。此前的连队老同志座谈会和参观，我们看到了兴凯、看到了农场这些年发生的巨大变化，在和农场领导的座谈中，我们了解了农场目前发展中的瓶颈和遇到的困难，以及规划的远景。本来就人多地少的农场大片良田被省里修建的水库淹了，工厂化奶牛养殖由于投入不足而规模不大，山区大片林地只有管理责任而没有经济效益，等等。我们听着、记着，思考着我们又能做点什么……

4 日的安排是去当壁镇参观垦荒纪念馆。1997 年我们曾来过这里，此次故地重游，站在高耸的"王震将军率师开发北大荒的纪念碑"前，伫立在王震将军的半身汉白玉雕像前，浏览着记录前辈和我们知青当年岁月的一幅幅照片、一件件实物时，我们仍然心潮澎湃！回首那激情燃烧的岁月，我们为前辈骄傲，我们为自己自豪！

根据牡丹江管局领导的建议，5 日农场领导安排我们去参观八五〇、八五六农场，也就是当年的三十六、三十七团。参观了那两个农场的百万亩水稻田、农机站、场部新城镇、新落成的老干部活动中心、风景秀丽的荷花湖……我们明白了管局领导为什么要安排我们去看那两个农场的良苦用心了。从八五〇、八五六农场，我们看到了八五一一农场的差距。可以说，在八五〇、八五六农场建设社会主义新农村已经不是口号和目标，而在八五一一农场，那还有很长的路要走！

两天的参观、座谈，一次次让我们激动、感慨、兴奋，特别是被八五〇、八五六农场新貌的“刺激”，让我们有点坐卧不安了，八五一一农场还需快速发展才能迎头赶上。我们这些离开黑土地多年的老兵，还能为八五一一农场的发展贡献点什么、为农场的父老乡亲做点什么？

告别

从虎林回到兴凯已经傍晚时分。农场领导在宾馆为我们饯行。这时天突然下起了雨，雨点还很密，可连队的不少老同志，刘守仁、肖忠科、王乃延、曲佩琴、庄学华……还是冒雨赶来为我们送行。九点来钟，我们乘车离开兴凯前往密山火车站。雨还在下着，车外不时传来车轮碾过积水的哗哗声，车上静悄悄，谁也不说话，大家还沉浸在和老同志们离别的伤感中。

当我们登上开往哈尔滨的4042次列车，看着在站台上送行的老连长、农场书记、场长，眼眶中的泪就止不住了，列车徐徐启动，望着夜幕中渐渐远去的老连长、农场领导的身影，我想我们的心中一定都在默默地说，老连长、连队的老职工多保重，你们身体棒棒的，我们一定会一次一次再回来的，因为只要你们在，我们魂牵梦绕的工业三连就在！

后记

2010年短短几天的故乡行结束了。我们没有人走茶凉，我们把农场领导座谈时谈到的困难和问题带回了北京。带着为农场的快速发展尽点义务、为八五一一农场父老乡亲做点贡献的激情，经过同农业部、水利部、国家林业局等部门的沟通，八五一一农场被列为全国奶牛养殖示范场之一、国家水利部门对修建龙头桥水库造成的农场失地采取了一系列的补偿措施、省里林业部门对农场林地的使用问题进行了可行性研究。

2012年上海知青故乡行

罗斯英

2012年8月2日晚21:05，我和邱关根、谈鸿及、杨新华、黄爱华、陈玲义、盛春芳七位战友及亲朋好友共十六人在上海乘上开往哈尔滨的火车，经过两夜一天的长途跋涉于8月4日凌晨4:48抵达哈尔滨。詹福根夫妇已先于我们三天抵达哈尔滨。随即，我们乘坐了一辆预定的旅游大巴前往我们的第二故乡——兴凯。

大轿车在哈同、依七高速公路上一路疾驶，途经牡丹江小憩时，战友邢兰音准备了午餐盛情款待我们。席间，王洪钧连长不时打来电话，让邢兰音不要在那里耽搁时间，原工业三连的当地知青于建学、早几天从天津回兴凯的翟培道等也不断打来电话询问我们的行程。

1997年的8月，我们上海知青与京津牡三地战友曾一起回过连队。十五年后的今天，我们其中有七位上海知青第二次相约回来。尽管是第二次，可我们依然像第一次回来时那样兴奋激动，心情难以平静。如果再过十五年我们还能回来吗？到那时，连里的老领导、老职工我们还能见到谁呢？在遐想、期盼中，我们终于在当日下午17:30到了兴凯。

王连长和老职工早已在宾馆门前等候我们，从天津早我们几天回到兴凯的战友翟培道、祁元敏夫妇也在迎候我们，他们是得知我们要回连队的消息后特地从天津赶过来的。到了兴凯，他们先去宝泉岭探望了欧钦潮副连长。我们离开连队，和老职工一别就是十五年，有的甚至是三十多年。这次见面，知青和老职工的手紧紧地握在一起，有的情不自禁地拥抱在一起，大家问候着、倾诉着，激动的心情难以言表。安排好我们的住宿，王连长请我们用晚餐。可敬的老连长忙前忙后地招呼着我们，让我们抓紧时间，许多老职工在外等着开会欢迎我们呢！

欢迎会由粮库原来的化验员张维信主持，王连长作了热情洋溢的讲话。张秀珍代表老职工发言，詹福根和邱关根代表上海知青发言，接着知青各自作了自我介绍。大家说着、笑着、回忆着……难忘那三四十年前的风风雨雨里，我们曾经一起扛过麻袋、一起加工过面粉、一起榨过豆油、一起烧过白酒，还一起修过水利、一起上山伐过木……

第二天，8 月 5 日。大部分战友去兴凯湖游玩。詹福根去看望他曾工作过的连队老职工。我和邱关根在工业三连的原址留恋地转来转去，然后又去看望郭兆安、于建学夫妇和秦发祥副连长夫妇。在郭兆安和于建学家，看着他们住在宽敞的楼房里带着外孙，享受着天伦之乐，我们无比欣慰，并祝福他们身体健康、幸福快乐！在秦副连长家，老人家因一次中风，现只能坐在轮椅上活动。但老人还是那么精神，双目炯炯有神。他老伴林姨告诉我们，知道你们来，他神气了很多。我们和老连长攀谈中，提醒老人家不要太激动，保重身体！他的大女儿秦红听说我们回兴凯也特地从北京赶回来，见面时的激动难以言表。我们在一起滔滔不绝地回忆着那些难以忘怀的往事。中午，林姨特地为我们包酸菜馅饺子，秦副连长的小女儿秦玲特地从饭店炒了几个菜带回来。多年没吃家乡的酸菜饺子，今天吃着感觉这味道就是不一样。向老秦一家人告别时，望着坐在轮椅上的老秦，我们的眼泪在眼眶里打转，一出门邱关根便哽咽起来。在那难忘的知青岁月里，他是修理班成员，为连队各个车间的技术改建曾跟随着老秦工作了好多年，深厚的友情、亲情让他刻骨铭心。

晚上，连队的老职工宴请我们。第二天的中午我们知青回请连队的老职工。席间大家深情地回忆着当年连队那激情燃烧的岁月，说起那一件件轶事、趣事，饭店里不时引发出一阵阵笑声。知青和老职工三个一群、五个一伙儿不停地拍照留念。

8 月 6 日清晨，我和邱关根迎着初升的朝阳，漫步在以前通往粮库的那条马路上，欣赏着路旁的街景。兴凯的变化确实很大，宾馆门前建成了硕大的广场，人们在这里锻炼身体。他们有的在散步、有的在做操、有的在跳舞。这里与大城市相比没有了熙熙攘攘的人群、没有了嘈杂的喧闹，让人感到这里那么的宁静、安逸，特别是空气的清新，恰似天然大氧吧。

我们顺路绕行到火车站，几十年过去了，兴凯火车站没有什么变化。但当我们站在站台上，那伸向远方的铁轨却让我思绪万千，它是我们知青在那个年代的人生驿站，承载着我们多少次的南来北往。当年我们在这里没有留下放飞青春的倩影，如今迈入老年，我们和兴凯火车站来了个合影。

上午九点钟，我们参观农场的完达山良种奶牛有限责任公司。

回到场部，我们又去看工业三连仅存的油厂车间。油厂已经卖给了个人经营。车间里空荡荡的。看到这凄凉的情景让我们这些“老油厂”人心头沉重茫然。永存在记忆中的工业三连啊，何时能再重振雄风！

下午我们自由活动，各自去连队老职工家拜访。

8 月 7 日早上我们要离开兴凯，连里的老职工一早就来到农场宾馆为我们送行。大家依依不舍，拍照留念，一声声“再来啊”让人心碎。临上车时我和秦红两人抱头痛哭，在他人的催促下我才上车。再见！曾经的荒友职工们！再见！心中永远放不下的兴凯！天意让我们相识！命运让我们相离！愿我们有缘来日再相聚！

告别了兴凯，我们借这一时机驱车去了虎林、珍宝岛、伊春、五大连池、齐齐哈尔、海拉尔、呼伦贝尔大草原、满洲里、扎兰屯、大庆。8 月 15 日下午我们到了哈尔滨。第二天游玩了太阳岛，晚上乘飞机回到上海。

在连队的数年间，早就耳闻边疆的辽阔壮观，此次有幸领略了祖国北部边陲的雄伟风姿，真是不虚此行！但是，在内心深处还是觉得我们曾经生活和工作过的边陲小镇——兴凯、我们心中永远的工业三连更加亲切！

再回兴凯

马伟君

（一）

2014 年 7 月 30 日，马健峰、黄爱华、谈鸿及、杨新华、詹福根和我六位曾经的上海知青，以及亲友一行十人结束了在内蒙古、东北的旅游，从齐齐哈尔乘火车回兴凯，开始了我们的第二次故乡之行，而对黄爱华、谈鸿吉、杨新华、詹福根来说，这已是他们的第三次故乡行了。

我们坐的绿皮火车，就是当年坐的那种站站都停的慢车。车走得很慢，我们的心早已飞到兴凯。经过 10 多个小时的慢慢跋涉终于到达密山。一下车就看到在那里等候已久的秦红，顿时一股暖流涌上心头。她和司机帮我们把行李装上车，由于行李太多，她又自掏腰包叫了出租车。

我们刚到住宿的旅馆，尊敬的老连长王洪钧就来看望大家了。时隔数年，岁月不饶人。我们老了，王连长更老了。他虽然身体不太好，但他一直关心着知青的回乡之行。他早早为我们安排好了吃、住、行。望着老连长的背影，我们体会到了老人为我们知青操劳的一颗心。

（二）

8 月 1 日上午，秦红又去密山接了直接从上海回来的陆永新、钱燕夫妇。中午我和原步兵一连的领导张德胜、孙万才、王宝生及四排战友张献忠、齐景顺小聚。张老已年过八十，身体还算硬朗。孙、王二位喝酒不减当年勇，一瓶白酒下去不过瘾，又一人喝了一杯土烧。我们几个都甘拜下风。

下午北京知青大部队到达，回工业三连的知青大军共四十多人。虽然北京的战友今年5月来上海已经聚过一次，但大家相见依然十分亲切，似乎仍有几十年未见的感觉。心里的话还没来得及细说，农场召开的欢迎大会开始了。

大会的会场就设在场部宾馆前的广场上。广场很大，差不多有一个足球场大小。会场周围彩旗飘飘，扩音器里播放着欢快的音乐。来兴凯的第一天傍晚，我们已经欣赏了这里别有风味的广场舞。说实在的，这舞，她们跳得一点儿都不比大城市逊色，可谓是独树一帜啊！五六支舞蹈队伍相互媲美，身着五颜六色的舞蹈服装让广场变成了五颜六色的花海！蓝天白云下的兴凯，很靓丽、很壮观！

欢迎大会上，老职工与我们相拥而坐。领导致辞热情洋溢，农场艺校的学生、老垦荒队员表演了精彩的节目，场面热闹非凡。北京的战友高云柱、柳春华也登台高歌一曲，让我们回想起当年他们的风采。当年工业三连的文娱活动丰富多彩，各位战友都记忆犹新。

（三）

8月2日上午，农场安排我们参观场史陈列馆。看着一张张黑白照片和一些实物，我们仿佛又回到了战天斗地的那些年。马健峰看到当年自己的照片，兴奋的忙和外孙女及黄爱华的弟弟、弟媳讲述。我看着有关北大荒酒厂的图片、资料，仿佛又回到了大甑房，难忘当时酒料出锅时一片白茫茫，难忘当时白酒流淌时一股泉清清。战友们一边观看，一边不时拍照。四十年前，每个知青在黑土地上都留下了自己的身影，今天更要把老年的风采留在北大荒。

中午我们和三连老职工会餐。秦副连长坐着轮椅来了，尽管行动不便，他还是执意要和回家的知青们一起坐坐。看着老人家现在情形，真让人感慨，但在我们记忆中他还是当年那个生龙活虎的秦副连长。酒厂的王乃延还能认识，只是他的腿脚也不太好使了。酒厂灌装班的老班长曲佩琴、开车的小季都见面了，十班的老班长董海没来，听说身体不好已经出不了门了。最巧的是当年和我同班干活的本地青年于德水刚刚回到兴凯，这是自 1997 年一别，十七年后我们再相见，不容易呀！当年也是本地青年的梁龙云不在兴凯，他到北京去照看孙子了。他的孩子和于德水的孩子在北京发展得都不错，我真为他俩感到高兴，他们的孩子努力奋斗实现了自己的人生价值，相比之下城市的孩子就有点坐享其成了。

聚餐前老领导的真情话语，知青代表的肺腑之言，让我们的脑子又像过电影似的想起了当年。柳春华高歌一曲，激动万分掉了眼泪，体现了她的真情实意，也表达了我们当时的真实心情。大家高举酒杯不断地互相敬着酒，真是酒没喝多人自醉。大家心里清楚，今天回忆当年的事，明天还能和谁诉说。

下午我们参观了农场的旱作水稻实验田。旱作水稻对于我们倒是很新鲜，是我们在北京工作的一位战友给农场推荐的，已经被农场确定为一个发展方向。我们又来到农七连的奶牛场，完达山奶粉靠的就是这优质的奶牛，完达山奶粉是我们场的第一块金字招牌。我们最后到了农十一连，这里正在建设万头奶牛将军牧场，规模很大，现代化的气息很浓。夕阳西下我们返回兴凯，我们为农场老职工及子女祈福，农场的明天一定会更美好。

（四）

8月3日安排参观牡丹江管局的农场。我们先后参观了八五〇、八五六、八五七和兴凯湖农场，也就是当年的36、37、42和43团。现在的场部都建设得不错。高高的楼房，有的还是成片的别墅区，马路边的景观林带绿草茵茵，郁郁葱葱。最让我一直回味的是那个荷花池。在池塘边，向池中望去，那千姿百态的荷花，荷叶又大又圆，绿莹莹的。阵阵清新的芳香扑鼻而来，沁人肺腑，让人心旷神怡。8月的北大荒，中午时分太阳高照。阳光下，清澈的池水与荷花交相辉映，构成了一幅美丽的荷花景观。如果在晚上到此，那是一幅多美的荷塘月色啊！

之后我们驱车前往兴凯湖。一路上看到的是成片的稻田、玉米地。以往每年到这一季节，那一片片金黄色的麦田已经不见了踪影。但当年用小镰刀抢收麦子的情景始终在我的脑海中挥之不去。一到兴凯湖边，便有人迫不及待卷起裤腿下到湖里，几个跟着姥爷姥姥从北京、上海、天津来的小孩更是兴奋无比，在湖边打起了水仗。我们几个战友便在湖边打牌，也是自得其乐。时间过得很快，吃完晚饭我们踏上了返程之路。

（五）

8月4日是我们离开兴凯的日子。上午我和福根上了齐景顺叫的小车，前往618水库游览。车开得很快，十多分钟就到了。当我站在水库大坝上，不由得感慨万分。这里的一切都记忆犹新，每一寸土地都流淌过我们的汗水。当年值班营几百人花了两年时间，用自己的肩膀抬出了水库的大坝。那时的生产工具太落后了，我们就是在这样近乎原始的劳动中磨炼了青春。

回去路过“四公里”，就是当年步兵一连的驻地，我在离开此地三十多年后回来了。我曾在此度过了七年的岁月，这里有着我更多的回忆。现在这里已经被人承包了，没有一个熟人。昔日的房屋已大多不见踪影，只有大礼堂还剩下点残墙破壁。那小水库还流水潺潺，这是当年农场游泳比赛的场地。唯一没变的是进出“四公里”的小路，还是那条沙石路，这小路通向兴凯，曾是我们的通向理想之路。

中午和老职工再次会餐。大家明白，吃了这顿饭，下顿我们何时再聚呢！欢聚时短人情长，不要问我们为啥盼望聚会，见荒友的地方是好地方！不要问我们何时再相聚，有念想的时候是好时光！我们告别了老职工，各自返程回家。再见了，兴凯！再见了，第二故乡的父老乡亲，有机会我们一定还会再回兴凯！

热泪，值得涌流

——记 2014 年又回北大荒

罗英琪

那天下午，兴凯的天湛蓝湛蓝的。快两点了，我们就要走了，大轿车在宾馆前等候着我们。八十多岁的老连长王洪钧和不少老职工冒着炎炎烈日赶来为我们送行，站在暴晒的阳光下，他们泪眼汪汪像是在送别自己远行的孩子们。我们陆陆续续走出宾馆，放下大大小小的行李包和老职工握手啊，拥抱啊！“你们要常回来看看！”“一定常回来！”“你们都请回吧！你们保重身体，我们一定会回来的！”董书调夫妇是最后要上车的，他俩一边握着老司务长肖忠科的双手一边哽咽着说着临别的话，眼泪顺着他们的面颊不停地往下流。翟培道探出车窗举着照相机准备要拍下这一幕的真情，可止不住的热泪让他看不清镜头里的画面。许建华、李延隔着坐在车窗旁边的战友握着老职工的手不愿松开。在轿车即将开动的刹那间，王国庆搂着刘守仁的肩头，“刘排长！保重，你永远是我的老排长！”一双双伸出窗外的手挥动着，向着老职工、向着工业三连、向着兴凯，再见！再见！大轿车载着我们离开了

宾馆向东、向南、又向西徐徐地开走了。老职工们站在那儿一直目送着那辆远去的、车窗里伸出来的还在挥动着手的大轿车。

其实，我们又何尝不愿意在这片热土上和老职工再多相处几天！可是，从8月1日到4日短短的四天里，连长、老职工和农场的领导就一直为我们操劳。他们陪着我们参观农场场史展览、北大荒工业博览园和完达山艺术学校；参观旱作水稻田实验基地、核桃秋展示区、完达山良种千牧奶牛场和正在建设中的将军奶牛专业合作社。他们还组织我们走出八五一一，前往八五〇、八五七、八五六和兴凯湖农场，参观那里的农作物标准生产基地、花园式的小城镇和职工住宅别墅区。让我们亲眼所见，今天的农场农业大企业的改革发展特色和北大荒精神文化在这里的传承。我们一路目不暇接！一路的惊叹！一路的感慨！这里天蓝蓝，水清清，昔日的北大荒现在的大粮仓，变化天翻地覆！遥想当年北大荒人爬冰卧雪，风餐露宿，他们开垦北大荒的壮举不仅载入史册，更为今天农场现代化、城镇化和农区的工业化发展建设进程奠定了基础。一路的参观，开阔了我们的眼界，更提升了我们的境界，内心的欣慰与自豪油然而生，北大荒有我们的青春与汗水！有我们的坚韧与执着！

在平展宽阔的完达山广场，场领导为我们安排了为庆祝“八一”建军节、也为欢迎我们的专场文艺演出。农场艺校的学生、老垦荒队员盛装登台。“黑龙江生产建设兵团四师四十团工业三连”的大旗耀眼夺目，一拨儿又一拨儿的孩子们也都闻声聚在这里，广场像过节一样热闹非凡。王连长带着老职工肖忠科、于建学、曲佩琴、张秀珍、王志让、郑立行等和我们相拥而坐。望着他们，我们拉着他们的手，亲着他们的面颊！虽然他们已不再是“接受贫下中农再教育”年代模样，可他们那双热乎乎的手、那真诚的微笑和嘘寒问暖的话语，仿佛把耳顺之年的我们又带回到热火朝天的四十多年前！北京的高云柱、柳春华分别上台一展歌喉，表达了我们京津沪牡回乡知青不尽的回首与情怀。

我们拎着营养品和慰问品走进一户户老职工的家。秦副连长、董海班长、保管员徐孟烈，这些曾经像师长一样带着我们参加连队建设的老领导、老职工，如今年事已高、卧病在床。我们送去了全体知青对他们的真诚问候！

俗话说：送亲的饺子迎亲的面。在我们即将离开农场的最后一天，场领导和老连长把我们邀到昔日的农七连旧址。今天，这里已是农场的一家农家小院。年轻的场长书记和老连长、老职工要在这里请大家团团圆圆包饺子，共进午餐。天还是那么蓝，阳光还是那么火辣辣。院落的周围郁郁葱葱，野花点缀。回到第二故乡的我们，这几天接了地气，个个返老还童，大家撒了欢儿的放松快乐！刚刚跳下车的翟培道、祁元国、高云柱他们，在水边钓鱼了，爱照相的我们戴着邢兰音送的时尚遮阳帽，这样照一张，那样再照一张！胖胖的秦红妹妹大把大把地拔着地边的野菜，“哥哥姐姐们！看这些野菜多鲜嫩！都能吃！”血脉里流淌着父辈血液的秦红为我们这次的圆梦付出了很多很多。老连长知道我们爱吃面瓜，他坐在烀满面瓜的柴锅旁和围在他周围的我们聊着过去，聊着未来！当正午的太阳迎头高照的时候，饺子出锅了，我们又围坐在了一起。一盘盘饺子的浓香在农家院的房间里缭绕；一盘盘饺子的绿色天然让我们饱在肚里暖在心头。

我们该离开这里了。农场的领导们，你们公务在身，我们已经占用你们太多的时间！老连长，老职工，你们都已七、八十岁高龄，已经经不住这么多的操劳！你们和重病在身的秦副连长、董海班长、老徐孟烈与我们同在！那些长眠于北大荒黑土地上的老职工会永远留在我们的记忆中！

四天的黑土地之行又是一次刻骨铭心的记忆。她是我们在北大荒年轻时光的再续！有北大荒精神的支撑，我们的生命永远年轻！

附录

闪亮的岁月——刻骨铭心的北大荒往事

工业三连知青大事记

1968 年

1968 年 7 月 8 日，李延等 10 名北京知青到八五一一农场粮油站。董书调、罗英琪、韩淑珍分到粮库；孟兆华、宋大勇、王其芬分到加工厂；翟培道、柳长旺分到油厂；李延、季延分到酒厂。

1968 年，连队当时没有食堂，知青在团部食堂就餐。

1968 年夏，连里组织知青利用业余时间脱坯劳动，为盖用作猪圈、马号的土坯房做准备。

1968 年 9 月 26 日，潘业浩等 11 名牡丹江知青到八五一一农场粮油站。潘业浩、赵荣启、高文、肖传华、李林分到粮库，王淑芳分到面粉加工厂，耿秋媛、朱玉琴、温丽琴、江春萍、王华艳分到酒厂。

1968 年 12 月 22 日，广播中传来毛主席最新指示："知识青年到农村去接受贫下中农再教育，很有必要"，连队组织庆祝活动。

1969 年

1969 年 1 月，工业三连知青进行战备训练，开始组织早晨出操。

1969 年 2 月，北京知青王其芬任副指导员，翟培道任副连长。

1969 年 5 月 19 日，许三星等 11 名上海知青到工业三连。陆永新、王国庆、董根路、钱燕、黄爱华分在一排，许三星、罗国统分到二排，罗斯英、陈玲义、吴依群分到三排，高志荣分到四排。

1969 年 5 月 22 日，王仕明等 10 名天津知青到工业三连。祁元国、王宗杰、李国华、邢凤锦、邢兰音分到一排，祁元敏、刘金华分到二排，王仕明、王莉、张国明分到四排。

1969年初夏，连队组织到农业四连参加夏锄。

1969年夏，连主要领导调整，何振江任连长，王洪钧任指导员。

1969年6月，北京知青王其芬随团部肖传英带队的工作组到北京接知青。

1969年夏，工业三连职工奉命到南甸子，支援农二连开发水稻田。

1969年夏，连队组织搜索苏修特务演练。半夜，在未事先通知的情况下全连知青紧急集合，拉到东大岭，搜索潜伏在山上的“苏修特务”陆永新和王华艳。

1969年7月，北京知青柳长旺、宋大勇，上海知青董根路、罗国统、高志荣，天津知青王宗杰调步兵一连。

1969年8月20日，陈和平等10名北京知青到工业三连。李勇、高成生、赵文分到一排，陈和平、徐翠敏、李连荣分到二排，周根深分到三排，许建华、王建国、孙淑英分到四排。

1969年8月21日，工业三连职工奉命赴12连参加全团的麦收大会战。

1969年夏，连队在大门口南侧建立大字报栏，反击右倾回潮。

1969年夏，连队指战员自己动手动工在连队大院外路北侧盖两栋砖瓦房，一栋朝南六开间为知青宿舍，一栋朝东为知青食堂兼连队会议室。

1969年秋，连队知青食堂的大菜窖建成。由于当年在食堂就餐的知青人数大大增加，冬储蔬菜的需求量猛增。

1969 年 11 月 2 日搬进新建成的宿舍。天气已冷，宿舍的门还没有做好，只能将三个麻袋缝合在一起，钉在每个房间的门框上暂挡风寒。

1969 年 11 月 6 日，发生“11.6 案件”，油厂储油罐发生泄漏，上千斤豆油流入排水沟。

1969 年 11 月，按团里命令，连队组织知青携带行李到农业十三连参加修路会战。

1969 年 11 月 21 日，北京知青罗英琪等代表工业三连到八一农大参加四师生产战备工作会议。会期三天。师首长在会上提出 1970 年的中心任务是以战备为中心，以大批判为动力，迅速掀起社会主义革命竞赛新高潮。

1969 年 11 月，北京知青刘玉梅、刘利民、李淑琴、赵燕华、刘子平、王婉新、张爱萍、柳春华、高云柱、高云亭、李景强、齐和平、卜照宏、彭宏全、尹如生、王留继，上海知青姜美芳、封素珍、沈根大，哈尔滨知青王玉梅，齐齐哈尔知青赵桂霞、刘淑芬、于洪芬，本地知青何莉莎等 24 人分两批从农业一连调入工业三连，均分四排。随后，刘玉梅、赵燕华、李淑琴、柳春华、张爱萍、赵桂霞、封素珍等调三排，刘利民调二排，王婉新、刘淑芬调马号，其余留四排。

1969 年冬，北京知青、副指导员王其芬被团里抽调参加工作组到农业十七连开展整党工作。

1969 年冬，由于时任省革委会领导向中央夸口包全国的商品粮，当年黑龙江打下的粮食全部被收走。为能供上全团口粮，粮库中几个1958年做的大麦囤子被拆，储存了十余年的大麦被加工成大麦米、大麦面。难以下咽的大麦米饭、大麦面馒头几乎成了那个冬天的主食。

1970 年

1970年1月8日晚，召开全连大会欢迎四十团党委派出的整党工作组进驻工业三连。

1970年1月12日，工业三连整党建党工作开始。

1970年1月16日晚，全连整党动员大会，工作组长做动员。

1970年1月17日，经过七十天的工作，“11.6案件”破案小组在粮库的地中衡会议室开会宣告案件处理工作结束。

1970年1月30日，全连大会，总结整党第一阶段工作。31日转入第二阶段。

1970年1月31日晚，全连忆苦思甜大会。

1970年2月3日，四十团党委发出慰问信，向全团知青家长致以春节问候。

1970年2月9日，凌晨4点全连知青紧急集合，冒着大烟炮拉练到东大岭后返回。

1970年2月20日，元宵节，连队从密山购回元宵。陈和平在伙房煮元宵，没经验几百个元宵一次放入大锅煮开，全连知青喝了一顿黏黏的香甜糊糊。

1970 年 2 月 20 日晚，工业三连团支部召开整团阶段的第一次会议。

1970 年 3 月 1 日，整党工作组副组长高秀茶做整党第二阶段工作总结，提出第三阶段工作任务，并就为什么要吐故纳新作说明。

1970 年 3 月 6 日，连里讨论团员纳新人员名单。

1970 年 3 月 8 日，邢兰音、王国庆、王仕明、陆永新、李林、陈和平、赵桂霞、许三星、周根深等九名知青被批准入团。

1970 年 3 月 11 日，工业三连兵团战士委员会成立。

1970 年 3 月 14 日，连党支部发展整党后的第一批新党员，有北京知青王其芬、罗英琪和老职工王善明、刘守仁、董海。

1970 年 3 月 23 日，北京知青、连副指导员王其芬出席中国共产党沈阳军区黑龙江生产建设兵团四师四十团第一次代表大会。

1970 年 3 月 24 日，连队组织参观四十团首次党代会展览。

1970 年 4 月 22 日，连队召开学习毛主席著作讲用大会。

1970 年 5 月 7 日，团部紧急通知，团直各连组织人员到团部大楼前集合乘车进山扑火。全连青年积极响应，有的知青还写了血书请战，有的女知青还乔装成男知青试图“混入”扑火队伍。后接通知山火已扑灭，集合取消。

1970 年春，第二批上海知青到连队前，连里把在连队大院西南角的五间草房（五间房）进行重新修整，把原来搭建的木床铺改成了大连炕。一排的男知青全部住进了五间草房。

1970 年 5 月 15 日，邱关根等 13 名上海知青到工业三连。韩树仁分到一排，邱关根、盛春芳、邵渭良分到二排，谈鸿及、吴谷龙、吴梅椿、王张根、于庆华、杨新华分到三排，童开福、金芙珍、杨玉兰分到四排。

1970 年 8 月 26 日，连队召开宣传工作会议，学习农业十连先进经验。

1970 年 8 月 28 日，晚上连队召开批判“黑五条”、“黑十六条”大会。

1970 年 8 月 30 日，一排副排长苏竹贤在粮囤上为救上海知青韩树仁触电昏迷。

1970 年 8 月，邱关根被派到工程四连学习白铁工（钣金工）为期二年（后因油厂第一次改装，学习了 8 个月就提前回连。油厂改装后又去了工业一连学习了 4 个月）。邱关根成为工业三连培养的第一位白铁工（钣金工）。

1970 年 9 月 27 日，天津知青邢兰音被批准加入中国共产党。

1970 年 11 月 10 日晚，召开全连大会，连长何振江、指导员王洪钧传达有关农业学大寨文件精神。

1970 年 11 月 23 日，连里奉命派人参加“六 · 一八”水库水利工程会战。

1970 年 12 月，油厂“改天换地的大改造即将完工”。为了提高出油率，减轻工作强度，油厂进行了技改，将杠杆推压式榨油改造成液压半自动化，出油率由原来的 11 个（11%）左右提高到 13 个（13%）左右。

1970年12月10日上午，召开全连大会，按团党委部署动员开展年度四好总评活动。

1970年12月16日，全天停产召开全连干部职工大会，讲评连领导班子。

1970年12月20日，星期日，不安排休息，连队召开总评讲用大会，有16位同志作讲用发言。

1970年12月25日，按团党委部署全连年度总结评比活动结束，评选出2个四好排，6个四好班，58名五好战士，1名五好职工。

1970年12月29日，连团支部改选，选举产生了以王其芬为书记的新一届团支部。

1970年12月31日晚，连队召开大会，组织全体人员收听《元旦社论》。

1970年冬，连队组织到河套拉沙子，为开春基建（职工住房）备料。

1970年12月，上海知青许三星被借调团保卫股工作。

1971年

1971年1月8日，北京知青李勇、天津知青祁元敏和青年职工郭兆安被批准入团。

1971年1月17日，知青宿舍东头第一、第二宿舍发生火墙煤气泄漏。半夜，第一宿舍上铺的黄其端起夜后仰摔倒，被惊醒的同志感到头晕乏力，意识到可能发生煤气中毒。随即叫醒第一、第二宿舍中熟睡的同志，当时已有同志昏迷，两个宿舍的同志立即开展自救，同时，派人去五间房一排宿舍求救。昏迷的同志很快被送往团部卫生队急救。由于发现和处置及时，大部分同志安然无恙，只有一位同志在团部卫生队留住观察到第二天下午才返回连队。

1971 年春节前，连队男知青中发起一次“光头行动”，有自觉、有被迫，甚至还有被摁在炕上剃了光头的。王洪钧连长与青年同乐，也剃了光头。

1971 年 1 月 26 日，除夕，连队食堂会餐、联欢会、包饺子。聚餐时，剃了光头的男知青们摘下帽子，光着脑袋，大碗喝酒，大块吃肉，放声吼唱儿时的歌曲，上演了一幕活活生生的“土匪宴”！

1971 年 1 月 27 日，农历正月初一，连队安排全体青年走访老职工。

1971 年 2 月 2 日，团政委赵松林在传达兵团“双代会”精神时谈到了关于知青享受探亲假的问题。

1971 年 2 月 11 日，王洪钧连长在上全连大会上宣布，连里决定三排、四排各增选一位知青副排长。

1971 年 2 月 12 日，全连大会就王洪钧连长提出的“强调把生产搞上去是不是生产第一”展开大讨论。会上两种观点发生激烈争论，一种观点认为强调把生产搞上去就是生产第一，另一种观点认为，在抓革命的前提下强调把生产搞上去是正确的。

1971年3月，北京知青韩淑珍在面粉加工厂上夜班时右手卷进面粉机的皮带里，造成两个手指损伤。

1971年3月5日，上海知青罗斯英回沪探亲，成为工业三连第一个享受探亲假离开连队的城市知青。

1971年3月5日，上海知青陆永新、黄爱华等几位同志为抢救阶级兄弟在团部卫生队献血。

1971年3月15日，连领导召集四排班排长、党团员开会，研究提高出酒率问题。较长时间酒厂出酒率低迷，一班次日投入玉米1000多斤，出酒一直徘徊在300斤左右。会议分析认为，酒厂领导和职工思想上存在“骄”“满”二字，工作中存在责任心不强等问题。与会同志决心戒骄破满、加强责任心，通过大干加苦干，把出酒率搞上去。

1971年3月21日，星期日，连里安排休息。为落实兵团指示，搞好“四自给”，四排知青自发往菜地送粪，一上午人拉着牛车往地里送了11车粪。

1971年3月26日，为提高产量，四排（酒厂）甑房由每日每班烧四锅（甑）增加到五锅（甑），职工的劳动强度和劳动时间大幅度增加。为此，从十二班抽调当地女青年尉淑琴、上海女知青姜美芳分别充实到十班和十一班。

1971年3月28日，酒厂当日一班次出酒突破500斤大关，创历史最高纪录。

1971年3月，天津知青邢兰音任三排（油厂）副排长；上海知青王国庆任四排（酒厂）副排长。

1971年4月，上海市派出慰问团（知青家长为主）来到了四十团，我连上海知青韩树仁的父亲和其他三位慰问团成员来到了我连慰问并和我连知青合影。

1971年4月7日，一个储酒容量达20吨的大型酒罐运抵酒厂。

1971年4月13日，酒厂大酒罐的罐内聚氯乙烯喷涂进入第二天，进展顺利。前两天在清除罐内铁锈时曾出事故。由于不讲科学加上蛮干瞎指挥，将抹布在汽油中浸湿后拧干擦拭用砂纸打下的铁锈，挥发的汽油通过呼吸和皮肤渗入人体内，造成在罐内操作的多人汽油中毒。幸亏及时发现和团部卫生队救治及时未酿成重大悲剧。

1971年4月29日，按兵团、师、团党委部署，我连路线教育活动正式开始，团后勤处瞿协理员作全连大会动员。

1971年5月3日，王洪钧连长在全连大会上宣布，连党支部决定发展老职工陆运顺、上海知青王国庆入党。

1971年5月5日晚，连团支部开会研究组织发展工作。

1971年5月8日，连党支部大会通过陆运顺、王国庆的入党申请。

1971年5月11日，清晨连里组织突击劳动，挑风化石垫粮囤囤底。

1971年5月16日，连队党支部组织写入党申请书的积极分子学习新党章。

1971年5月18日，连队党支部组织上党课，王洪钧连长以“团结胜利的路线”为题做了报告。

1971 年 6 月 3 日，王洪钧连长召开全连保管员会议，解决浪费问题。

1971 年 6 月 4 日，召开全连大会，邱广生指导员做路线教育总结。

1971 年夏，因面粉加工厂设备故障，生产出一批牙碜面，不能作为合格口粮供应其他连队就留在连队食堂自用。牙碜面做的面片汤还可以，做成的馒头难以下咽。几个月里，在连队食堂就餐的知青吃下去不少混入沙石的牙碜面。

1971 年 9 月，四十团第四次学习毛主席著作积极分子代表大会召开，我连上海知青王国庆等出席。

1972 年

1972 年 2 月，上海知青许三星被批准加入中国共产党。

1972 年 3 月 20 日，四排一知青将兴凯公社农民家一头到酒厂来偷吃酒糟的小猪打伤，被上纲为违反《三大纪律八项注意》。那位知青受到批评，连里赔了一头小猪，但全体知青在连队食堂吃了顿红烧肉。

1972 年 3 月 23 日，酒厂路南民房发生火灾，火借风势，很快吞噬了几栋民房。酒厂同志立即放下手头工作都冲向失火民房扑火。大火很快扑灭，未殃及酒厂。

1972 年 3 月 30 日，由于停电造成多个班次停产，仅 29 日就停了两个班次，酒厂三月份未完成超产 1.5 吨白酒的目标。

1972 年 4 月 29 日，经推荐，上海知青、四排副排长王国庆作为“工农兵学员”离开连队赴上海外国语学院上学。

1972 年 5 月 4 日，经推荐，上海知青、三排副排长许三星作为“工农兵学员”离开连队赴北京钢铁学院上学。

1972 年 5 月，上海知青陆永新由一排（粮库）调任四排（酒厂）副排长兼保管员。

1972 年夏，老酒厂停产，这意味着其历史使命的终结。新酒厂厂房开春时已在连队大院西侧开建。

1972 年，十九连一知青患出血热从沟里送到兴凯团部卫生队治疗，天津知青祁元国和北京知青高云柱得知需要用血后马上去卫生队为他献血。

1972 年 10 月，天津知青张如发从工业五连调入工业三连。

1972 年 12 月 28 日，处于术后恢复期的北京知青许建华由天津青年吴文明护送回北京。9 月，经团部卫生队检查，许建华患空洞性肺结核，转裴德师部医院住院，11 月做手术。

1972 年 12 月，上海知青陆永新被批准加入中国共产党。

1972 年 12 月，上海知青詹福根、哈尔滨知青韩叙民由撤销的团五七中学调入工业三连。

1972 年底，新酒厂试运行。

1972 年底，工业三连被评为“四好连队”。

1973 年

1973 年 3 月，上海知青刘海林、陈国富、北京知青朱锐、马金山、天津知青吴文明、牡丹江知青霍玉臣、哈尔滨知青沈景宏、宁波知青董祖光、陆明耀等由步兵二连调入工业三连。

1973 年 6 月，酒厂在连队开展的“五比五赛”活动中获“流动红旗”。

1973 年 7 月，北京知青董书调被批准加入中国共产党。

1973 年夏，工业三连在知青宿舍的路南边场地上建了一个篮球场。

1973 年夏，北京知青商宝玉荣获全团运动会个人投掷冠军。

1973 年 7 月，邱关根自行设计制造了一台高速风力传送机，安装在了粮库 4 号库与面粉加工厂的麦子准备车间之间，通过风力将小麦从 4 号库直接吹送到加工厂，大大减轻了一排同志的劳动强度。

1973 年 8 月 5 日，经推荐，北京知青、连副指导员王其芬作为“工农兵学员”离开连队赴北京大学上学。

1973 年 8 月，北京知青刘伯庸等由农业一连调入工业三连。

1973 年 9 月，经推荐，天津知青、连部文书邢兰音作为“工农兵学员”离开连队，赴黑龙江水利工程学校上学。

1973 年秋，连队马车驭手老职工罗彬被马踢伤，出现脑水肿症状被送往裴德师部医院急救。连部文书、天津知青王莉带队，天津知青邢凤锦、北京知青柳春华等同志在医院走廊等候了一夜准备献血。后院方通知，只需血型 B 型的男职工献血，上海知青韩树仁、谈鸿及，北京知青邢建国、卜照宏等献了血。

1973 年秋，北京知青、民兵排长陈和平带领连民兵排进行手榴弹实弹投弹训练。北京知青刘爱玲投弹失手，陈和平果断处置，未发生人员伤亡。

1973 年 10 月，上海知青陆永新任副连长，天津知青王莉任连副指导员。

1973 年冬，上海知青、二排副排长詹福根带领北京知青刘爱玲、刘利民，天津知青刘金华等上山伐木，路遇暴风雪，险些迷路发生不测。

1974 年

1974 年 1 月，上海知青钱燕任连队文书。

1974 年春节，北京知青韩淑珍成为连队第一个结婚的女知青，牡丹江知青赵荣启成为第一个结婚的男知青。

1974 年 2 月，北京知青、原一排副排长董书调由粮库调后勤担任连司务长。北京知青陈和平接任一排副排长。

1974 年春，上海知青、二排副排长詹福根带领二排盖了锅炉房，结束了面粉加工厂车间内冬天没有暖气的历史。

1974 年 7 月，北京知青李勇被批准加入中国共产党。

1974 年夏，连队首次举行体育运动会。

1974年夏，北京知青黄顺和、商宝玉分获全团运动会个人投掷冠、亚军。

1974年9月，经推荐，北京知青、四排副排长李勇作为“工农兵学员”离开连队赴清华大学上学。北京知青王建国接任四排副排长。

1974年9月，经推荐，天津知青张如发作为“工农兵学员”离开连队赴天津纺织工业学校上学。

1974年10月，连领导班子调整，上海知青陆永新任连长，北京知青董书调任副连长；冯学梦任指导员，天津知青王莉任副指导员。

1974年秋，二排知青率先为老职工糊墙整理过冬房子，其他各排也积极行动。

1974年冬，北京知青、一排副排长陈和平带领上海知青谈鸿及、吴谷龙等奉命抢修团部破裂水管，圆满完成任务，受到团首长表扬。

1974年，连队组织学习《资本论》，推荐北京知青翟培道、上海知青陆永新等分别给全连职工讲“经济基础和上层建筑的关系”。

1974年3月，二排副排长詹福根从上海探亲回连队，带回防尘口罩，面粉加工厂上班职工开始戴口罩。此事引起很大争论，最终形成共识提升了干部职工的劳动保护观念，面粉加工厂和粮库职工在粉尘环境下劳动时都要求佩戴防尘口罩。

1975 年

1975 年 1 月，北京知青、副连长董书调被抽调参加团反击右倾翻案风工作队进驻兴凯学校。

1975 年 3 月，北京知青、副连长董书调被抽调参加师部组织的工作队进驻 36 团。

1975 年 7 月，经推荐，上海知青、二排副排长詹福根作为“工农兵学员”离开连队赴上海第一医学院上学。

1975 年 9 月，上海知青邱关根用了一个多月的时间，利用废旧材料，为连队自制了一个供知青烧开水、取暖两用的大锅炉。

1975 年 10 月，连领导班子调整，由工业五连调来的闫玉振任连长，上海知青陆永新改任指导员。连领导班子成员包括副连长秦发祥、欧钦潮、郑家尤、北京知青董书调；指导员陆永新和副指导员、天津知青王莉。

1975 年，工业三连被评为“工业学大庆”先进单位，首次从团财政补贴单位改为盈利单位。

1976 年

1976 年初，连队食堂由延续多年的包伙制，即每月每人交伙食费 12 元改为活伙制，即由个人根据本人需要购买饭菜票用餐。

1976 年 2 月 25 日，根据党中央、国务院批复，撤销黑龙江生产建设兵团，成立黑龙江国营农场总局。

兵团撤销后的工业三连知青

1976年暑假，担任兴凯学校“三结合”校外辅导员的北京知青柳春华、牡丹江知青王华艳带着连队的职工子弟在学校南侧的大水坑里游泳，柳春华不慎滑入深水区，王华艳及时施救，免除了一场恶性事故。

1976年8月，双方均为本连知青的两对新人先后喜结连理，北京知青董书调和天津知青邢凤锦，西安知青马殿学和天津知青张国明。

1977年1月，知青宿舍因烧炕过热引起火灾。部分知青衣物全损，连里同志纷纷捐款捐物，帮助受灾知青度过寒冬。

1978年夏恢复高考，我连有6人参加考试。经预考的有上海知青陆永新、马伟君、邵谓良、本地知青刘义滨等四人进入复考，后陆永新以优异成绩考入黑龙江大学。

1978年秋，上海知青马伟君和原步兵一连的战友代表农场参加由管局组织的军事会操，在射击比赛中取得第三名。

1977年、1978年夏，在场部进行的排球决赛中，我连男队在和学校、农七连比赛时打成连环套。经计算小分两度屈居亚军，队员是：陆永新、吴梅椿、马伟君、邱关根、翟培道、陈国福、齐和平、盛春芳。

1978年下半年、1979年上半年，连队的城市知青大批返城。

工业三连知青名录

截至 2014 年 12 月 31 日，据在微信和 QQ 群中有联系的战友共同回忆汇总，工业三连曾有知青共 146 名，其中北京知青 47 名，上海知青 33 名，天津知青 14 名，牡丹江知青 14 名，哈尔滨知青 5 名，齐齐哈尔知青 6 名，宁波知青 2 名，西安知青 1 名，双鸭山知青 1 名，本地知青 23 名。

1968 年 7 月 8 日 北京知青 10 人：

董书调、翟培道、孟兆华、柳长旺、宋大勇、罗英琪、王其芬、李延、韩淑珍、季延

1968 年 9 月 26 日 牡丹江知青 11 人：

潘业浩、赵荣启、高文、王华艳、王淑芳、李林、耿秋媛、肖传华、朱玉琴、温丽琴、江春萍

1969 年 5 月 19 日 上海知青 11 人：

许三星、陆永新、王国庆、高志荣、董根路、罗国统、钱燕、黄爱华、罗斯英、陈玲义、吴依群

1969 年 5 月 22 日 天津知青 10 人：

王仕明、祁元国、王宗杰、李国华、邢凤锦、邢兰音、祁元敏、王莉、张国明、刘金华

1969 年 8 月 20 日 北京知青 10 人：

陈和平、周根深、高成生、赵文、王建国、李勇、许建华、徐翠敏、孙淑英、李连荣

1970 年 5 月 15 日 上海知青 13 人：

邱关根、谈鸿及、吴谷龙、吴梅椿、盛春芳、王张根、邵渭良、童开福、韩树仁、金美珍、于庆华、杨玉兰、杨新华

1969 年 11 月 从农业一连调入 24 人：

（北京知青）刘玉梅、刘利民、李淑琴、赵燕华、刘子平、王婉新、柳春华、张爱萍、高云柱、高云亭、李景强、齐和平、卜照宏、彭宏全、尹如生、王留继；（上海知青）姜美芳、封素珍、沈根大；（哈尔滨知青）王玉梅；（齐齐哈尔知青）赵桂霞、刘淑芬、于洪芬；（本地知青）何莉莎

1966 年 双鸭山知青 1 人：

闻淑兰

1969 年 8 月 从团部电话班调入北京知青 1 人：

刘爱玲

1972 年后调入：

北京知青 10 人：

朱瑞、刘伯庸、边国顺、李铁山、刘金宝、商宝玉、马金山、邢建国、黄顺和、宋福群

上海知青 6 人：

马伟君、詹福根、刘海林、蒋龙根、许恒勇、陈国富

天津知青 4 人：

吴文明、史宝章、张如发、高福森

哈尔滨知青 4 人：

韩叙民、沈景红、谭素馨、张文德

牡丹江知青 3 人：

霍玉臣、陈礼、于翠红

宁波知青 2 人：

陆明耀、董祖光

齐齐哈尔知青 3 人：

尤生才、刘淑范、杨成立

西安知青 1 人：

马殿学

本地知青 22 人：

徐运生、韩红兵、张惠、刘义滨、梁龙云、商丽梅、计献琴、马龙凤、汪桂珍、轩海亭、罗金龙、赵宪昌、贾军、苏梅、史琳娜、党建玑、于德水、王启正、朱青、张献忠、王再英、毕凤菊

部分知青个人照片（按姓氏字母顺序排列）

陈和平

陈玲义

祁元国

董书调

封素珍

高云柱

韩淑珍

黄爱华

黄顺河

耿秋媛

姜美芳

李国华

李淑琴

刘爱玲

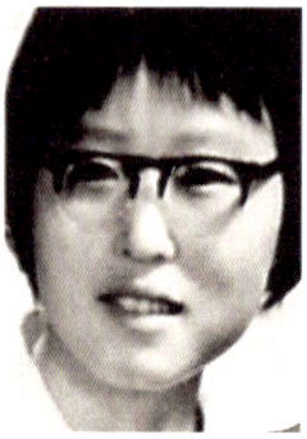
柳春华

刘利民

刘玉梅

李延

李勇

罗斯英

罗英琪

陆永新

马伟君

潘业浩

彭宏全

卜照宏

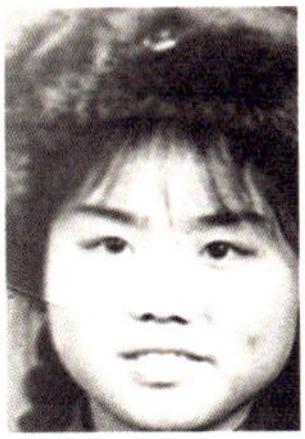
钱燕

邱关根

商宝玉

邵渭良

沈根大

盛春芳

谈鸿及

王国庆

王华艳

王建国

王莉

王留继

王其芬

王仕明

吴谷龙

吴依群

许建华

邢凤锦

邢兰音

许三星

徐芝英

杨新华

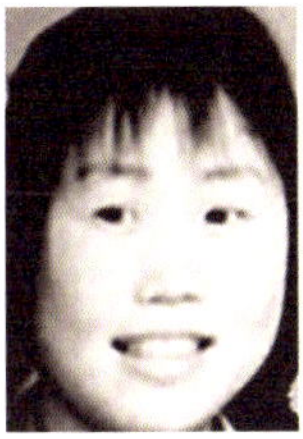
杨玉兰

于庆华

翟培道

赵燕华

工业三连部分知青简历

按姓氏字母顺序排列

陈和平，男，1952 年 3 月 11 日出生。

北京知青，1969 年 8 月 20 日到黑龙江生产建设兵团四师四十团，分配到工业三连，在一排（粮库）工作，历任兵团战士、副班长、班长、副排长；1975 年初调汽车连；1970 年 3 月 8 日入团，曾出席四师和四十团共青团第一届代表大会；曾被评为“五好战士”；1975 年 12 月底返回北京。

陈国富，男，1951 年生。

上海知青，1969 年 5 月 19 日到黑龙江生产建设兵团四师四十团，7 月调步兵二连；1973 年调入工业三连，任油厂保管员；1974 年入团；2011 年在八五一一农场退休。

陈玲义，女，1953 年 3 月 6 日出生。

上海知青，1969 年 5 月 18 日到黑龙江生产建设兵团四师四十团，分配到工业三连；先后在四排（酒厂）、炊事班、三排（油厂）、后勤等部门工作；1979 年回沪。

董根路，男，1950 年 12 月出生。

上海知青，1969 年 5 月 19 日到黑龙江生产建设兵团四师四十团，分配到工业三连；同年 7 月调步兵一连；1979 年调北京。

董书调，男，1950 年 10 月出生。

北京知青，1968 年 7 月 8 日到黑龙江省密山县八五一一农场粮油站（组建兵团后改为黑龙江生产建设兵团四师四十团工业三连），分配到一排（粮库）工作，历任农场职工、兵团战士、粮库原粮保管员、副排长兼保管员；1974年2月任连司务长，同年10月任副连长；1975年1—3月抽调到团直学校工作队，1975年3—4月到36团工作队；1973年7月入党，曾任连团支部副书记、连党支部委员；1976年8月与天津知青邢风锦结婚；1979年3月回京。

封素珍，女，1952年10月出生。

上海知青，1969年5月19日到黑龙江生产建设兵团四师四十团，分农一连；同年11月调工业三连，先后在四排（酒厂）、一排（粮库）、二排（面粉加工厂）、三排（油厂）工作，任兵团战士；曾任连队通讯报道员；1973年入团；1978年12月回上海。

高文，男，1951年生。

牡丹江知青，1968年9月26日到黑龙江省密山县八五一一农场粮油站（组建兵团后改为黑龙江生产建设兵团四师四十团工业三连），在一排（粮库）工作；返城时间不详。

耿秋媛，女，1949年10月出生。

牡丹江知青，1968年9月26日到黑龙江省密山县八五一一农场粮油站（组建兵团后改为黑龙江生产建设兵团四师四十团工业三连），先后在一排（粮库）、二排（面粉加工厂）、三排（油厂）工作，历任农场职工、兵团战士、班长、保管员、副排长；1971年2月入团，曾任连兵团战士委员会委员；1973年3月返城调河南焦作市。

高福森，男，1949 年 3 月 23 日出生。

天津知青，1969 年 5 月 20 日到黑龙江生产建设兵团四师四十团，分配到养蜂队；1972 年调入工业三连，先后在一排（粮库）、二排（面粉加工厂）工作；1978 年返津。

高云亭，男，1948 年 11 月出生。

北京知青，1969 年 8 月 20 日到黑龙江生产建设兵团四师四十团，分配到农业一连；同年 11 月调入工业三连，在二排（面粉加工厂），后做连队门卫值班工作；1976 年返京。

高云柱，男，1952 年 5 月出生。

北京知青，1969 年 8 月 20 日到黑龙江生产建设兵团四师四十团，分配到农业一连；同年 11 月调入工业三连，先后在四排（酒厂）、三排（油厂）工作；1978 年 10 月返京。

高志荣，男，1951 年 9 月出生。

上海知青，1969 年 5 月 19 日到黑龙江生产建设兵团四师四十团，分配到工业三连；同年 7 月调步兵一连；1975 年入党；1979 年 3 月返沪。

韩树仁，男，1953 年 11 月 5 日出生。

上海知青，1970 年 5 月 15 日到黑龙江生产建设兵团四师四十团，分配到工业三连，在一排（粮库）工作；1978 年 12 月回沪。

韩淑珍，女，1949 年 7 月出生。

北京知青，1968 年 7 月 8 日到黑龙江省密山县八五一一农场粮油站（组建兵团后改为黑龙江生产建设兵团四师四十团工业三连），先后在一排（粮库）、二排（面粉加工厂）、炊事班、连队小托儿所工作；1979 年回京；2009 年 11 月在北京病逝。

黄爱华，女，1952 年 6 月 4 日出生。

上海知青，1969 年 5 月 19 日到黑龙江生产建设兵团四师四十团工业三连，先后在一排（粮库）、三排（油厂）、二排（加工厂）工作；1972 年入团；1978 年 2 月返沪。

黄顺河，男，1952 年 12 月 4 日出生。

北京知青，1969 年 8 月 20 日到黑龙江生产建设兵团四师四十团，分配到农业九连；同年 11 月调入团部电话班；1973 年 5 月调入工业三连，在一排（粮库）工作，历任战士、副排长；1973 年底入团，曾任团支部组织委员，连兵团战士委员会经济委员会主任；1978 年 8 月回京。

霍玉臣，男，1951 年 2 月 11 日出生。

牡丹江知青，1968 年 9 月 26 日到黑龙江省密山县八五一一农场（组建兵团后改为黑龙江生产建设兵团四师四十团），分配到农业十四连；后调入步兵二连；1972 年 8 月调入工业三连，在一排（粮库）工作，历任农场职工、兵团战士、副班长；1973 年 3 月底返牡丹江；1995 年 1 月在牡丹江病逝。

江春萍，女，1950 年 9 月 5 日出生。

牡丹江知青，1968 年 9 月 26 日到黑龙江省密山县八五一一农场粮油站（组建兵团后改为黑龙江生产建设兵团四师四十团工业三连），先后在四排（酒厂）、一排（粮库）、三排（油厂）工作，历任农场职工、兵团战士、副班长；1970 年调团粮店；1987 年调农场粮食科；1990 年到农垦局师范学院上学，2000 年到农垦干部管理学院当老师；2005 年退休，现定居北京。

蒋龙根，男，出生年月不详。

上海知青，1972 年由外连调入工业三连，先后在三排（油厂）、四排（酒厂）工作；1997 年回沪。

姜美芳，女，1950 年 10 月出生。

上海知青，1969 年 5 月 19 日到黑龙江生产建设兵团四师四十团，分配到农业一连；同年 11 月调工业三连，先后在四排（酒厂）、一排（粮库）工作，任兵团战士；1972 年入团；1975 年 3 月调回上海。

金美珍，女，1951 年 8 月出生。

上海知青，1970 年 5 月 15 日到黑龙江生产建设兵团四师四十团，分配到工业三连，在四排（酒厂）工作；1977 年 12 月随牡丹江知青王华艳调入牡丹江。

李国华，男，1946 年 6 月 25 日出生。

天津知青，1969 年 5 月 20 日到黑龙江生产建设兵团四师四十团，分配到工业三连，在一排（粮库）工作，任兵团战士、粮食化验员；1972 年 3 月返津。

李景强，男，1953 年 3 月出生。

北京知青，1969 年 8 月 20 日到黑龙江生产建设兵团四师四十团，分配到农业一连；同年 11 月调入工业三连，先后在四排（酒厂）工作，后担任连部统计；1973 年入团；1978 年 10 月回京。

李林，女，出生年月不详。

牡丹江知青，1968 年 9 月 26 日到黑龙江省密山县八五一一农场粮油站（组建兵团后改为黑龙江生产建设兵团四师四十团工业三连）；在一排（粮库）工作，后担任连队出纳；返城时间不详。

李淑琴，女，1948 年 12 月 1 日出生。

北京知青，1969 年 8 月 20 日到黑龙江生产建设兵团四师四十团，分配到农业一连；同年 11 月调入工业三连，先后在四排（酒厂）、三排（油厂）、炊事班工作；1974 年调团部幼儿园；1976 年调完达山一中当老师；1973 年入团；1979 年 5 月回京。

李延，女，1950 年 5 月 7 日出生。

北京知青，1968 年 7 月 8 日到黑龙江省密山县八五一一农场粮油站（组建兵团后改为黑龙江生产建设兵团四师四十团工业三连），由于在连队工作时间长，各排（包括酒厂、面粉加工厂、油厂、粮库、后勤）都工作过；在连队入团，曾担任材料保管员、车间核算员；曾评为五好职工；1991 年 7 月返京。

李勇，男，1953 年 9 月出生。

北京知青，1969 年 8 月 20 日到黑龙江生产建设兵团四师四十团，分配到工业三连，历任兵团战士、十班副班长、四排副排长、酒厂保管员、技术员；1971 年 1 月入团，1974 年 7 月入党；1974 年 9 月返回北京上学。

刘爱玲，女，1953 年 5 月 31 日出生。

北京知青，1969 年 8 月 25 日黑龙江生产建设兵团四师四十团，分配到团部电话班担任接线员；同年 9 月初调到工业三连，在二排（面粉加工厂）工作；1970 年 7 月入团，曾任连兵团战士委员会委员。1978 年底返京。

柳春华，女，1953 年 2 月出生。

北京知青，1969 年 8 月 18 日到黑龙江生产建设兵团四师四十团，分配到农业一连；同年 11 月调入工业三连，先后在四排（酒厂）、三排（油厂）、炊事班、二排（面粉加工厂）、后勤等部门工作；曾任炊事班长、团小组长、校外辅导员。

刘伯庸，男，1947 年 2 月出生。

北京知青，1969 年 8 月 20 日到黑龙江生产建设兵团四师四十团，分配到步兵二连；1971 年 3 月调入农业一连；1972 年 8 月调入工业三连，在一排（粮库）工作；1974 年 8 月返京。

刘海林，1949年10月出生。

上海知青，1969年5月19日到黑龙江生产建设兵团四师四十团，分在工程一连；同年8月调入步兵二连；1973年5月调入工业三连，历任兵团战士、班长、司务长；1976年5月调回上海。

刘金宝，男，1953年2月出生。

北京知青，1969年8月20日到黑龙江生产建设兵团四师四十团，分配到农业十连；1970年1月调入兵团炮兵团；1972年1月调入工业三连，先后在一排（粮库）、炊事班工作，历任兵团战士、炊事班长；1970年8月加入共青团；1978年10月调回北京。

刘金华，女，1951年12月出生。

天津知青，1969年5月20日到黑龙江生产建设兵团四师四十团，分配到工业三连，在二排（面粉加工厂）工作；1974年调河北省原籍；1977年返津。

刘利民，女，1954年5月5日出生。

北京知青，1969年8月20日到黑龙江生产建设兵团四师四十团，分到农业一连；同年的11月调入工业三连，先后在四排（酒厂）、二排（面粉加工厂）工作；1971年入团，曾任团小组长、被评为“五好战士”；1975年12月调回北京。

刘玉梅，女，1951年1月出生。

北京知青，1968年6月22日到黑龙江省密山县八五一一农场15队(组建兵团后改为黑龙江生产建设兵团四师四十团农业一连)；1969年11月调入工业三连，先后在四排（酒厂）、三排（油厂）工作，历任兵团战士、班长；1970年入团，曾被评为“五好战士”；1975年回京。

陆永新，男，1951年11月出生。

上海知青，1969年5月19日到黑龙江生产建设兵团四师四十团，分配到工业三连，在一排（粮库）一班，历任战士、副班长、班长；1972年5月调任四排（酒厂）副排长兼保管员；1973年10月任副连长；1974年10月任连长；1975年底改任指导员，直到1978年9月上学离开。1970年3月8日入团，曾任连团支部委员；1972年12月入党，曾任连党支部委员、副书记、书记。

罗国统，男，1951年11月出生。

上海知青，1969年5月19日到黑龙江生产建设兵团四师四十团，分配到工业三连，同年7月调步兵一连；1979年3月返沪。

罗英琪，1950年6月7日出生。

北京知青，1968年7月8日到黑龙江省密山县八五一一农场粮油站（组建兵团后改为黑龙江生产建设兵团四师四十团工业三连），任兵团战士、文书、副排长；1970年调任团广播站广播员；1972年调四营任连队副指导员、政治处文教干事等职；1970年入党，同年被评为“五好战士”；1972 年被四十团授予“先进个人”奖励；1978 年底回到北京。

罗斯英，女，1952 年 1 月出生。

上海知青，1969 年 5 月 19 日到黑龙江生产建设兵团四师四十团，分配到工业三连，先后在一排（粮库）、三排（油厂）工作，历任兵团战士、保管员、副排长、连出纳员；1970 年 7 月入团，1976 年 9 月入党；曾任连团支部副书记；1978 年 5 月回沪。

马伟君，男，1952 年 9 月出生。

上海知青，1969 年 5 月 19 日到黑龙江生产建设兵团四师四十团，分配到工程一连，同年 7 月调步兵一连；1976 年 9 月调入工业三连，历任兵团战士、副班长；1973 年入团，曾任连团支部委员；1979 年 2 月返回上海。

孟兆华，男，1950 年 6 月 3 日出生。

北京知青，1968 年 7 月 8 日到黑龙江省密山县八五一一农场粮油站（组建兵团后改为黑龙江生产建设兵团四师四十团工业三连），先后在二排（面粉加工厂）、三排（油厂）工作；1975 年 12 月回北京。

潘业浩，男，1952 年生。

牡丹江知青，1968 年 9 月 26 日到黑龙江省密山县八五一一农场粮油站（组建兵团后改为黑龙江生产建设兵团四师四十团工业三连），在一排（粮库）工作；返城时间不详；于 2002 年 10 月在山东枣庄去世。

卜照宏，男，1952 年 9 月 13 日出生。

北京知青，1969 年 8 月 20 日到黑龙江生产建设兵团四师四十团，分配到农业一连；同年 11 月调入工业三连，先后在四排（酒厂）、连炊事班，历任兵团战士、副班长、炊事班长；1976 年随牡丹江知青王淑芳调牡丹江桦林橡胶厂；2009 年 11 月 19 日因肝癌在京病逝。

齐和平，男，1952 年 3 月出生。

北京知青，1960 年 8 月 20 日到黑龙江生产建设兵团四师四十团，分配到农业一连；同年 11 月调入工业三连，先后在二排（面粉加工厂）、四排（酒厂）、后勤工作；1979 年返京。

祁元国，男，1953 年 1 月 11 日出生。

天津知青，1969 年 5 月 20 日到黑龙江生产建设兵团四师四十团，分配到工业三连；先后在二排（面粉加工厂）、一排（粮库）、三排（油厂工作）；1978 年 12 月返津。

祁元敏，女，1949 年 11 月 3 日出生。

天津知青，1969 年 5 月 20 日到黑龙江生产建设兵团四师四十团，分配到工业三连，先后在炊事班、二排（面粉加工厂）、酒厂工作；1984 年回津。

钱燕，女，1954 年 1 月出生。

上海知青，1969 年 5 月 19 日到黑龙江生产建设兵团四师四十团，分配到工业三连，先在一排（粮库）、三排（油厂）、炊事班工作，历任兵团战士、副班长、炊事班长；1974 年 1 月调入连部，担任连队文书兼统计；1971 年入团，曾任连团支部委员、迁兵团战士委员会委员；1976 年 2 月调入四川东河印钞公司。

邱关根，男，1949 年 7 月出生。

上海知青，1970 年 5 月 15 日到黑龙江生产建设兵团四师四十团，分配到工业三连，先后在二排（面粉加工厂）、连修理班工作，历任兵团战士、副班长、连技术组成员；曾被连里先后派送工程四连、工业一连学习白铁工（钣金工）；1972 年 5 月入团；1979 年 8 月回沪。

商宝玉，男，1951 年 12 月出生。

北京知青，1969 年 8 月 20 日到黑龙江生产建设兵团四师四十团，分配到农业十六连；同年 11 月底调兵团新组建炮团；1972 年 2 月调回四十团工业三连，在一排（粮库）工作，任粮食化验员；1978 年 11 月返京。

邵渭良，男，1953 年 12 月出生。

上海知青，1970 年 5 月 15 日到黑龙江生产建设兵团四师四十团，分配到工业三连，先后在二排（面粉加工厂）、四排（酒厂）工作；1979 年，担任连队文书兼统计；1976 年入团；1981 年回沪。

沈景宏，男，1952 年 3 月 31 日出生。

哈尔滨知青，1968 年 11 月到黑龙江生产建设兵团四师四十团，分配到农业十五连；1969 年 5 月调步兵二连，后调农大三连，1972 年调工业三连；1981 年调回哈尔滨。

盛春芳，男，1952 年 8 月 20 日出生。

上海知青，1970 年 5 月 15 日到黑龙江生产建设兵团四师四十团，分配到工业三连，先后在二排（面粉加工厂）、一排（粮库）、后勤马号、四排（酒厂）工作；1976 年入团；1979 年 2 月回沪。

宋大勇，男，1950 年生。

北京知青，1968 年 7 月 8 日到黑龙江省密山县八五一一农场粮油站（组建兵团后改为黑龙江生产建设兵团四师四十团工业三连），在二排（面粉加工厂）工作；1969 年 7 月调步兵一连；1977 年在八五一一农场水利队病逝。

谈鸿及，男，1952 年 9 月出生。

上海知青，1970 年 5 月 15 日到黑龙江生产建设兵团四师四十团，分配到工业三连，先后在三排（油厂）、一排（粮库）工作，历任兵团战士、班长；在连队入团；1979 年回沪。

王国庆，男，1952 年 10 月出生。

上海知青，1969 年 5 月 19 日到黑龙江生产建设兵团四师四十团，分配到工业三连，先后在一排（粮库）、四排（酒厂）工作，历任兵团战士、副班长、酒厂保管员、副排长；1970 年 3 月入团，1971 年 5 月入党，曾任连兵团战士委员会宣传组副组长、团小组长、连团支部委员；1971 年 9 月出席四十团第四次积代会；1972 年 4 月返沪上学。

王华艳，男，1951 年 10 月出生。

牡丹江知青，1968 年 9 月 26 日到黑龙江省密山县八五一一农场粮油站（组建兵团后改为黑龙江生产建设兵团四师四十团工业三连），先后在二排（面粉加工厂）、三排（油厂）、四排（酒厂）工作；在连队入团；1977 年 12 月调回牡丹江。

王建国，男，1953 年 11 月出生。

北京知青，1969 年 8 月 20 日到黑龙江生产建设兵团四师四十团，分配到工业三连；在四排（酒厂）工作，历任兵团战士、副班长、副排长；1971 年入团，曾被评为“五好战士”；1975 年 12 月返京。

王莉，女，1951 年 11 月出生。

天津知青，1969 年 5 月 22 日到黑龙江生产建设兵团四师四十团，分配到工业三连，先后在四排（酒厂）、炊事班工作；曾被抽调担任团宣传股展览解说员、师党代会解说员、兵团佳木斯“一打三反”运动战果展览解说员、沈阳军区模范人物先进事迹宣讲团宣讲员；历任连文书兼统计、副指导员；1972 年 12 月入党；1978 年底返津。

王其芬，女，1950 年 9 月出生。

北京知青，1968 年 7 月 8 日到黑龙江省密山县八五一一农场，分配到粮油站（组建兵团后为黑龙江生产建设兵团四师四十团工业三连），历任农场职工、兵团战士、副指导员；1970 年 3 月入党，曾任连兵团战士委员会委员、连团支部书记、党支部委员；1973 年 7 月返回北京上学。

王仕明，男，1951 年 9 月 4 日出生。

天津知青，1969 年 5 月 20 日到黑龙江生产建设兵团四师四十团，分配到工业三连，先后在四排（酒厂）、一排（粮库）工作，任兵团战士、粮库保管员；1970 年 3 月 8 日加入共青团，曾任连团支部委员，连兵团战士委员会委员；1971 年 6 月 9 日返津。

王淑芳，女，1949 年生。

牡丹江知青，1969 年 9 月 26 日到黑龙江省密山县八五一一农场粮油站（组建兵团后改为黑龙江生产建设兵团四师四十团工业三连），先后在二排（面粉加工厂）、炊事班工作；1976 年返回牡丹江；于 1985 年在牡丹江病逝。

王张根，男，出生年月不详。

上海知青，1970 年 5 月 15 日到黑龙江生产建设兵团四师四十团，分配到工业三连，在三排（油厂）工作；1978 年回沪。

温丽琴，女，1951 年生。

牡丹江知青，1968 年 9 月 26 日到黑龙江省密山县八五一一农场粮油站（组建兵团后改为黑龙江生产建设兵团四师四十团工业三连）；在四排（酒厂）工作；后调团部卫生队。

吴谷龙，男，1953 年 2 月 7 日出生。

上海知青，1970 年 5 月 15 日到黑龙江生产建设兵团四师四十团，分配到工业三连，先后在三排（油厂）、一排（粮库）、四排（酒厂）、二排（面粉加工厂）工作；历任兵团战士、副排长；1971 年 1 月入团；1979 年 1 月回沪。

吴梅椿，男，1953年6月出生。

上海知青，1970年5月15日到黑龙江生产建设兵团四师四十团，分配到工业三连，先后在一排（粮库）、四排（酒厂）、三排（油厂）工作；1979年1月返沪。

吴文明，男，1949年11月出生。

天津知青，1968年9月到和黑龙江生产建设兵团四师四十团，分配到农业十五连；1969年4月调步兵二连；1972年4月调工业三连，在一排（粮库）工作；1979年1月返津。

吴依群，女，1950年6月出生。

上海知青，1969年5月19日到黑龙江生产建设兵团四师四十团，分配到工业三连，先后在一排（粮库）、炊事班、三排（油厂）工作；1978年8月返沪。

肖传华，女，1948年生。

牡丹江知青，1968年9月26日到黑龙江省密山县八五一一农场粮油站（组建兵团后改为黑龙江生产建设兵团四师四十团工业三连）；在一排（粮库）工作；后调出连队，调出、去世时间不详。

邢凤锦，1952年6月出生。

天津知青，1969年5月22日到黑龙江生产建设兵团四师四十团，分配到工业三连，在一排（粮库）工作；1969年7月至10月到团部卫生队学习，后担任连队卫生员；1971年10月连队撤销卫生员，任材料保管员；1975年7月任连部开票员、短期在炊事班工作；1971年入团；1976年8月与北京知青董书调结婚；1979年3月回京。

邢兰音，女，1951年11月24日出生。

天津知青，1969年5月20日到黑龙江生产建设兵团四师四十团，分配到工业三连；历任兵团战士、出纳、文书、副排长；1970年3月入团、同年9月入党；1973年8月推荐上黑龙江水利工程学校学习；1975年9月毕业分配到牡丹江地区水文站工作，后调牡丹江国土资源局，于2006年退休至今。

徐翠敏，女，1950年生。

北京知青，1969年8月20日到黑龙江生产建设兵团四师四十团，分配到农业一连；同年11月调入工业三连，在三排（油厂）工作；1973年返京；2007年10月在京因车祸去世。

许恒勇，男，1952年生。

上海知青，1969年5月19日黑龙江生产建设兵团四师四十团，分配到步兵三连；1975年调工业三连，在四排（酒厂）工作；1978年回沪。

许建华，女1953年8月21日出生。

北京知青，1969年8月20日到黑龙江生产建设兵团四师四十团，分配到工业三连，在四排（酒厂）工作；1971年因病调到一排（粮库）扫土粮；1972年12月因肺切除手术休病假回到北京，1974年办妥回京手续。

许三星，男，1949 年 4 月出生。

上海知青，1969 年 5 月 15 日到黑龙江生产兵团四师四十团，分配到工业三连，在二排（面粉加工厂）工作，任兵团战士；1970 年夏至 1971 年秋借调到团部保卫处工作；回连队后曾先后任二排、三排副排长；1970 年 3 月入团；1972 年 2 月入党；1972 年 5 月离开连队，赴北京钢铁学院学习。

徐芝英，女，1955 年 8 月出生。

当地知青，1972 年分配到农业十二连；1973 年 10 月调工业三连，在三排（油厂）工作；1987 年解决分居调京。

杨新华，女，1955 年 7 月出生。

上海知青，1970 年 5 月 15 日到黑龙江生产建设兵团四师四十团，分配到工业三连，先后在三排（油厂）、后勤、炊事班工作；1979 年回沪。

杨玉兰，女，1953 年 8 月出生。

上海知青，1970 年 5 月 15 日到黑龙江生产建设兵团四师四十团，分配到工业三连，先后在四排（酒厂）、三排（油厂）、二排（面粉加工厂）工作；1978 年 12 月回上海。

尹如生，男，1953 年 5 月 29 日出生。

北京知青，1969 年 8 月 20 日到黑龙江生产建设兵团四师四十团，分配到农业一连；同年 11 月调工业三连，先后在二排（面粉加工厂）、三排（油厂）工作；1978 年 11 月返京。

于翠红，女，1950 年 4 月 11 日出生。

牡丹江知青，1968 年 11 月到黑龙江 8510 农场；1974 年调入黑龙江生产建设兵团四师四十团学校；1976 年春调入工业三连，先后在三排（油厂）、炊事班、后勤等部门工作；现仍生活在兴凯。

于庆华，女，1952 年 3 月出生。

上海知青，1970 年 5 月 15 日到黑龙江生产建设兵团四师四十团，分配到工业三连，先后在三排（油厂）、炊事班、四排（酒厂）工作，任兵团战士；1972 年 1 月入团；1979 年 5 月回沪。

詹福根，男，1952 年 2 月出生。

上海知青，1969 年 5 月 19 日到黑龙江生产建设兵团四师四十团，分配到农七连；当年 8 月参加二抚国防公路建设、获团通令嘉奖一次、年底调入二十连，曾任排长、连队司务长；1970 年获得团、师“四好排长”称号；1972 年调入团五七中学任司务长，学校合并后于同年 12 月调入工业三连，先后在一排（粮库）、二排（面粉加工厂）工作，历任兵团战士、副排长；1970 年 1 月入团；1975 年 6 月经推荐到上海第一医学院（现为复旦医学院）读书。

张国明，女，1952 年生。

天津知青，1969 年 5 月 22 日到黑龙江生产建设兵团四师四十团，分配到工业三连；在四排（酒厂）工作，历任兵团战士、副班长；后随西安知青马殿学调西安，具体时间不详。

张献忠，男，1949年5月出生。

本地知青，1968年参加工作，分配到工业四连；1969年调入步兵一连；1971年调入工业三连，先后在二排（面粉加工厂）、后勤工作。

翟培道，男，1949年8月18日出生。

北京知青，1968年7月8日到黑龙江省密山县八五一一农场粮油站（组建兵团后改为黑龙江生产建设兵团四师四十团工业三连），先后在二排（面粉加工厂）、连修理班、面粉加工厂工作；1979年7月回京。

赵桂霞，女，1953年3月20日出生。

齐齐哈尔知青，1969年7月到黑龙江生产建设兵团四师四十团，分配到农业一连；同年11月调工业三连，在三排（油厂）工作；1970年入团；1979年7月调回齐齐哈尔。

赵荣启，男，1949年生。

牡丹江知青，1968年9月26日到黑龙江省密山县八五一一农场粮油站（组建兵团后改为黑龙江生产建设兵团四师四十团工业三连），在一排（粮库）工作；返城时间不详。

赵燕华，女，1953年4月出生。

北京知青，1969年8月20日到黑龙江生产建设兵团四师四十团，分配到农业一连，同年11月调入工业三连，先后在四排（酒厂）、三排（油厂）工作；1972年入团；1973年5月返回北京。

周根深，男，1951年8月出生。

北京知青，1969年8月20日到黑龙江生产建设兵团四师四十团，分配到工业三连，在三排（油厂）工作历任兵团战士、副班长、副排长；1970年3月入团，曾任团支部委员；1974年10月回京。

朱玉琴，女，1951年9月26日出生。

牡丹江知青，1968年9月26日到黑龙江省密山县八五一一农场粮油站（组建兵团后改为黑龙江生产建设兵团四师四十团工业三连），在一排（粮库）工作，后兼卫生员；1969年6月调团部卫生队；1986年调山东枣庄橡胶厂医院。

后记

《闪亮的岁月——黑龙江生产建设兵团四师四十团工业三连知青回忆录》是一本当年知青写自己的书，书中的故事都是他们自己的亲身经历，书中的感慨、感悟都是他们经历后的所思所想。没有惊天动地、轰轰烈烈的壮举，即使所谓的“大事记”，也只是根据回忆记述的一件件发生在当年工业三连的“大事”，充其量也只能算作零星琐事。但正是这些故事中讲述的一个个平凡的人、一件件平凡的事，真实地反映了那个时代、那个时代的生产建设兵团、那个时代的兵团战士。

这是一本写给他们自己、写给养育过他们的那片土地、写给当年悉心爱护照顾培养他们的连队老领导、老职工的书，也是写给那些已经长眠在北大荒那片土地上和过早地离开他们的战友们的书。

这本书中文章虽然只有25位当年在工业三连工作生活过的知青和两位“荒二代”署名，但却凝聚着原工业三连几十位目前仍保持着联系的知青的心血。他们通过微信群“黑土情吧悟”和QQ群“工业三连”传送和讨论书稿、核对事实。有时为了核准一个发生在几十年前事情的具体细节，北京、上海、天津、牡丹江的战友在“黑土情吧悟”中你一言我一语，争论到半夜甚至凌晨。特别要提到的是北京知青罗英琪，她在连队生活工作的时间并不长，但她还是怀着对工业三连的一片深情贡献了多篇稿子。为了让这本书能反映连队的方方面面，她利用各种机会“采访”动不了笔的战友，请他们口述，而后再认真地整理成一篇篇内容丰富、生动感人的文章。

这本书的“工业三连知青简历”部分是曾在连队当过连长、指导员的上海知青陆永新建议增加的，原本打算收录全连146位知青的简历并配印他们的当年照片和近照，但几经努力，特别是北京知青董书调、许建华等战友通过各种方式联系、追踪，截稿时仍只收集到了89位战友的简历和部分照片。“一个不能少”的初衷未能兑现，这只能留下一个遗憾了。

这本书能和大家见面也倾注了五洲传播出版社编辑团队的一番心血。怀着对老知青的一片深情，他们付出了很多劳动。在此由衷感谢出版社李红杰社长和荆孝敏副社长，以及两位年轻编辑吴娅民、张彩芸。

特别感谢著名书法家、中国书法家协会党组书记赵长青先生欣然挥毫，为本书题写了书名。

需要说明的是，书中收录的文章，除了文尾特别标注写作时间的，其余均成稿于2015年上半年。

《闪亮的岁月》编辑组

2015年7月